D. B. Blettenberg · Land der guten Hoffnung

Vor vielen Jahren wurde die Tochter eines reichen Hanseaten entführt. Die Geisel kam frei, doch Täter und Lösegeld tauchten nie wieder auf. Die Ermittlungsbehörden haben den Fall zu den Akten gelegt, aber der Vater des Opfers bleibt hartnäckig und engagiert über einen Mittelsmann Helm Tempow. Er nimmt die Spur in Kapstadt auf. Kühl, analytisch und ohne jedes persönliche Gefühl – bis er auf eine „Frau ohne Schatten" trifft. Rena Carsten ist fest entschlossen, aus einem alten Trauma eine neue Hoffnung zu machen. Das passt zu Südafrika. Hier ist nicht alles Dunkle schwarz und nicht alles Helle weiß. Die Spur führt quer durchs Western Cape. Ein Landstrich, der klein genug ist, um jemanden aufzuspüren und groß genug, um sich aus dem Weg zu gehen. Doch Vergangenheit lässt sich nicht immer abschütteln, und Zukunft ist oft nur zu einem hohen Preis zu haben.

„‚Land der guten Hoffnung' ist ein spannender Roman über Südafrika, meisterhaft erzählt und sehr berührend."

Welt am Sonntag

„‚Land der guten Hoffnung' von D.B.Blettenberg ist ein Kriminalroman, der sich mehr und mehr zu einem Politthriller im Spannungsfeld von Apartheid und der Wahrheitskommission in Südafrika entwickelt."

3sat Kulturzeit

D. B. Blettenberg

Land der guten Hoffnung

PENDRAGON

für Jürgen Gräbener

Und bohrten gleich zwölf Kugeln dich jetzt in Staub,
nicht halten könnt' ich mich, und jauchzt und weint
und spräche: Du gefällst mir!

Natalies Liebesbekenntnis
aus „Prinz Friedrich von Homburg“
Heinrich von Kleist

If you follow every dream,
you might get lost...

„The Painter“
Neil Young

Witterung aufnehmen

Berlin, Ende Oktober 2003

1

„Sie müssen den Mann unbedingt finden.“

„Keine einfache Aufgabe.“ Ich sah durch das geöffnete Fenster auf die trübe Brühe im Bootshafen.

„Deshalb zahlen wir auch so gut.“

Stamms Lächeln erlosch erst, nachdem ich es mit einem kurzen Seitenblick zur Kenntnis genommen hatte. Er war sich seiner Sache absolut sicher. Ich suche und finde. Das ist mein Job. Früher oder später spüre ich sie alle auf. Trotzdem wiegelte ich ab. „Die Westkap-Provinz ist ungefähr dreimal so groß wie die Schweiz.“

Einer der Pensionäre, die sich als Freizeit-Skipper aufspielten, rammte mit seinem Motorboot einen Poller, dann noch einen und schließlich den Steg. Der Alte fuhrwerkte mit dem Ruder herum und brüllte seine Frau an, die im Zuge des Anlegemanövers beinahe über Bord gegangen wäre. Sie trug elegantes Weiß, rutschte auf den Knien herum und brachte gerade noch rechtzeitig die Leine aus, bevor die Wucht des Aufpralls den Bootsrumpf zurück ins Hafenbecken schickte. Ein Pekinese rettete sich mit einem Sprung von Bord und machte kläffend auf die Havarie aufmerksam.

„Sie schaffen das schon“, sagte Stamm. „Das Western Cape ist ja nicht ganz Südafrika.“

Natürlich war es machbar. Aber eine gesunde Skepsis schadet nie – weder Auftragnehmer noch Auftraggeber. Und auch dem Mittler nicht, der mir gerade Mut zusprach. In der Unterhaltungsindustrie hätte er sich vermutlich Agent genannt. Soviel ich wusste, war er Anwalt und firmierte unter dem Namen Dr. Dietrich Stamm in Hamburg. In den letzten sechs Jahren hatte er mir drei Aufträge vermittelt. Alles absolut seriös. Vom Briefing bis zum Honorar. Pragmatisch, dezent und zuverlässig. Deshalb hörte ich ihm auch diesmal gut zu.

Während auf der Uferpromenade zwei weitere hoch betagte Freizeitkapitäne Beifall klatschten und voller Häme lachten, schrie der frustrierte Skipper Gattin und Hund an. Auch diesmal hatte sich Stamm einen ausgefallenen Treffpunkt ausgesucht. „Nehmen Sie die S-Bahn bis zur Endstation Hennigsdorf", waren seine Worte bei unserem Telefonat gewesen. „Von dort fahren Sie am Besten mit dem Bus bis zur Haltestelle Havelpromenade in Nieder Neuendorf. Sie können natürlich auch ein Taxi nehmen." Was ich vorsichtshalber getan hatte. Ich kenne das Berliner Umland zwar recht gut, aber die Ecke, die Stamm für unser Gespräch ausgewählt hatte, war auch für mich Neuland. Wer rechnet schon im Landkreis Oberhavel mit einer Art Billigkopie von Key West und einer geballten Ladung wohlhabender Rentner, die Florida zur Ehre gereicht hätten? Die Neubausiedlung zwischen dem Nieder Neuendorfer See und dem Havel Kanal sah aus, als wäre sie von einem Privatsender als Kulisse für die deutsche Variante der Truman Show errichtet worden. Die Komparsen, die das Szenario mehr bevölkerten als belebten, schienen Jahrzehnte lang in Mallorca geübt und einen Abschlusskurs in Miami absolviert zu haben, bevor sie die hiesigen Immobilien besetzt hatten. Das Penthouse, in dem unser Treffen stattfand, bot einen guten Ausblick über den Hafen. Vom Kanu bis zum Segelboot war alles vertreten. Luxuriöse Motorjachten dümpelten an den Stegen, als habe sie ein Hubschrauber im Ententeich abgesetzt.

„Außerdem trinken Sie doch gerne Wein, Helm. Da ist ihr Einsatzgebiet doch nahezu ein Urlaubsziel."

Ich drehte dem Havelparadies den Rücken zu und musterte Stamm. Er war ein kleiner und drahtiger Mann. Schon bei unserem ersten Treffen hatte er mich an einen Terrier erinnert. Woher kannte der Mann meine Trinkgewohnheiten? Waren drei Arbeitskontakte in sechs Jahren bereits zu viel, um ausreichend konturlos zu bleiben? Vermutlich war es so. Vorsicht war also geboten. Dass er mich Helm nannte, war okay. So steht es auf meiner Visitenkarte.

Helm Tempow.

Sonst nichts.

Kein Mensch nennt mich Friedrich Wilhelm Tempow.

*

Stamm zog sich dezent zurück und ließ mich mit den Unterlagen allein. Wie immer bekam ich alles, was ich über die Zielperson wissen musste, um sie aufzuspüren – und nichts über die Motive meiner Auftraggeber. Das war mir recht. So genau will ich es auch gar nicht wissen. Es belastet nur. Kennt man die Beweggründe der Auftraggeber, beginnt man abzuwägen. Haben sie Recht? Sind die Maßnamen, die sie ergreifen, die richtigen? Ist die Rolle, die man dabei spielt, überhaupt zu vertreten? Ich fälle keine Urteile. Ich führe einen klar umrissenen Auftrag aus. Das erhält mir die nötige Distanz. Die Mittelsleute, die mir Arbeit verschaffen, sind Puffer zwischen Auftragnehmer und Auftraggeber – Garanten für Seriosität und Filter gegen sentimentale Regungen.

Nachdem ich das Material gesichtet hatte, trank ich noch ein Bier mit Stamm im Restaurant ‚Skipper'. Es gab nicht mehr viel zu sagen. Wir beobachteten die Angler, die auf Campingstühlen am Kanal saßen und auf Beute hofften. Die Crew eines Achters ruderte zu den lauten Rufen ihres Schlagmanns vorbei. Aus der Werft am gegenüberliegenden Ufer erklangen Hammerschläge, und der Kran hob eine Sloop aus dem Wasser, die träge und dickbauchig in den Tragegurten schaukelte.

Auf der Rückfahrt in die Stadt stieg ich von der S- auf die U-Bahn um. Ein Mann – dessen Frisur und Brille mich an Roy Orbison erinnerten – ignorierte die Lautsprecherwarnung „Bitte zurückbleiben!“ und rempelte sich die letzten Meter über den Bahnsteig frei. Er schaffte es gerade noch in den Wagon, bevor die Türautomatik zuschnappte.

Ich werde nie begreifen, was Leute bei Zugabständen von nur wenigen Minuten zu solcher Hetzerei bewegt. Man kann so wunderbar gleiten. Ich genieße es, gefahren zu werden. Meinen Wagen habe ich schon vor geraumer Zeit abgeschafft. Ich wohne mitten in der Stadt, und mit Schnell- und Untergrundbahn, Tram, Bus und Fähre komme ich so gut wie überall hin – das Taxi nicht zu vergessen. Alles ganz ohne Stress und Parkplatzsucherei.

Auch was das Wohnen angeht, pflege ich eine Nerven schonende Variante. Ein Apartment, das von einer Servicefirma betreut wird. Eine mir genehme Mischung aus privatem Heim und Hotelsuite. Nur die Reisevorbereitungen für meine Aufträge erledige ich selbst – ohne Telefon und außer Haus. Nicht jede meiner Gewohnheiten muss für Interessierte transparent und nachvollziehbar sein. Es kostete auch diesmal nur ein wenig vorbereitendes Nachdenken und einen Stadtspaziergang, und schon hatte ich mein Flugticket und eine erste Hotelreservierung am Zielort.

Doch bevor ich meine Reise antreten konnte, hatte ich noch einer privaten Verpflichtung nachzukommen.

2

Ich hatte Doc Ermayer versprochen, die Villa über das Wochenende zu hüten.

Und so fuhr ich am Freitagnachmittag mit der Fähre von Wannsee nach Kladow. Es war die gute alte ‚Kohlhase‘, und während der halben Stunde, die ich unter einer milden Oktobersonne an Oberdeck verbrachte und über die weiten

Havelgewässer voller Segelschiffe und Lastkähne schaute, erinnerte ich mich an die Zeiten, in denen Doc und ich als Angestellte gemeinsam versucht hatten, die so genannte Dritte Welt zu retten. Bis Doc sich aus gesundheitlichen Gründen vorzeitig in Pension schicken ließ. Ich selbst machte mich nur wenig später als freier Gutachter und Berater selbstständig, um mich schließlich auf Kurzzeiteinsätze in der Katastrophenhilfe zu spezialisieren. Dabei arbeitete ich vorzugsweise für niederländische, skandinavische und eidgenössische Organisationen, hatte allerdings schon vor Jahren damit aufgehört. Dass es bislang noch niemand aufgefallen war, konnte mir nur recht sein. Ich ließ alle Welt – Doc eingeschlossen – im Glauben, dass ich noch immer die Verteilung von Nahrungsmitteln, Kleidung, Decken, Medikamenten und Zelten in Hochwasser-, Dürre- und Erdbebengebieten koordinierte.

Der Dampfer umkurvte mit gedrosselter Maschinenkraft das Naturschutzgebiet der Insel Imchen und tuckerte zwischen Enten, Schwänen und Blesshühnern auf die Anlegestelle Kladow zu. Docs alter Kleinbus parkte auf der Uferstraße. Ich ließ den ganz eiligen Passagieren und dem Pulk der Fahrradfahrer den Vortritt und ging dann in Ruhe von Bord.

Doc wartete am Ende der Landungsbrücke. Für einen wie mich, der sich mit seinem durchschnittlichen Erscheinungsbild abgefunden hat, ist jeder Auftritt von Doc weit im roten Bereich und mit mehreren Ausrufezeichen versehen. Alles an der Frau ist XXL – nicht nur Größe und Gewicht. Zur Abwechslung trug sie die rot gefärbten Haare im Scheitel geteilt und über den Ohren zu zwei buschigen Zöpfen zusammengebunden. Der Overall war seit langem das einzige Kleidungsstück, das Doc als für sich tauglich akzeptierte. Sie besaß ein halbes Dutzend in verschiedenen Materialien und Farben. Diesmal trug sie die blaue Breitcordvariante. Und dann die Stiefel: Gummi – der rechte grün, der linke gelb. Der Goldschneidezahn, den ihr ein Amateurzahnarzt in Laos verpasst hatte, blitzte mir entgegen. Docs Sparlächeln. Ich durfte mich geehrt fühlen. Mehr Herzlichkeit brachte die Frau in der Öffentlichkeit einfach nicht zu Stande.

„Pünktlich wie immer." Sie hielt mir ihre Rechte hin.

Ihr erbarmungsloser Schraubstockgriff beim Händeschütteln brachte mich schon lange nicht mehr aus der Fassung. Wir gingen zum Bus – das heißt: Doc schritt energisch voran, sicher, dass man ihr folgte. Die Tür auf der Beifahrerseite ließ sich nur von innen öffnen. Auch das war normal. Verblüffend war allerdings, den Sitz vom üblichen Müll befreit zu sehen.

„Bilde dir nur nicht ein, ich hätte wegen dir sauber gemacht." Bevor der Bus richtig vom Fleck kam, war Doc bereits im dritten Gang.

„Keine Angst, ich kenne meinen Stellenwert."

Nur wenn Doc ihre jährliche Familienrallye vorbereitet, mistet sie auch den Innenraum gründlich aus – wohl wissend, was fünf Kinder und ein von Weingummi abhängiger Ehemann pro hundert Kilometer Autobahn an Abfall produzieren. Diesmal sollte es zu einem Rockkonzert von Eric Burdon und seiner Band gehen. Irgendwo in Süddeutschland. Stuttgart oder Freiburg. Doc hatte es am Telefon erwähnt, aber es war mir entfallen. Der ganze Aufwand war absurd. Gegen Mitternacht losfahren. Tagsüber bei Bekannten ein paar Stunden schlafen, am Samstagabend das Konzert, und am Sonntagmorgen zurück nach Berlin. Ich war dankbar, nur das Haus hüten zu müssen. Nichts gegen Rockmusik! Aber größere Menschenmengen waren mir schon immer zuwider.

„Warum wartest du nicht einfach, bis dein Liebling mal wieder in Berlin auftritt?" Ich schüttelte den Kopf.

„Ist mir viel zu riskant." Doc schnaubte wie ein Ackergaul, der das Zuggeschirr verweigert. „Wer weiß, wie lange er es überhaupt noch macht."

„Wenn es die Rolling Stones wären, könnte ich den Kraftakt noch nachvollziehen."

„Gigantomanie ist nichts für mich."

Mein Seufzen gab ihr Recht.

Doc scheuchte den Bus die Steigung zur Dorfkirche hoch und bog nach links auf die Sakrower Landstraße ab.

„Luftdruck, Öl, Wasser?"

„Nerv mich nicht, Helm! Ich muss unterwegs sowieso noch tanken."

„Reserverad?"

„Was ist *das* denn...?"

*

Lucy leistete ihren Wachdienst.

Die Steinbacher Kampfgans erwartete Doc und mich mit gedämpftem Schnattern am Tor. Das bedeutete freies Geleit. Für Fremdlinge hatte sie andere Töne auf Lager. Keck musterte sie mich, hob ihre grau melierten Flügel und plusterte ihre weiße Pumphose aus weichen Federn.

In der Villa herrschte Aufbruchstimmung. Docs Kinder nahmen unser Eintreffen gar nicht richtig wahr. In der Küche packte Kurt, Docs Ehemann, Getränkedosen und Sandwichs in eine Kühltasche und begrüßte mich flüchtig. Edgar, der Graupapagei, war guter Dinge. Als Doc mich in die Wohnhalle führte, krächzte der Vogel mir ein „Alle Mann an Bord!" entgegen und bekräftigte die Meldung mit dem schrillen Trillern einer Bootsmannsmaatenpfeife.

Doc hatte zwei Dosen Bier aus der Küche mitgenommen, und wir setzten uns auf die Veranda mit Blick auf die grün umwucherten Havelgewässer. Das natürlich gewachsene Idyll stand im krassen Gegensatz zu der Neureichen-Kopie in Nieder Neuendorf, mit der mich Dr. Stamm bekannt gemacht hatte. Durch die Trauerweiden konnte ich den verrosteten Metallsteg erkennen. Er war ungewöhnlich hoch und stabil für ein privates Wassergrundstück. Vor dem Fall der Mauer hatte er einem Patrouillenboot der DDR als Liegeplatz gedient, denn die Villa war zu Zeiten des Kalten Krieges vom Zoll genutzt worden. Inzwischen war der Anlegeplatz dicht von Seerosen umwuchert.

„Die Ruine von Steg kommt auch noch dran." Doc reichte mir eine Bierdose. „Bin froh, dass die Renovierung des Hauses endlich über die Bühne ist. Wir haben lange genug auf einer Baustelle gelebt."

Ich riss die Lasche auf und prostete Doc zu. „Auf die Großgrundbesitzer!"

„Mach dich nur lustig, Helm." Sie trank einen Schluck. „Ich habe es mir nicht ausgesucht."

Einmal in seinem langen Dasein als Ehemann hatte sich Kurt gegen seine Frau durchgesetzt. Die Macht des Geldes. Er hatte geerbt – eine stattliche Summe und das völlig unerwartet. Die Dynamik des Vorgangs hatte die Familie aus ihrem bescheidenen Reihenhaus in Kladow gefegt, und sie wenige Kilometer weiter in bester Lage landen lassen. Kurt zog es ans Wasser, und er war schnell fündig geworden. Anfangs hatte Doc noch auf die unsicheren Eigentumsverhältnisse als Stolperstein gehofft – doch die hatten sich bald geklärt. Ihr Mann hatte immer von einem Boot geträumt, und ich war sicher, Doc zögerte die Sanierung des Stegs nur hinaus, um Kurt ein wenig zu quälen. Sie hasste es, wenn ihr die Kontrolle entglitt.

„Und wann geht es bei dir wieder los?" fragte sie.

„Ich hoffe, ihr kommt pünktlich zurück, denn ich will Dienstag fliegen."

„So bald schon? Wohin diesmal?"

„Mosambik."

Doc trank einen Schluck Bier. „Für wen?"

„Diesmal für die Holländer."

„Worum geht's?"

„Da hängt seit einem Jahr eine größere Hilfslieferung im Zoll fest, die ich loseisen soll."

„Hoffentlich geben sie dir genug Schmiergeld mit."

Darauf trank ich einen.

„Wenn der Job garstig wird, mach anschließend ein paar Tage Urlaub am Kap. Das lohnt sich!"

Ich ließ mir meine Überraschung nicht anmerken. War die Empfehlung ein Zufall? Oder war Doc mir mit ihrem sechsten Sinn auf die Schliche gekommen?

Sie hielt die Bierdose hoch. „Da musst du dann aber Wein trinken! Aber wem sage ich das?"

Ich nickte und schwieg.

„Ich kenne übrigens in Paarl einen Typ, der Winzer ist. Wenn du willst, kann ich dir seine Adresse mitgeben."

„Hört sich gut an."

„Erinnere mich daran, wenn wir zurück sind." Sie warf einen Blick auf ihre Armbanduhr. „So – wir machen uns jetzt vom Acker!"

3

Am nächsten Morgen stand ich früh auf und fütterte die Haustiere.

Edgar hielt sich an die tatsächliche Besatzungsstärke in der Villa. Er schenkte sich sein „Alle Mann an Bord!" und krächzte mir stattdessen ein „Volle Kraft voraus!" entgegen.

Ich nahm ihn beim Wort und ging noch vor dem Frühstück eine halbe Stunde schwimmen.

Gegen Mittag holte ich Kurts Cabrio aus der Garage und unternahm einen Ausflug ins Umland. Ich genoss den goldenen Oktobertag mit seinen milden Temperaturen. Die luftige Fahrt führte mich vorbei am Sacrower See und durch den Königswald. Eine Stunde lang kreuzte ich im Schatten der Alleen durch die weiten Felder und Wiesen des Havellands. Auf dem Rückweg legte ich einen Stopp in der Baumschule in Neu Fahrland ein und trank im Café neben der Gärtnerei einen Kaffee.

Auf dem Weg zurück zum Parkplatz bemerkte ich eine Gestalt, die hastig zwischen dichten Bambusstauden verschwand. Es waren viele Besucher zwischen den Beeten unterwegs, aber etwas an dieser Figur kam mir bekannt vor. Ich hielt weiter nach ihr Ausschau, und als zwanzig Meter weiter eine Gruppe Stechpalmen den Blick zum Eingangs-Pavillon freigab, konnte ich tatsächlich Roy Orbisons Doppelgänger erkennen. Der Rüpel aus der S-Bahn war zwar nur für einen Moment zu sehen, aber Frisur und Brille entlarvten ihn, bevor er hinter dem Gebäude verschwand. Als ich den Pavillon erreichte, war er weg. Auch ein Rundblick über den Parkplatz lieferte mir keine neuen Erkenntnisse. Ich stieg in mein Cabrio und zockelte geruhsam nach Sacrow zurück.

Sicher, es gibt Zufälle, aber im Laufe meiner Tätigkeit als Trüffelschwein hatte ich mir abgewöhnt, an sie zu glauben.

Wie lange war der Typ schon hinter mir her?

Hatte er sich schon unter die Freizeitkapitäne in Nieder Neuendorf gemischt? Es wäre keine schlechte Wahl gewesen, denn einer, der aussah wie Roy Orbison, fiel in den Kulissen der Truman Show kaum auf. Oder hatte er mich an Bord des Dampfers nach Kladow begleitet? Ich auf dem Oberdeck. Er im Unterdeck. Das war unwahrscheinlich, denn außer einem Fahrrad hätte er nichts mitbringen können, um mir hier draußen auf den Fersen zu bleiben.

Wie auch immer. Der Mann war da.

*

In der Villa holte ich den Laptop aus meiner Reisetasche und sah die gespeicherten Unterlagen durch, die mir Stamm übergeben hatte.

Weder Texte noch Fotos gaben einen Hinweis auf Orbison den Zweiten. Ich gab auf, und widmete mich Docs Musiksammlung. Zusammen mit der Anlage nahm sie eine ganze Wand der Wohnhalle in Anspruch. Doch weder auf CD noch auf Kassette fand ich, was ich suchte. Erst in der Vinyl-Sammlung wurde ich fündig. Wenig später hallte *Oh, Pretty Woman* durch das Haus.

Ich machte mir was zu essen und schmeichelte mich bei Lucy mit einem frischen Salatblatt ein. Da die Hausherrin militante Biertrinkerin war, hatte ich mir zwei Flaschen Rotwein mitgebracht. Später legte ich die Platte von Roy Orbison noch mal auf. Bei *I Drove All Night* musste ich an die Bus-Tour denken. Ich warf einen Blick auf die Uhr. Es war Konzertzeit. Wie ich Doc kannte, hatte sie ihre Truppe rechtzeitig in Hörweite zur Band gebracht. Ich spürte so etwas wie Entzugserscheinungen und ging in den Keller.

Docs Musikstudio war bereits kurz nach dem Umzug fertig gewesen. „Da kannst du richtig Krach machen, Helm!" Krach hatte sie auch schon im Keller des bescheidenen Reihenhauses genug produziert. Wenn Doc die Elektrogitarre mit ihrem extra harten Plektrum bearbeitete und sich mit Verzerrer und Wawa-Effekt austobte, flatterte die Lautsprecherverkleidung. Ich schnappte mir die Telecaster und schaltete die Verstärkeranlage ein.

In der folgenden halben Stunde prügelte ich – mehr schlecht als recht – diverse Oldies in die Saiten. Danach schlich ich mich halb taub zurück ins Erdgeschoss, beäugt von Lucy, die Posten an der Küchentür bezogen hatte. Ich trank eine halbe Flasche Mineralwasser, schwamm eine Runde im Havelwasser und fiel ins Bett.

*

Wenn Lucy loslegt, dann richtig.

Laute Warnlaute trieben mich am frühen Sonntagmorgen aus dem Bett. Auf dem Weg zum Fenster hörte ich wie eine Autotür ins Schloss schlug. Die Gans keifte jemandem nach, der bereits hinter dem Steuer saß und den Motor startete. Ich konnte nicht erkennen, wer es war. Der Wagen, in dem er oder sie davonfuhr, war ein schwarzer Mercedes der A-Klasse mit Berliner Kennzeichen.

Der Tag war diesig. Am Nachmittag fuhr ich mit geschlossenem Cabriodach und eingeschalteter Beleuchtung nach Neu Fahrland und kaufte am mobilen Verkaufsstand einer Fischräucherei zwei große Lachsforellen, um Doc und ihrer Familie einen Nacht-Imbiss anbieten zu können.

Auf der Rückfahrt durch den Wald bemerkte ich den schwarzen Mercedes mit dem Berliner Kennzeichen im Rückspiegel. Wer immer am Steuer saß, er hielt sich – wie ich – an die ausgeschilderte Geschwindigkeitsbegrenzung.

Zweimal das Roy-Orbison-Double.

Zweimal die A-Klasse.

Es war an der Zeit, der Sache auf den Grund zu gehen. Die schmale Straße nach Sacrow war um diese Tageszeit kaum befahren. Kurz entschlossen stellte ich das Cabrio quer und blockierte die Fahrbahn. Ich sprang aus dem Wagen und ging auf den Mercedes zu, der langam zum Stehen kam. Durch Front- und Seitenscheibe war bei den Lichtverhältnissen nichts zu erkennen. Bevor ich die Fahrertür aufreißen konnte, wurde das Fenster geöffnet, und ein älterer Mann sah mich mit besorgter Miene an. Er hatte keinerlei Ähnlichkeit mit Roy Orbison und war ausgesprochen freundlich.

„Probleme mit dem Wagen?“ fragte er.

„Ich habe den Eindruck, Sie wollen etwas von mir.“

„Das muss ein Missverständnis sein.“ Er lächelte. „Ich kann mich nicht erinnern, die Lichthupe betätigt zu haben. Außerdem müsste ich doch nur klingeln, wenn ich was von Ihnen möchte.“

„Klingeln?

„Ich bin Nachbar der Ermayers.“

So viel zu meinem Verfolgungswahn.

„Und Sie sind wohl der Hüter des Hauses. Frau Ermayer hat Bescheid gesagt, damit ich nicht nervös werde und die Polizei rufe. Ich wohne gegenüber – obwohl die Gans das nicht zu akzeptieren scheint.“

„Tut mir Leid!“

Fernes Scheinwerferlicht kündigte ein Fahrzeug an. Ich beeilte mich, das Cabrio an den Straßenrand zu fahren. Docs Nachbar verabschiedete sich mit einem kurzen Hupen und setzte seine Fahrt fort. Ich ließ auch noch den herankommenden Wagen vorbeiziehen, bevor ich langsam weiterfuhr.

Als ich die Villa erreichte, parkte der Mercedes am Gehsteig gegenüber. Ich legte die Forellen in den Kühlschrank und öffnete die zweite Flasche Wein.

*

Kurz vor Mitternacht traf Doc mit ihrer Bande ein.

Es wurde noch spät. Alle waren restlos glücklich. Ihre Tour war ein Erfolg gewesen. Eric Burdon und Band hatten sich offensichtlich in Bestform präsentiert. Nachdem sie ein Sechserpack geleert hatte, legte Doc noch ein paar alte Scheiben auf, um mir deutlich zu machen, was ich verpasst hatte.

Als endlich alle im Bett lagen, ging ich in den Garten. Ich genoss die Ruhe. Die Herbstnacht war mild, und das Mondlicht spiegelte sich im Wasser wider. Afrika kam mir in den Sinn. Mein letzter Besuch in der Republik Südafrika lag viele Jahre zurück. Damals hatte noch Rassentrennung geherrscht. Inzwischen hatte das politische Klima – dort wie hier – einige Änderungen erfahren. Und was das Wetter am Kap anging, so war dort Ende Oktober Frühling. Ein Tourist hätte es Vorsaison genannt. Die kühlen und nebeligen Tage wichen sonnigerem Wetter, das ab Mitte November konstant blieb und zum Sommer wurde.

Hier zu Lande erwartete man den Winter. Es war gut, ihm aus dem Weg zu gehen. Wie lange, hing vom Erfolg meiner Mission ab. Ich ging nicht davon aus, sie in Kapstadt selbst erledigen zu können.

Wohin der Weg mich am Westkap führen würde, war völlig offen.

*

Im Laufe des Vormittags fuhr meine alte Freundin mich zum Dampfer.

Sie war leicht verkatert, vergaß jedoch nicht, mir noch die Adresse des Winzers in Paarl mit auf den Weg zu geben. „Solltest du meinem Rat folgen und ein paar Tage Urlaub am Kap anhängen, dann mach mir mal eine Liste“, sagte sie.

„Eine Liste?“

„Schreib einfach jeden guten Tropfen auf, den du da unten trinkst und den du mir empfehlen kannst.“ Doc lächelte zum Abschied. „Jetzt, wo wir die Villa haben, kann ich es doch mal mit einem Weinkeller versuchen.“

„Vergiss den Steg für deinen Mann nicht.“

„Eins nach dem andern.“ Doc sah prüfend über die Anlegebrücke zur Fähre. „Du solltest dich beeilen!“

Auf der Spur
Kapstadt, Anfang November 2003

4

Zwei Tage später saß ich mit einer beschlagenen Flasche Castle Lager auf der Terrasse des Bay Hotels und schaute über Küstenstraße und Sandstrand auf den Atlantik vor Camps Bay.

Die Gischtkämme der Brandung waren blendend weiß und standen für meine an das trübe Herbstlicht Europas gewöhnten Augen in fast schmerzhaftem Kontrast zum Tintenblau der Wogen. Auf der Victoria Road kam der dichte Küstenverkehr nur im Stop-and-go voran. Doch das Defilee der Automobile hatte etwas Gelassenes. Mein Bier war eiskalt, und bei jedem Schluck spürte ich ein feines Stechen in den Schläfen.

Ich war am Mittag über London und Johannesburg eingetroffen und von 38 Grad Celsius bei wolkenlosem Himmel empfangen worden. Der Nebel in Heathrow hatte mehrere Stunden Verspätung und einen verpassten Anschlussflug verursacht. Da die Zeitverschiebung zwischen Heimat und Kap jedoch keine Rolle spielte, nahm ich es, frei vom Jetlag, gelassen. Die Hitze klang langsam ab, und der Nachmittag verabschiedete sich mit einem milden Licht, das den Vorort von Kapstadt in schmeichelnde Pastellfarben tauchte. Der Atlantik sah allerdings so eisig aus wie er war. Nur wenige Menschen und einige Hunde badeten in den Wellen. Trotzdem herrschte unter den Sonnenschirmen am Strand das pralle Leben. Der Wind trug den Geruch von Holzkohlefeuer zu mir herüber, und durch das Rauschen der Brandung und den Motorenlärm erklang der eine oder andere Lacher und Hundegebell.

Da die gesuchte Person in Camps Bay zum letzten Mal gesehen worden war, hatte ich hier Quartier bezogen. Mit dem Mann, von dem ich wichtige Informationen erhoffte, war ich in einer Stunde verabredet. Er hatte ein Fischrestaurant in der Nähe als Treffpunkt vorgeschlagen.

Ich zeichnete die Rechnung ab und nutzte die verbleibende Zeit, um einen Spaziergang am Meer zu machen. Ein buntes Gemisch bevölkerte Gehsteige und Fahrbahn der Victoria Road. Es waren vor allem junge Leute, die zwischen Läden, Kneipen und vorbeizockelnden Fahrzeugen zu sehen waren. Camps Bay schien ihr Nest zu sein. Es erinnerte mich an eine Künstlerkolonie. Noch stand der alljährliche Ansturm der Pauschaltouristen aus.

Der Fahrer eines türkisfarbenen Oldtimers hielt gemächlich an, damit ich zur Musik seines Autoradios die Straße überqueren konnte. Der Schlitten war ein US-Cabrio mit Lenkradschaltung, in dem selbst Doc mit der ganzen Familie Platz gefunden hätte. Der blonde Beach Boy hinter dem Steuer hockte vereinsamt auf der durchgehenden Sitzbank und grinste mich freundlich an. Ich winkte ihm meinen Dank zu, und er nahm die Hände vom Steuer und spielte Luftgitarre für mich, bis ihn ein kurzes Hupen zur Weiterfahrt aufforderte.

Die Holzkohlenfeuer am Strand wurden von schwarzen Einheimischen betrieben. Es waren einfache Leute, die eine gut gelaunte Feierabendstimmung verbreiteten. Fisch brutzelte über der Glut, und eine Kiste Bier stand bereit. Die Aufmerksamkeit der Erwachsenen galt einem Brettspiel, während die Kinder zwei Hunde über den Sand jagten, die Haken schlugen und die Verfolger mit Scheinangriffen zum Stolpern brachten. Eine sommersprossige Lady marschierte die auslaufenden Wellen entlang. Sie war nicht mehr die Jüngste und schien nichts und niemanden wahrzunehmen. In den Händen hielt sie ein Skript, aus dem sie einen englischen Text deklamierte. Die Worte verloren sich im Wind. Ich folgte der Frau und musterte ihre strammen, von Krampfadern überzogenen

Waden unter der hochgekrempelten Khakihose, bis sie mir enteilte.

Als ich eine Viertelstunde später die Felsformationen am Ende der Bucht erreichte, hockte sie bereits an der äußersten Spitze der Landzunge und gestikulierte zum lauten Vortrag aufs offene Meer hinaus. Ich fand einen bequemen Stein, setzte mich und sah zum Hotel zurück, das sich mit weißer Front und grünen Dächern hell vor der dunklen Wand der Zwölf Apostel abhob. Die Bergkette überragte die Bucht. Sie machte den Landstreifen zwischen Massiv und Atlantik schmal und zwang Häuser und Straßen in eine steile Hanglage. In der aufkommenden Dämmerung konzentrierte sich das quirlige Leben ganz auf die Küstenstraße. Neonreklamen, Scheinwerfer und Rückleuchten verschmolzen zu einem bunten Lichterband.

Das Handy, das ich mir direkt nach meiner Ankunft gemietet hatte, vibrierte. Ich meldete mich. Es war der Mann, mit dem ich verabredet war.

„Gormann. Ich bin jetzt doch ein bisschen früher dran, als gedacht, Herr Tempow. Könnten wir unseren Termin eine halbe Stunde vorziehen?"

„Kein Problem."

„Wenn sie jetzt im Hotel losgehen, bin ich rechtzeitig im Lokal."

„Ich bin am Strand – bei den Felsen."

„Ah... Whale Rock. Ein schönes Plätzchen, um die Abendstimmung zu genießen! Kommt, was die Wegstrecke angeht, zeitlich auf dasselbe raus. Immer gerade aus über den Strand zur Victoria zurück."

„Dann mache ich mich mal auf den Weg."

„Bis dann. Der Tisch ist auf meinen Namen reserviert." Er lachte. „Aber Sie zahlen!" Er beendete die Verbindung.

Es wurde kühl, und ich zog den Pullover über, den ich mir um die Hüften gebunden hatte. Auf dem Rückweg musterte ich die weißen Villen in den Hängen. Irgendwo da oben besaß Gunter Gormann einen Bungalow mit Pool.

*

Sowohl im Inneren des Restaurants, als auch auf dem Gehsteig zur Victoria waren die meisten Tische bereits besetzt.

Die Einrichtung des Lokals war einfach und solide. Das Personal gab sich lässig, offen und herzlich. Alles in allem eine Visitenkarte, auf der in großen Lettern stand: „Schaut her, wir machen keinen Hokuspokus. Schickimicki gibt es woanders. Wir konzentrieren uns auf das Wesentliche – den Fisch!"

Ich postierte mich vor dem Stehpult mit dem Reservierungsbuch, und in Sekundenschnelle war eine der Bedienungen bei mir. Es gab keinen livrierten Platzanweiser. Wer immer vom Personal gerade am nächsten stand, erledigte die Sache. *Mister Gormann* war zwar kein Begriff, aber *Gunter* war bekannt und brachte mir den einzigen freien Tisch am Gehsteig ein. Kaum hatte ich Platz genommen, erschien er in Person, begrüßte erst die Bedienung, dann mich und nahm Platz.

Gunter Gormann war ein sehr großer Mann mit silbernem Vollbart und noch pechschwarzem Haupthaar. Und trotzdem wirkte er eher unscheinbar. Es passte zu seinem verbindlichen Tonfall. Die Bedienung betete das Angebot herunter, das nicht auf der Karte stand. Ich entschied mich für den Schwertfisch vom Grill und Gormann für Thunfisch aus der Pfanne. Wir einigten uns auf eine Flasche Chardonnay, und die Bedienung eilte davon.

„Sie wollen also mit mir über Timothy Butler reden", sagte er.

„So ist es."

5

Um Zweifel auszuschließen, gab ich Gormann das Phantombild.

Es zeigte einen hageren Schwarzen um die Vierzig mit wilder Afromähne und schmalem Schnurrbart. Die Computerarbeit basierte angeblich auf einer Zeugenaussage und war alles, was mein Auftraggeber an optischen Hilfsmitteln anbieten konnte. Laut Stamm suchten deutsche und südafrikanische Behörden seit nunmehr sieben Jahren erfolglos und zunehmend lustloser nach dem Mann. Eine Zusammenarbeit mit eben jenen Behörden war nicht mehr erwünscht. Damit rannte man bei mir offene Türen ein. Ich hatte nicht vor, mit meinen Jobs öffentlich bekannt zu werden.

„Na ja, es gehört schon viel guter Wille dazu, Tim auf dem Foto zu erkennen", sagte Gormann. „Den Bart hatte er nicht, als er bei uns arbeitete."

Wenn er sich über den erkennungsdienstlichen Charakter des Konterfeis wunderte, so zeigte Gunter Gormann es nicht. Ich steckte das Bild weg und sagte: "Für mich sieht er eher wie ein Äthiopier oder ein Somali oder Eritreer aus."

„Wenn, dann eher Somali, denn er war Muslim. Keiner von der militanten Sorte. Er hatte hiesige Papiere und war am Kap ganz zu Hause. Außerdem verfügte er über gute Kontakte zum *ANC.*"

Die Bedienung brachte den Wein, und ich stieß mit Gormann auf die ersten wirklich neuen Informationen an: Timothy Butler war vermutlich Muslim und bei den neuen Machthabern offenbar gut gelitten.

„Wie lange war er für Sie tätig, Herr Gormann?"

„Sagen Sie ruhig Gunter." Er hielt mir die Hand hin. „Kein Mensch nennt mich hier zu Lande beim Nachnamen."

Ich schlug ein. „Helm."

„Tim hat gut ein Jahr für uns gearbeitet."
„Was hat er gemacht?"
„Er arbeitete unregelmäßig für uns – und das auf Honorarbasis. Er spricht hervorragend Englisch und sehr gut Deutsch. Deshalb habe ich ihn vor allem bei Projekten für deutsche Produktionen eingesetzt."
„Was genau war seine Aufgabe?"
„Er war vielseitig. Fahrer, Betreuer für deutsche Gäste, eben ein Mädchen für alles. Ich konnte mich auf ihn verlassen. Er hat sogar gelegentlich deutsche Drehbücher ins Englische übersetzt und bei kleineren Projekten als Produktionsassistent gearbeitet."
„Mit Projekte meinen Sie Filme?"
„Richtig. Wenig Kino und viel Fernsehen – alles von der Serie bis zum TV-Movie. Außerdem Musik-Videos und Werbespots. Meine Firma *Whale Rock Pictures* betreut vor allem die Produktionen deutscher Hersteller, die hier vor Ort drehen."
„Warum endete die Zusammenarbeit mit Butler?"
„Er verließ Kapstadt."
„Warum?"
„Keine Ahnung. Er war eines Tages weg. Ich rief seine Nummer wegen eines neuen Auftrags an und erfuhr, er habe die Stadt verlassen."
„Wohin?"
„Da fragen Sie mich zu viel, Helm."
Die Bedienung servierte das Essen und wünschte uns guten Appetit. Ich ließ den ersten Bissen Schwertfisch auf der Zunge zergehen.
Gormann musterte mich. „Und?"
„Vortrefflich. Zart und saftig."
Gormann war zufrieden und widmete sich seinem Thunfisch. „Die wissen hier, wie man Fisch zubereitet – und vor allem, wo man gute Ware bekommt."

„Haben Sie noch mal versucht, Kontakt mit Butler zu bekommen? Er war doch offenbar ein Mitarbeiter, den man nicht gerne verliert."

„Tim war zweifellos ein guter Mann. Aber ich bin – Gott sei Dank – sehr gut im Geschäft und habe zwischen den Projekten nicht groß Zeit, Anwerbungs- oder gar Suchaktionen durchzuführen. Es gibt genug geeignete Leute, die sich aufdrängen – auch jüngere als Tim."

„Erinnern Sie sich an Personen, die Butler besonders gut kannten?"

Gunter Gormann aß und trank und dachte eine Weile nach. „Soviel ich weiß, ging er in ‚Manenberg's Jazz Café' ein und aus. Das ist Downtown Kapstadt. Angeblich kann man dort den besten Live-Jazz aus den Townships hören. Und dann war Tim wohl im guten Kontakt zu Jabu Mahlangu. Der Alte spielt Gitarre. Sie können ihn fast jeden Tag an der Waterfront treffen. Er hockt meist beim Victoria & Alfred Hotel auf dem Kai und macht mit einem Saxophonisten Musik für die Touristen. Tim hat die beiden Veteranen mal für eine Produktion angeschleppt, und wir haben sie mit großem Erfolg eingesetzt. Der alte Jabu spielt seinen Freunden heute noch das Video vor."

„Timothy Butler scheint es mit der Musik zu haben."

„Das kann man wohl sagen. Er spielt übrigens selber ganz passabel Gitarre und hat bei jeder Produktions-Feier in die Saiten gegriffen und dazu gesungen. Kam gut an. Sein Hit war *Ain't No Sunshine.* Den Song kriegt er fast so gut hin wie Bill Withers."

Ich wartete geduldig, bis Gormann einen Schluck Wein getrunken hatte und fort fuhr.

„Dabei fällt mir ein – wir hatten mal eine Warm Up Party hier ganz in der Nähe, hinter ihrem Hotel, Helm. Wo der Sportplatz ist. ‚The Ref & Whistle' heißt das Lokal. Das ist die Hausbar des hiesigen Sportklubs. Jedenfalls bedient dort hinter der Bar eine malaiische Schönheit. Sie heißt Betty. Tim hatte was mit ihr. Vielleicht fragen Sie einfach mal dort nach ihm."

„Danke für den Tipp."

„Darf man fragen, warum Tim gesucht wird?"

Ich hatte die Frage erwartet. „Sie dürfen, aber ich kann Ihnen keine Antwort geben." Ich pufferte die Antwort mit einem Lächeln ab und sagte: „Ich weiß es selbst nicht." Es war gut, nicht lügen zu müssen. Ich dachte an Doc, für die ich jetzt in Mosambik war. „Ich soll Timothy Butler finden. Warum, kann ich Ihnen nicht sagen."

Gormann gab sich damit zufrieden. Er glaubte mir zwar nicht, aber das war unwichtig.

„Und was hat *Sie* zu dem Job hier gebracht, Gunter?"

„Der Lauf der Dinge!" Er lächelte gedankenverloren und trank noch einen Schluck. „Genauer gesagt: Der Fall der Mauer."

Für einen Augenblick sah ich Docs Villa in Sacrow, den maroden Steg und das Patrouillenboot des DDR-Zolls auf der Havel vor mir.

„Ich habe früher für die DEFA gearbeitet, wenn Ihnen das was sagt."

„Deutsche Film AG."

„Exakt." Er schenkte mir den Rest Chardonnay ein und orderte eine neue Flasche, ohne mich zu fragen. „Ich habe nach der so genannten Wiedervereinigung bei einer westdeutschen Firma als Produktionsleiter angeheuert und dabei die Chance bekommen, eine Reihe von Fernsehfilmen in Südafrika zu betreuen. Es waren melodramatische Rührstücke über Deutsch-Südwest, aber die Arbeit öffnete mir hier alle Türen, und wenig später entschloss ich mich, ganz nach Kapstadt zu ziehen und mich als Producer auf der anderen Seite der Geschäftsbeziehung zu postieren."

„Hört sich gut an."

„Fakt ist: Ich habe es keine Minute bereut."

Die Bedienung brachte den Wein und während sie die zweite Flasche entkorkte und uns einschenkte, besah ich mir das Etikett der leeren Flasche genauer. Ich bat um einen Kugelschreiber, notierte *Uva Mira-Chardonnay aus Stellenbosch* auf eine Papierserviette und eröffnete so die versprochene Liste für Doc.

„Der Tropfen ist ganz in Ordnung, aber es gibt bessere", sagte Gormann.

„Als Einstiegsdroge ist er jedenfalls gut geeignet." Ich steckte die Serviette ein und lächelte Gunter Gormann an. „Ist nur eine Notiz für eine befreundete Biertrinkerin."

6

Gegen sechs Uhr früh wachte ich auf, ging auf den Balkon und sah aufs Meer. Es herrschte Ebbe. Noch war es kühl und diesig, aber vom Strand klang schon Kinderlachen zu mir herüber.

Den gestrigen Abend hatte ich in angenehmer Erinnerung. Gormann war über der zweiten Flasche Weißwein richtig gesellig geworden und ins Schwärmen über Land und Leute geraten. „Klar", hatte er eingeräumt, „Es gibt Sicherheitsprobleme, eine hohe Kriminalitätsrate und wahllose Bombenanschläge mitten in der Stadt in bester IRA-Manier – vom AIDS-Problem und dem Weltrekord an Vergewaltigungen ganz zu schweigen. Aber es gibt auch viel Positives! Vor allem gehört die Apartheid der Vergangenheit an."

Über Timothy Butler hatte ich nichts mehr in Erfahrung bringen können. Doch wenig war besser als gar nichts, und Gormann schien wirklich nicht mehr zu wissen. Zwar hatte er versprochen, mich anzurufen, falls ihm doch noch etwas einfallen sollte, aber ich machte mir keine allzu großen Hoffnungen.

Da ich zur frühen Morgenstunde noch nicht mit Service auf dem Pool-Deck rechnete, nahm ich ein Handtuch aus dem Badezimmer mit und begab mich auf den Weg zum Frühsport. Der Pool war so kalt wie ein Bergsee. Einsam und allein schwamm ich Bahn für Bahn. Offenbar war niemand außer mir bereit, sich dem Tod durch Erfrieren auszusetzen. Nach einigen Minuten meinte ich, am Boden des Schwimmbeckens einen Stein zu erkennen. Er schimmerte grünlich – wie ein Malachit. Aber es war wohl eine Sinnestäuschung, bedingt durch ein unterkühltes Gehirn. Natürlich hätte ich einfach hinabtauchen können, um mir Gewissheit zu verschaffen, doch etwas hielt mich davon ab.

Erst unter der warmen Dusche kam ich wieder richtig zu mir und überdachte meine Optionen für den Tag. Wenn Betty Barfrau war, machte es keinen Sinn, vor der Happy Hour im ‚Ref & Whistle' aufzukreuzen. Ein Besuch in ‚Manenberg's Jazz Café' war eher Nachtarbeit. Also beschloss ich, nach dem Frühstück zunächst an der Waterfront Ausschau nach Jabu Mahlangu, dem alten Gitarrenspieler, zu halten.

*

Beim Frühstück war ich nicht der Erste.

Eine junge Frau, die ich auf Mitte Dreißig schätzte, saß am Fenster und sprach mit einem der Junior Manager des Hotels. Als ich vom Buffet zurückkam, sah sie kurz auf, und ich lächelte ihr zu. Sie tat, als sähe sie mich nicht, und wandte sich wieder dem Hotelangestellten zu. Ich war unangenehm überrascht, denn ich bildete mir etwas darauf ein, die Frau wieder erkannt zu haben, obwohl sie eine neue Frisur hatte. In Heathrow waren ihre jetzt kurzen und strohblonden Haare noch schulterlang und dunkelblond gewesen. Wenn man stundenlang gemeinsam im Nebel festsitzt und auch noch denselben Anschlussflug verpasst, merkt man sich die eine oder andere Person. Und so sollte mein Lächeln nicht mehr als ein Zeichen der Verbundenheit gedeutet werden – auch wenn meine Leidensgenossin nicht gerade unattraktiv war.

Doch Frauenbekanntschaften waren nicht das, was ich in Südafrika suchte. Und trotzdem: Von der Blonden ignoriert zu werden, verstimmte mich.

*

Gegen halb zehn heizte die Sonne den Dunst weg, und es wurde wärmer.

Ein Taxi brachte mich über die Serpentinen der Küstenstraße nach Kapstadt. Die Häuser von Clifton klebten wie Schwalbennester über und unter mir an den Steilhängen, und der Blick hinaus auf den dunklen Atlantik ließ den antarktischen Benguela-Strom ahnen. Mein Taxifahrer war nicht von der geschwätzigen Sorte, gab sich jedoch Mühe, dem vermeintlichen Touristen Orientierungshilfen anzubieten. Clifton Beach kommentierte er mit: Schick und Luxus. Auf dem Weg durch das Seebad Sea Point ließ er mich wissen, alles sei etwas heruntergekommen und bei Nacht keinesfalls sicher. Und bei Green Point erkundigte er sich nach meinem Handikap beim Golf.

An der Waterfront ließ ich mich auf dem Parkplatz vor dem Haupteingang der Einkaufspromenade absetzen. Nicht nur wegen der Nähe zum Hafen hatte der luftige Neubau etwas von einem gigantischen Schiff. Es lag auch an den Holzplanken und Stahltrossen, die den vielen Treppen und Etagen den Charakter von Niedergängen und Decks verliehen. Supermärkte, Boutiquen, Cafés, Kneipen und Nobelrestaurants reihten sich aneinander wie auf einer jener riesigen Hochseefähren, auf denen sich alles um zollfreies Shopping dreht.

Wieder im Freien, bot sich mir ein weiter Blick über die Hafenanlage. Doch noch bevor ich die Aussicht richtig genießen konnte, stürzte sich ein fliegender Händler auf mich. Er nahm mich in Manndeckung und bot mir Musikkassetten an. Der Mann war dunkelhäutig. Seine Haare waren blond gefärbt und zu einer Frisur gestylt, mit der er aussah wie ein Hamster nach einem Stromschlag.

Ich versuchte den Freak auszublenden und konzentrierte mich auf die Waterfront. Jedes Gebäude, ob Lagerhalle oder Verwaltungsblock, präsentierte sich mit frischen Farben im Sonnenlicht. Schlepper, Fähren und Segelschiffe pflügten durchs Wasser oder dümpelten an ihren Liegeplätzen. Auf jedem Kai, auf allen Landungsbrücken und in den Docks herrschte Betriebsamkeit. Arbeiter, Geschäftsleute und Erholungssuchende verschmolzen zu einer einzigen lebendigen Menge. Der Hall von Hammerschlägen, das Zischen von Schweißbrennern und gellende Schiffssirenen begleiteten laute Musik und fröhliches Kinderlachen. Ein Pantomime nutzte die Klangkulisse als Begleitmusik zu seinem ganz persönlichen Stummfilm.

Der fliegende Händler hielt Parallelkurs zu mir, lockte unterwegs andere Kunden, schien mich jedoch nicht ganz aufgeben zu wollen. Auf dem Weg zum Victoria & Alfred Hotel passierten wir einen Chor in bunten Gewändern. Frauen und Männer wiegten sich rhythmisch in den Hüften und verbreiteten mit mächtigen Stimmen gute Laune. Es folgte eine Blaskapelle in Uniform, deren Musiker etwas steif wirkten. Doch dafür swingte ihre Musik umso mehr. Und schließlich kam ich an zwei bleichen Engeln der Heilsarmee vorbei, die mit brüchigen Seniorenstimmen der allgemeinen Lust am Leben Paroli boten.

Vor dem Hotel hielt ich Ausschau nach Jabu Mahlangu, aber weder der Gitarrist, noch sein Partner, der Saxophonist, waren zu sehen oder zu hören. Ich setzte mich in ein Café am Ende der Hotelgalerie, das luftigen Schatten und den Blick auf den Kai bot, bestellte einen doppelten Espresso und ein Mineralwasser und behielt die nähere Umgebung im Auge. Vielleicht war ich nur etwas zu früh für die tägliche Vorstellung der beiden Musik-Veteranen.

Der Mann mit den Musikkassetten kam an meinen Tisch und bot mir erneut sein preiswertes Repertoire an. Den Verdacht, es könne sich um Raubkopien oder geklaute Originale handeln, wies er weit von sich, bevor ich auch nur danach gefragt hatte.

„Sind Sie jeden Tag hier?“ fragte ich und sah mir höflichkeitshalber sein Angebot an.

„Klar – hier ist immer was los!“

„Nur leider keine Live Musik heute.“

„Sie meinen sicher Jabu und seinen Kumpel.“ Er warf einen besorgten Blick zum Kai. „Ich habe mich auch schon gefragt, wo die heute bleiben. Haben sicher gestern zu viel gebechert.“

Ich entdeckte eine Kassette von Roy Orbison in seinem Sortiment und kaufte sie ihm ab. Er zog weiter. Noch während ich ihm nachsah, machte mein Handy dezent auf sich aufmerksam.

„Gunter Gormann – ich rufe an, damit Sie nicht umsonst an der Waterfront nach dem alten Jabu suchen.“

„Schon passiert!“

„Das tut mir Leid. Wo sind Sie jetzt?“

„Am Victoria & Alfred Hotel.“

„Ich habe Sie da gestern Abend auf eine falsche Fährte gelockt, Helm.“ Er lachte kurz auf. „Der Alte hängt nämlich hier im Produktionsbüro rum. Ich wusste nicht, dass unser Regisseur ihn gestern spontan als Berater in Sachen einheimische Musik angeheuert hat. Wenn Sie Lust haben, kommen Sie einfach rüber, dann können Sie hier mit ihm sprechen. Es ist nicht weit."

„Wie komme ich hin?"

„Wir befinden uns ganz in der Nähe zum Hafengelände an der Ecke Port Road und Ebenezer Road. Vom Taxistand vor dem Hoteleingang nach links die Dock Road entlang, um die New Marina herum. Ist nicht weit zu Fuß. Sie können natürlich auch ein Taxi nehmen, aber die meisten Fahrer werden nicht begeistert sein, weil es sich nicht lohnt."

7

Der kurze Fußmarsch war lang genug.

Auch dieser Tag wurde gegen Mittag wieder heiß und sonnig. Trotzdem herrschte ein angenehmes Klima – erst recht hier am Wasser in der leichten Atlantikbrise. Der Wachmann, der das Tor zum Gewerbegelände sicherte, beantwortete meine Frage, indem er mit seinem Schlagstock über den Parkplatz zum Büro der *Whale Rock Pictures* zeigte.

Vor dem Eingang beluden ein paar junge Leute einen Kleinbus mit Kameras und Scheinwerfern. Ein Büro reihte sich an das andere. Meist Hightech-Firmen. Trotzdem machte das Ganze einen eher provisorischen Eindruck. Auch Gunter Gormanns Produktionsbüro strahlte intensive Kurzlebigkeit aus. Hyperaktive und freundliche Geschäftigkeit bei funktioneller, aber nur flüchtig arrangierter Ausstattung. Alles in allem eher ein nützlicher Campingplatz als eine ordentliche Niederlassung.

„Wir mieten die jeweiligen Örtlichkeiten nur für die gerade laufende Produktion an", erklärte mir Gormann, nachdem er mich herzlich begrüßt hatte, und führte mich in den verglasten Verschlag, der ihm als Büro diente.

Ich sah mich um.

„Setzen Sie sich! Ich schicke Ihnen den Alten gleich vorbei. Hier können Sie in aller Ruhe mit ihm reden. Das einzige stationäre Telefon steht draußen bei meiner Assistentin." Er streckte mir die Hand zum Abschied hin. „Und seien Sie bitte nicht böse, wenn Sie mich nicht mehr zu Gesicht bekommen sollten. Ich habe im Moment viel um die Ohren."

Ich schüttelte ihm die Hand. Das „Danke!" musste ich ihm schon nachrufen.

*

Kaum war mein Blick einmal über die Sammlung aus Drehbüchern, Storyboards, Produktionsplänen und Motivfotos gewandert, tauchte auch schon Jabu Mahlangu auf und schlug mir zur Begrüßung so lässig auf die Schulter, als hätten wir zusammen schon mehrere Platten aufgenommen.

Der Alte war eine beeindruckende Erscheinung. Er mochte um die Siebzig sein, wirkte jedoch jünger. Ich tippte auf Vorfahren mit schwarzafrikanischem und asiatischem Ursprung. Hautfarbe, Nase und Statur waren aus Afrika, Augen und Haare aus Asien. Wahrscheinlich Zulu und Malaie. Mit seiner üppigen, mit viel Frisiercreme zusammengehaltenen, Tolle und dem breiten Mund voller kräftiger Zähne, erinnerte er mich ein wenig an James Brown. Auch das Hemd aus weinroter Kunstseide mit dem weit offen stehenden Kragen, und der Anzug aus Schlangenhaut-Imitat mit Schlaghose und goldfarbener Polyesterweste passten dazu.

„Ich wette, Sie haben *Sex Machine* in Ihrem Repertoire, Mister Mahlangu", sagte ich.

Jabu brach in lautes Lachen aus. „Darauf können Sie verdammt noch mal Gift nehmen, Sir! Ist ein guter Song, kein Zweifel – aber ich stehe noch mehr auf *How Do You Stop*." Er schnippte mit den Fingern, um sich zu begleiten, machte ein paar Tanzschritte und sang: „*How do you stop – before it's tooooo late…?*" Er schlug sich auf die Schenkel und wackelte kurz mit dem Hintern. Tänzelnd näherte er sich dem Schreibtisch, schnippte erneut mit den Fingern und sang weiter: „*Hard bodies, soft emotions – so fast, so smart…*" Er breitete die Arme weit aus und lächelte mich an.

Jabu Mahlangus Stimme war rau und tief. Was mochte der Mann wohl zu Stande bringen, wenn er auch noch Gitarre dazu spielte?

Der Musiker summte die Melodie weiter und setzte sich. Sein Fingerschnippen gab ungebrochen den Rhythmus vor, während er entspannt die Füße auf Gunter Gormanns Schreibtisch parkte und mir seine weißen Boots zeigte. Sie trugen goldene Beschläge und hatten hohe Absätze. Er verschränkte die Hände hinter dem Kopf und musterte mich. „Sie wollen mit mir über Tim reden, sagt Gunter?"

„Stimmt." Ich setzte mich auf einen Stuhl.

„Er ist in Schwierigkeiten..."

Der Alte holte keine Erkundigung ein, sondern stellte etwas fest, was er schon lange ahnte. Also fragte ich: „Was wissen Sie darüber?"

„Nichts – aber ich spüre so was. Bei Tim ist das nicht schwer. Er bringt Anderen Glück und zieht selber das Pech an. Sehen Sie nur mich an. Mir hat er Glück gebracht. Jetzt sitze ich schon wieder hier bei den Filmleuten, und sie wollen mit mir zusammenarbeiten. Aber Tim – der ist nicht mehr da! Dabei waren die hier sehr zufrieden mit ihm."

„Das habe ich auch gehört."

Der Alte zauberte eine billige Zigarre unter der Schlangenhaut hervor, biss ein Ende ab und spuckte es in eine Ecke. Er steckte den zerfaserten Stumpen zwischen die Zähne, beugte sich vor, drehte einen Stiefelabsatz zur Seite und brachte eine kleine Schachtel mit Wachsstreichhölzern ans Tageslicht. Dann riss er ein Zündholz an der Stiefelsohle an und gab sich Feuer, bevor er die Schachtel wieder im Absatz verstaute.

Ich musste noch warten, bis er genug Rauch gepafft hatte, um die Glut am Leben zu halten.

„Tim war plötzlich weg“, sagte er. „Keiner weiß, wo er ist. Man hört nichts von ihm. Nicht mal seiner Freundin Betty hat er was gesagt. Und die war der Mensch, der ihm am nächsten stand.“ Er grinste. „Zumindest körperlich.“

„Die malaiische Schönheit, die im ‚Ref & Whistle‘ in Camps Bay an der Bar bedient?“

Jabu lachte. „Sie wissen ja schon alles.“

„Fast...“

„Na ja, sie arbeitet auch gar nicht mehr in der Bar. Hat was Besseres gefunden.“ Sein Grinsen war jetzt eindeutig anzüglich.

„Wissen Sie, wie ich sie erreiche?“

Jabu kramte in den Innentaschen seiner Jacke und förderte einen Stapel Visitenkarten ans Licht. Er streifte das Gummibändchen ab und sah sie durch. „Hier – auf der Rückseite steht ihre Privatnummer.“ Er hielt mir die Karte hin. „Aber denken Sie bitte nicht, ich sei ihr Macker. Sie arbeitet jetzt für eine Agentur.“

Ich stand auf, nahm die Karte entgegen und sah sie mir genau an, während ich wieder Platz nahm. Auf der Vorderseite stand *SUZIE*, darunter *Intimate Escorts* und eine Telefonnummer.

„Das ist Bettys Künstlername“, sagte Jabu. „Den hat sie von Suzie Wong.“

Die Zahlen auf der Rückseite waren mit grüner Tinte notiert.

„Sagen Sie Betty, Jabu hätte Ihnen die Privatnummer gegeben, sonst wimmelt sie Sie an die Agentur ab.“

„Danke!“ Ich steckte die Karte ein. „Man hat mir gesagt, Timothy Butler macht auch Musik und verkehrte regelmäßig in diesem berühmten Jazz Café. Sollte ich da mal vorbeisehen...?"

„Manenberg's?" Jabu schüttelte den Kopf. „Da brauchen Sie nicht mehr hinzugehen. Stan Wishbone war der letzte, der ihn dort gesehen hat. Aber auch Stany spielt und verkehrt dort nicht mehr."

„Wieso nicht?"

„Stany lebt inzwischen in Franschhoek. Er arbeitet als Oberkellner in einem Restaurant. So einem Gourmet-Tempel, für die dieses Hugenottenkaff berühmt ist. Da dreht sich alles um Wein." Er kicherte. „Dabei hat Stany am liebsten Bourbon getrunken. Der hat gar keine Ahnung von Wein. Aber angeblich kommt bei dem Kellnerjob mehr rum als am Schlagzeug. Dabei ist Stany ein verflucht guter Drummer." Der Alte verstummte für einige Sekunden. „Und jetzt bedient er Leute, die ein Schweinegeld für wenig Essen auf großen Tellern ausgeben."

Bevor er trübsinnig werden konnte, sagte ich: „Aber *Sie* machen weiter Musik!"

Er saugte an seiner Zigarre. „Klar! Ich krepiere beim Singen oder bei einem abgefuckten Gitarrensolo. So ist das nun mal." Er lächelte mich an. „Mögen Sie Musik?"

„Sehr!"

„Was zum Beispiel?"

Ich zog die Kassette aus der Tasche und warf sie auf den Schreibtisch.

Er nahm die Füße vom Tisch, beugte sich nach vorne und starrte die Musikkassette an. „Roy Orbison?"

„Gefällt Ihnen nicht?"

„Doch, doch. Ganz gute Stimme. Aber der Typ sah immer ein bisschen blutarm aus."

Ich stand auf und nahm die Musikkassette wieder an mich. „Wissen Sie, wie das Lokal heißt, in dem Stan Wishbone in Franschhoek arbeitet?"

„O ... la ... la ... qui ... qui ... Le Quartier Français!“

Der alte Knochen machte eine ausgewachsene Tuntenshow aus der Antwort. Es hörte sich an, als müsse er unter Folter ein Chanson für mich singen.

„Auberge du Quartier Français...“

„Angeblich hatte Tim Butler hier in Südafrika ganz gute politische Kontakte“, ging ich dazwischen.

„Tim und Politik?“ Er schien einen Moment nachzudenken. “Quatsch!“

So abwehrend Jabu Mahlangu dabei auch in der Luft herumfuchtelte, irgendwie hatte ich das Gefühl: Es war was dran an der Polit-Connection.

„Stany – der ja!“ gab der Alte zu. „Stan Wishbone hatte es schon mit dem *ANC*, als das in diesem Land noch lebensgefährlich war.“

8

In Green Point wurde offenbar nicht nur Golf gespielt.

Es war gegen zweiundzwanzig Uhr, als mich der Taxifahrer vor den Savoy Mansions absetzte. Der Wohnblock machte einen gepflegten aber seelenlosen Eindruck. Ich identifizierte mich über die Gegensprechanlage und nahm den Aufzug. Bettys letzter Termin an diesem Abend war geplatzt, und sie hatte mir großzügig angeboten, einzuspringen.

Nach dem Telefonat mit ihr war ich den Nachmittag und frühen Abend damit beschäftigt gewesen, das Zentrum Kapstadts zu erkunden. Ich hatte Zeit. Bei meinem Job macht es keinen Sinn, breit gestreut vorzugehen und unerwünschte Aufmerksamkeit auf sich und seine Mission zu lenken. Ich hatte gelernt, konkrete Anhaltspunkte ruhig und beharrlich zu verfolgen. Meist ergeben sich dabei Erkenntnisse, die mich bei der Suche weiterbringen. Erst wenn alle

Spuren versanden und ich überhaupt nicht weiterkomme, lege ich Feuer. Doch ein Buschbrand treibt zwar einiges aus dem Unterholz, ist aber schwer unter Kontrolle zu halten. Ich lenke nicht gerne die Aufmerksamkeit des Gegners auf mich – erst recht nicht unter Zeitdruck. Auch meine Technik des Findens habe ich über die Jahre herausgefunden. Sie hat sich bewährt, und ich weiche nicht ohne Not von ihr ab.

Ich fand Apartment 309 und klingelte.

Betty war ohne Zweifel eine sehr attraktive Frau. Die blauschwarzen, extrem kurz geschnittenen Haare ließen die Mandelaugen noch größer erscheinen.

„Kommen Sie rein", sagte sie und überließ es mir, die Tür zu schließen.

Während ich Betty in ein hypermodern durchgestyltes Apartment folgte, hatte ich Gelegenheit, das Wesen mit dem Künstlernamen Suzie ausführlich zu taxieren. Die Begrüßungschoreografie war professionell. Der weiße Hosenanzug saß eng und betonte die Figur. Dazu flache Schuhe – um kleingewachsenen Männern nicht den Mut zu nehmen.

„Drink?" fragte sie und drehte sich zu mir um. „Ich habe so gut wie alles zu bieten, wenn Sie nicht gerade auf ausgefallene exotische Sachen stehen." Sie lächelte mich offen und herzlich an. „Das gilt natürlich nur für die Getränke." Es war keine Spur von Koketterie herauszuhören. Sie informierte, nicht mehr, nicht weniger.

„Ein kaltes Bier wäre schön."

„Nehmen Sie doch Platz."

Sie ließ mich mit einem Hauch ihres Parfums zurück, ging zu einer Kombination aus offener Küche und Hausbar und öffnete den Kühlschrank. Ich sah ihr vom Sofa aus zu. Es war nichts Anrüchiges an ihr, geschweige denn etwas Verlebtes. Sie brachte mir das Bier und mixte sich einen Longdrink.

„Sie sind Deutscher?"

„Richtig."

Sie lächelte geschäftsmäßig. „Ich kenne einige Deutsche, aber ich hatte noch nie mit einem Sex."

Im Moment war mir nicht danach, daran etwas zu ändern.

„Ich glaube, ich mag Sie, Helmut."

„Helm, einfach Helm. Kommt von Wilhelm."

„Oh... sorry."

„Kein Problem."

„Da Sie zum ersten Mal hier sind, muss ich Sie nach Ihren Wünschen fragen." Sie füllte Eis in ein Glas. „Damit erst gar keine Missverständnisse aufkommen, Helm, nenne ich Ihnen mal die allgemeinen Bedingungen. Zunächst zur Zeit: Ich sagte Ihnen ja schon am Telefon, Sie sind mein letzter Kunde für heute. Also können Sie sich aussuchen, wie lange Sie bleiben wollen."

Widerspruchslos nahm ich zur Kenntnis, wie viel es kosten sollte. Ich hatte nicht vor, zu handeln.

Sie schnitt ein Stück Limone ab und drückte es über dem Eis aus. „Wenn es länger dauern soll, kann ich Rabatt einräumen, bei Openend können wir sogar eine Pauschale vereinbaren." Sie warf mir einen kurzen Blick zu, um sich zu vergewissern, ob ich noch mitkam.

Ich bestätigte die Informationen mit einem Nicken. Ihre sachliche Art mochte nicht jedem Mann als erotischer Einstieg liegen, mir hingegen erleichterte sie, Distanz zu halten und mich auf das zu konzentrieren, was ich wollte: Informationen über Timothy Butler.

Der Schuss Gin, den sich Betty gönnte, war für einen Doppelten gut. „Im Bett ist alles möglich – aber nichts ohne Kondom – auch Blasen." Sie öffnete ein Fläschchen Tonic und füllte das Glas auf. „Das Ganze muss natürlich auch nicht unbedingt im Bett stattfinden." Sie nahm einen Schluck.

„Wie wäre es, wenn wir uns erst mal auf eine Stunde einigen und dann weitersehen?"

Sie zuckte mit den Schultern und setzte sich neben mich aufs Sofa. „Okay."

Ich legte das Geld auf den Couchtisch – bevor sie mir das auch noch sagen musste.

„Danke, Darling."

Mit dem Kosenamen waren Instruktionen und Verhandlungen offensichtlich abgeschlossen. Bevor Betty sich näher an mich heranrobben konnte und Suzie übernahm, stand ich auf und ging zum Fenster. Hinter den dünnen Gardinen schimmerten vereinzelte Lichter über der Granger Bay. Viel mehr war in der Nacht nicht zu erkennen. Ich hörte wie Betty aufstand und Musik auflegte. Kurz darauf erklang ein Bossa Nova von Stan Getz. Dann vernahm ich ein dezentes Schniefen. Sie zog sich was rein. Es war bestimmt kein Schnupftabak.

„Eigentlich will ich mich nur ausführlich mit Ihnen unterhalten." Ich sah sie an.

„Reden...?" Sie nahm einen Schluck Gin Tonic und schüttelte vehement den Kopf. „Ich bin doch keine Psychotante!"

„Es geht um Timothy Butler."

Sie kippte den Rest ihres Drinks und ging zur Bar, um sich einen neuen zu machen. Ich setzte mich wieder auf das Sofa und sah ihr zu. Sie säbelte die Limone in Stücke und quetschte sie energisch aus. Dabei musterte sie mich, als wolle sie mir Vergleichbares antun. Ich prostete ihr zu, und sie widmete sich der Ginflasche. Es wurde wieder ein Doppelter.

„Ich bin kein Spitzel, der sich für Informationen bezahlen lässt!"

„Das behauptet kein Mensch."

Sie kam mit ihrem Drink näher. „Ich fürchte, du musst

dich schon auf das übliche Spiel einlassen. Du darfst mich vögeln, Darling, aber ich bin keine Informantin, und erst Recht lasse ich mich nicht über meine Freunde aushorchen..."

„Das ehrt Sie." Ich verdoppelte den Einsatz.

Sie starrte kurz auf die Scheine, sah weg, nahm einen kräftigen Schluck und schüttelte den Kopf.

Ich legte noch etwas drauf.

„Das ist unfair", flüsterte sie.

Ihr Lächeln war schwach, ihre Pupillen groß.

*

„Tim und ich sind Moslems. Ich glaube, das verband uns am meisten. Wir waren zwar nicht über die Maßen gläubig, aber in diesem Land war es schon immer hilfreich, sich an die eigenen Leute zu halten."

„Wo kommt er her?"

„Er wohnte in Boo Kaap, dem alten Malaien-Viertel."

„Aber er ist nicht hier geboren..."

„Ursprünglich ist er aus Hargeisa. Das ist in Somalia. Sein richtiger Name ist Ismail Bod. Aber er ist schon als Jugendlicher dort weg. Er bekam ein Stipendium und ging nach Deutschland. Dann lebte er ein paar Jahre in London. Dort machte er Musik und nannte sich Timothy Butler."

„Wann kam er nach Südafrika?"

„Erst als Mandela Präsident wurde. Ich glaube, Tim hat aber schon vorher, in seiner Zeit in Europa, für den *ANC* gearbeitet. Aber hier hat er sich aus der Politik raus gehalten."

„Was hat er so gemacht?"

„Tim hat gejobbt, gekifft und Musik gespielt. Zwischendurch ist er dann wieder ab und zu in London und Hamburg gewesen. Aber er kam regelmäßig zurück – bis er irgendwann ganz verschwand."

„Vermissen Sie ihn?"

Sie schwieg einige Sekunden lang. Dann schüttelte sie den Kopf. „Nein, nicht wirklich. Wir waren befreundet, hatten Sex miteinander und eine gute Zeit."

„Mehr nicht?"

„Reicht das nicht...?" Sie schaute mich an. „Ich finde, das ist eine ganze Menge. Jedenfalls habe ich ihn in guter Erinnerung. Er war cool, und er war ein bisschen verrückt. Und immer hatte er irgendwelchen Stoff dabei. Wenn er sich nicht plötzlich in Luft aufgelöst hätte, wäre ich womöglich heute noch mit ihm zusammen." Sie lachte unvermittelt auf. „Tim hatte so blumige somalische Sprichwörter drauf." Sorgfältig um ihre Aussprache bemüht, sagte sie: *„Naago ama u samir ama ka samir."*

„Und das heißt?"

„Entweder bringst du Frauen Geduld entgegen – oder du verzichtest auf sie."

„Interessiert es Sie gar nicht, warum ich mich nach ihm erkundige?"

Sie seufzte und redete weiter, als habe sie meine Frage gar nicht gehört. „Damals habe ich mich jedenfalls noch nicht für Sex bezahlen lassen..."

Inzwischen war es nicht mehr nur mein Geld, das sie zum Reden brachte. Alkohol und Koks spielten sicher auch eine Rolle – aber es war wohl eher die Erinnerung an gute, vielleicht für immer verlorene Zeiten, die Betty antrieb. Der Bossa Nova war verklungen, und für einen Moment war es unwirklich still.

„Glaubst du, du bist der erste Typ, der was über Tim wissen will? Die Bullen haben mich verhört, und so ein Schleimer von irgendeiner Versicherung hat mich genervt." Sie starrte an die Decke. „Aber ich habe ihnen nichts erzählt. Du bist der erste Neugierige, der den Anstand hat, was dafür anzubieten. Und – was viel wichtiger ist – auf Jabu kann ich mich verlassen." Sie musterte mich eingehend. „Kein Mensch wollte mir sagen, warum Tim gesucht wird."

„Vielleicht wussten die das gar nicht so genau."

„Weißt du es?"

Ich schüttelte den Kopf.

„Ich will es auch gar nicht wissen..."

Es war Zeit zu gehen. Betty schien mir nicht mehr viel Nützliches über Tim erzählen zu können.

Sie sah auf die Uhr. „Du hast noch eine halbe Stunde, Helm."

Ich stand auf.

Sie sah mich aus ihren großen Augen an und schenkte mir ein Lächeln, das mehr als nur professionell war.

Ich musste wegschauen.

9

In der Nacht regnete es.

Auch am Morgen fiel noch ein leichter Schauer aus grauen Wolken, die sich jedoch später auflösten. Gegen Mittag brachte der Vertreter von *Tempest* mir den Mietwagen ins Hotel, und ich checkte aus. Die Fahrzeit nach Franschoek betrug nur eine gute Stunde, und da die Frau am Travel-Desk des Bay Hotels mit zähem Einsatz eine Reservierung im Auberge du Quartier Français für mich ergattert hatte, konnte ich es behutsam angehen lassen und mich ohne Stress an Rechtslenker und Linksverkehr gewöhnen.

Langsam nahm ich die engen Serpentinen, bis ich hoch über Camps Bay, im Schatten des Tafelberges und mit weitem Blick über den Atlantik, mehr Gas geben konnte. Ich mogelte mich durch Kapstadt auf die N1 in Richtung Paarl. Die Autobahn war in hervorragendem Zustand, die Landschaft beiderseits der Piste von großer Weite. Ich hörte in diverse regionale Radiosender hinein und schob schließlich doch meine Roy-Orbison-Kassette in den Recorder. *I Drove All Night* passte nicht ganz zum hellen Sonnenschein, und so spulte ich weiter, bis *Blue Bayou* erklang. Ich musste an Bettys blauschwarze Stoppelfrisur denken, an ihre Augen, die mich nicht losließen. Man kommt einer solchen Frau nicht ungestraft zu nahe.

Bei Paarl nahm ich die R45. Die gut ausgebaute Landstraße führte entlang der Eisenbahnlinie nach Südosten und zog sich durch eine weite Ebene, die von felsigen Bergketten flankiert wurde. Ich passierte den Abzweig nach Stellenbosch und die Ortschaft Wemmershoek und fuhr tiefer ins Tal der Hugenotten. Durch das satte Grün der Wälder, Felder, Weinberge und Alleen schimmerten lichtweiß die kapholländischen Gemäuer der Weingüter. Am Ende dieses Tales, im Schatten der Franschhoek Mountains, lag der Ort, den ich suchte.

*

Die Gemeinde, die sich „Franzosenwinkel" nennt, strahlte eine beschauliche Ruhe aus.

Die Gebäude meiner Herberge waren auf eine Vertrauen erweckende Art altmodisch verschachtelt und lagen versteckt zwischen alten Bäumen, blühenden Sträuchern und Blumenbeeten auf einem ruhigen Gartengrundstück. Giebel, Dachrinnen und Fensterrahmen waren in einem Hellblau gestrichen, das exakt dem Farbton des Himmels entsprach. Über allen Dächern ragten wuchtige Schornsteine auf, auf denen große, elegante Vögel zu sitzen schienen, die sich erst bei näherem Hinsehen als Windfänge entpuppten.

Erst nachdem ich mich über die Gegensprechanlage identifiziert hatte, öffnete sich das Tor automatisch – und zwar keine Sekunde länger, als zum Passieren des Wagens nötig war. An der Rezeption empfingen mich zwei zuvorkommende junge Damen, die einen Werbeprospekt für das neue Südafrika hätten zieren können: die eine weizenblond und blauäugig, die andere dunkelhäutig mit Bernsteinaugen. Sie ließen es nicht bei den üblichen Formalien bewenden. Die mit den Bernsteinaugen griff zu einem in Leder gebundenen Ordner und einem Schlüsselbund und führte mich zu meiner Unterkunft. Es ging über den Hof und über eine Treppe ins Dachgeschoss, wo mich unter wuchtigen Balken eine Wohnhalle mit Bad erwartete. Meine Begleiterin bat mich höflich, einen Augenblick in einem der schweren Ledersessel vor dem Kamin Platz zu nehmen, setzte sich zu mir und verpasste mir unaufdringlich aber nachdrücklich eine Lektion aus dem Ordner.

Nur wegen Stan Wishbone bewies ich Geduld.

Ich erfuhr unter anderem, dass sich im Hof, direkt an der Hauswand, mehr Kaminholz stapelte, falls mir die Vorräte ausgehen sollten, dass der Rasen nur am Mittwoch (und zwar zwischen elf und zwölf Uhr) gemäht, und im Übrigen (zur Bewahrung sehr knapper Ressourcen) ausschließlich mit recyceltem Wasser gesprengt wurde. Der Pool war keinesfalls schmutzig, sondern nur mit schwarzem Granit ausgekleidet, um die Sonnenwärme besser zu absorbieren und dadurch die Wassertemperatur zu erhöhen. Wärmflaschen wurden nur in den Wintermonaten routinemäßig ausgegeben, waren jedoch bei Bedarf an besonders kühlen Abenden jederzeit unter der Telefonnummer 9 abrufbar.

Jede Einzelheit war zum Wohle des Gastes auf das Feinste durchdacht. Bevor die junge Dame mich meinem behüteten Schicksal überließ, wurde deutlich: Die kleine Luxusherberge war im Grunde genommen ein bequemer Wartesaal für zahlungskräftige Feinschmecker, die zum Abendessen das Restaurant füllen sollten. Es mochte zwar keine Verpflichtung sein, im Hause zu essen und zu trinken, aber die

Frage nach der Tischreservierung war im strengen Ritual eng mit der Aushändigung des rustikalen Zimmerschlüssels und eines elektronischen Chips für das Sicherungssystem an den Grundstückszugängen verbunden.

*

Wie ich gehofft hatte, wurde meine Reservierung für das Diner um zwanzig Uhr mit Stan Wishbones Auftritt als Oberkellner belohnt.

Jabu hatte mir den Schlagzeuger als athletischen Mittelgewichtler mit Glatze, angegrautem Bart und Professorenbrille angekündigt. Außerdem hatte der Alte mit einem Kichern unterstrichen, die Farbe Schwarz sei gar nicht dunkel genug, um das Aussehen des Mannes angemessen zu beschreiben. Jedenfalls war Stan Wishbone nicht zu übersehen. Polierter Schädel und muskulöse Figur waren eher Attribute eines Türstehers, doch tadellos geschnittene Hose, sowie Weste und ein elegantes Hemd mit Seidenbinder nahmen seinem Auftritt die Kanten, und auch die Nickelbrille und das Grau im Bart trugen zu einer seriösen Erscheinung bei.

Eine blonde Mittvierzigerin, die über das Reservierungsbuch herrschte, hakte mich energisch auf ihrer Liste ab, griff nach Speise- und Weinkarte und führte mich durch das gut besetzte Restaurant zum einzigen Platz, der für einen alleinreisenden Platzvergeuder wie mich in Frage kam. Der Katzentisch stand in der hintersten Ecke, direkt neben dem antiken Büffet, das dem Personal als Anrichte diente. Es ging ein bisschen eng zu, aber meine Position hatte ihre strategischen Vorzüge. Von hier aus bot sich ein guter Überblick über die Gäste, und die Nähe zu Oberkellner Wishbone, für den die Anrichte Dreh- und Angelpunkt seiner Arbeit war, kam mir nicht ungelegen.

Um mich herum ging es dezent und am Genuss orientiert

zu. Rauchverbot und abgeschaltete Mobiltelefone gehörten zur Lebensart im Quartier, wie der Prolog zur Speisekarte klarstellte. Wishbone nahm meine Bestellung entgegen und überwachte das Personal beim Servieren mit dezenter Strenge. Um den Wein kümmerte er sich selbst. Ich entschied mich für eine Flasche *Backsberg* Pinotage aus Paarl zum Springbock-Filet und machte nach dem zweiten Glas eine Notiz für Docs Wunschliste.

Während ich Wishbone über Essen und Wein gar nicht aus den Augen verlieren konnte, hing ich meinen ersten Eindrücken von Franschhoek nach. Ein Spaziergang hatte mir die Überschaubarkeit des Ortes vor Augen geführt. Ruhige Wohnviertel, in denen neue und alte Häuschen im Bungalowstil, meist im Schatten üppiger Gärten, standen, wurden entlang der Hauptstraße von einer Sammlung aus Galerien, Läden mit Kunsthandwerk und Cafés ergänzt. Nicht zu vergessen die Büros der Immobilienmakler und die zahlreichen und oft stilvollen Gasthäuser und Restaurants. Aber auch die üblichen Versorgungsposten des Konsums wie Bankfiliale, Tankstelle, Bau- und Supermarkt, sowie die Kramläden einiger Gemischtwarenhändler, gruppierten sich eng zusammengeballt im Zentrum und störten mit ihrer funktionalen Hässlichkeit das Idyll. Unvergleichlich war hingegen die Lage der Gemeinde. Die grünen Auen und Hänge der Umgebung erinnerten an deutsche Mittelgebirge oder das Allgäu, das gezackte Massiv hingegen an die Dolomiten der Südalpen. Am frühen Abend hatte die untergehende Sonne die Felsen erst in Rot, dann in Violett getaucht, bevor die Landschaft, in matte Pastellfarben gehüllt, in die Dämmerung glitt und erste zarte Wolkenschleier, weiß wie Tischtücher, über die Gipfel krochen und tiefer ins Tal schwebten.

„Dessert, Sir?“

Stan Wishbones sonore Stimme holte mich ins Jetzt

zurück. Ich nahm, zu seiner offensichtlichen Zufriedenheit, die Karte entgegen. Er empfahl mir die Crème Brulée, und ich ergänzte den Vorschlag noch um einen Espresso und den Wunsch nach einem Weinbrand.

Die Reihen der Feinschmecker waren inzwischen stark gelichtet. Zweiundzwanzig Uhr war in diesen Breiten offenbar die Deadline, zu der es die Gäste an den Kamin oder ins Bett zog. Auch ich spürte die Müdigkeit, und als auch der letzte Gast außer mir das Lokal verlassen hatte, zeichnete ich die Rechnung ab und verband mein Trinkgeld mit der wichtigsten Aktion des Abends. Ich stellte dem Oberkellner eine Frage, die nichts mit Gastronomie zu tun hatte.

„Wie ich höre, sind Sie ein brillanter Schlagzeuger."

Wishbone zuckte nicht mit der Wimper. Er sah auf mich herab und fragte höflich: „Darf ich fragen, woher Sie das wissen, Sir?"

„Von Jabu Mahlangu."

Er schaute mich ausdruckslos an.

„Ich möchte mit Ihnen über Timothy Butler reden."

Auch das entlockte Wishbone keine unbedachte Reaktion. Er warf einen Blick zu der Blonden, die in ihrem Reservierungsbuch blätterte, und sagte: „Nicht hier, Sir."

„Wo dann?"

„Kommen Sie morgen Mittag zum Hugenottendenkmal. Dort können wir in Ruhe reden."

„Danke."

Ich erhob mich, nickte Wishbone zum Abschied zu und fing mir auf dem Weg nach draußen ein Lächeln der blonden Chefin ein, das mir förmlich befahl, am nächsten Abend wieder zu erscheinen. Wie hatte sich der alte Jabu ausgedrückt?

Stany bedient jetzt Leute, die ein Schweinegeld für wenig Essen auf großen Tellern ausgeben!

Das hörte sich zwar cool an, war aber nicht ganz fair. Ich für meinen Teil fühlte mich jedenfalls in jeder Beziehung gut bedient.

10

In der Nacht und am frühen Morgen herrschte eine beängstigende Stille – als hätte die Natur aufgehört zu atmen.

Das helle Tageslicht und die frische Luft, die durch ein spaltbreit geöffnetes Fenster strich, weckten mich. Tief vergraben unter üppigen Federbetten musterte ich das Innere meiner Skihütte. Das Design war Laura Ashly pur. Ich stieg aus dem Bett, schob die Vorhänge zur Seite und warf einen Blick in den Innenhof. Kein Mensch war zu solch früher Stunde zu sehen. Der Pool lag noch im Schatten. Im Becken schwamm etwas. Es sah wie ein gelber Ball aus. Einer der Sonnenschirme war bereits aufgespannt, und auf einer der Liegen warteten zwei frische, hellgrüne Badetücher. Mir wurde klar, dass der Ball im Pool ein Blondschopf war, und ich sah genauer hin.

Der Kopf kam höher aus dem Wasser, und eine junge Frau stieg langsam über die wenigen Granitstufen auf den Rasen. Sie hatte eine gute Figur. Daran gab es nicht den geringsten Zweifel, denn sie war nackt. Sie fröstelte, huschte zu den Handtüchern und trocknete sich ab. Als sie sich die kurzen Haare trocken rubbelte, erkannte ich sie. Es war die Schöne, die mir schon in London aufgefallen war und mich später im Bay Hotel ignoriert hatte.

Die Blonde wickelte sich in ihre Badetücher, legte sich hin und genoss die Morgenruhe.

Ich ging duschen.

*

Beim Frühstück auf der Veranda des Restaurants, saß die Unnahbare nur zwei Tische entfernt, die dunklen Gläser ihrer Sonnenbrille ins Grüne gerichtet.

Im Quartier war alles enger und intimer als im Bay Hotel, und so fiel es ihr schon schwerer, den Blickkontakt mit mir erfolgreich zu vermeiden. Aber vielleicht bildete ich mir das auch alles nur ein. Und trotzdem: Nachdem ich ihre makellose Figur kannte, hätte ich gerne auch über die Farbe ihrer Augen Bescheid gewusst. Und warum reiste sie alleine? Hatte sie einen Auftrag – wie ich? Womöglich als Reporterin für ein Magazin oder als Scout für irgendeine Firma? Oder war sie nur eine selbstbewusste Globetrotterin, die Gruppenreisen nicht mochte? Vergeblich versuchte ich mich auf die Wochenendausgabe des *Saturday Argus* zu konzentrieren.

Hatte ich nicht andere Sorgen?

Ich suchte Ablenkung in der Erinnerung an Mandelaugen und tätowierte Haut, aber auch Betty brachte mich nicht auf andere Gedanken.

*

Als ich aus meiner Oase kam, holte mich die Wirklichkeit ein.

Es war Samstag, und Straßen und Geschäfte waren plötzlich von Heerscharen schwarzer Südafrikaner bevölkert. Zum Wochenende veränderte sich das sonst so europäische Gesicht der Region drastisch. Ich steuerte meinen Wagen bis zum nahen Ortsende. Monument und Museum der Hugenotten waren als Wegmarken nicht zu übersehen. Sie lagen hell wie Elfenbein neben einem großen Friedhof. Ich parkte an der Straße und spazierte auf das Gelände, auf dem nur wenige Besucher unterwegs waren. Die Mittagssonne brannte von einem wolkenlosen Himmel. Trotzdem war die

Hitze erträglich, denn die Luft war klar und wurde von einer leichten Brise in Bewegung gehalten.

Stan Wishbone wartete auf den Stufen zum Museum auf mich, eine Tageszeitung unter den Arm geklemmt. Er trug einen sandfarbenen Leinenanzug, ein weißes Hemd mit Stehkragen und rahmengenähte Schuhe. Nicht wenige Jazzmusiker sind modebewusste, stilvolle und um Eleganz bemühte Leute, und Drummer Stany war ganz offensichtlich einer von ihnen. Als Sonnenbrille trug er das gleiche Modell seiner Nickelbrille – nur mit dunkelgrünen Gläsern.

Er nickte zur Begrüßung und führte mich zu einem kleinen Café hinter dem Gebäude. Im Schatten einiger Sonnenschirme standen lange Tische und Sitzbänke. Die meisten waren leer. Kaum hatten wir Platz genommen, kam eine dralle Weiße und erkundigte sich jovial nach unseren Wünschen. Wishbone gab sich wortkarg. Er bestellte nur einen Kaffee. Ich nahm Kaffee und ein Stück des Karottenkuchens, den mir die Bedienung wärmstens empfahl.

„Beeindruckende Anlage." Ich warf einen Blick über die Gedenkstätte.

„Die Hugenotten haben die ersten Rebstöcke in diesem Land gepflanzt", sagte Wishbone mit seiner sonoren Stimme. „Das war im späten siebzehnten Jahrhundert. Das Klima hier im Südwesten der Kapprovinz ähnelt dem der Provence, ist noch milder und weniger trocken."

„Im Ort ging es heute richtig afrikanisch zu."

„Und Sie haben sich plötzlich wie in einem Ameisenhügel gefühlt."

Zum ersten Mal sah ich Stan Wishbone lächeln. Im harten Tageslicht wirkte er älter. Da waren Fältchen um seine Augen, und der Bart war grauer, als ich am Vorabend wahrgenommen hatte. Auch die zwei dünnen schwarzen Linien, die auf beide Wangen tätowiert waren, bemerkte ich erst jetzt.

„Die meisten Schwarzen in dieser weißen Enklave sind Xhosa, die nach Abschaffung der Apartheid aus dem Osten gekommen sind. Sie haben den Ort mit ihrer bloßen Anwesenheit ein wenig aufgemischt, aber viel hat sich nicht geändert."

Die Dralle brachte Kaffee und Kuchen und ließ uns wieder alleine. Ich probierte den hausgemachten Karottenkuchen. Er war köstlich. Wishbone nahm einen Schluck Kaffee und tippte mit dem Zeigefinger auf seine zusammengelegte Zeitung.

„Haben Sie schon den *Argus* gelesen?" fragte er.

„Wenn ich ehrlich bin, noch nicht mehr als die Titelseite."

„So wichtig ist einer wie Jabu für die Journaille leider nicht." Er schlug die Zeitung auf, faltete sie, damit ein ganz bestimmter Artikel im Lokalteil voll zur Geltung kam, und schob sie mir über den Tisch.

Der Alte war gut getroffen. Er trug sein James-Brown-Outfit und hatte seine Elektrogitarre umgehängt. Neben dem Foto stand:

MUSIC VETERAN KILLED IN CAR ACCIDENT
Jabu Mahlangu, who was a prominent member
of Cape Town's musical scene,
died yesterday under mysterious circumstances...

Der Meldung nach, war der alte Mann offiziell bei einem Verkehrsunfall ums Leben gekommen. Zeugen hatten jedoch beobachtet, wie ihn ein Wagen absichtlich aufs Korn genommen und überfahren hatte. Leider waren diese Zeugen bislang noch nicht bei der Polizei gewesen, und die Behörden suchten offenbar auch nicht nach ihnen. Wie dem auch war – wenn es sich nicht um den unwahrscheinlichsten Zufall, also einen ganz normalen Verkehrsunfall, handelte, dann war es mir mit meinen behutsamen Aktivitäten bereits gelungen, die Aufmerksamkeit auf mich zu ziehen, die ich so lange wie möglich hatte vermeiden wollen.

Ich spürte Wishbones Blick auf mir lasten und sah ihn an. „Sie glauben, ich hätte was damit zu tun."

Er nahm die Brille ab und rieb sich die Augen. „Ich *glaube* gar nichts. Ich bin mehr der Typ, der gerne genau *weiß*, was Sache ist. Aber seltsam ist es schon." Er setzte die Brille wieder auf und musterte mich. "Finden Sie nicht auch?"

„Das kann man wohl sagen."

„Er hat Ihnen erzählt, wo Sie mich finden. Wie kam es dazu?"

Ich berichtete vom Treffen im Produktionsbüro. Er hörte aufmerksam zu und dachte eine ganze Weile darüber nach. Ich nutzte sein Schweigen, um meinen Kuchen aufzuessen.

Schließlich sagte er: „Sie suchen also nach unserem gemeinsamen Freund Tim?"

„So ist es."

„Das haben schon andere getan – und sie haben es inzwischen aufgegeben."

„Das ist mir nicht neu."

„Sie sind Solist?" Er taxierte mich – ganz der Bandleader, der eine freie Stelle zu vergeben hat.

„Kann man so sagen..."

„Und wenn ich Ihnen nicht helfe, werden Sie vermutlich trotzdem weitermachen."

„Ich nehme gerne eine Abkürzung, wenn sich eine anbietet. Aber wenn nicht, geht es meist auch ohne."

Wishbone trank seinen letzten Schluck Kaffee und rollte die Zeitung zusammen. „Ich weiß nicht, worum es geht, aber ich hänge wohl – ohne es zu wollen – schon mit drin." Er lächelte müde und erhob sich. „Und bevor auch ich einen Verkehrsunfall erleide, versuche ich lieber mal eine Genehmigung zu bekommen, bevor ich die Ampel für Sie auf Grün stelle."

„Danke." Ich stand auf und reichte ihm zum Abschied die Hand.

„Geben Sie mir etwas Zeit." Er tippte zum Gruß mit der Zeitungsrolle an die Schläfe. „Ich weiß ja, wo ich Sie erreiche."

Ich setzte mich wieder, trank meinen Kaffee und sah Stan Wishbone nach. Old Jabus Schicksal schien ihm eine Warnung zu sein. Er hatte offenbar nicht vor, als Plappermaul und Verräter dazustehen, also wurde er aktiv – was immer auch dabei für mich herauskommen mochte. Wishbone war Drummer. Rhythmus war sein Ding. Er brachte Bewegung ins Spiel, und ich war wachsam. Deshalb verzichtete ich auch darauf, ihn zu beschatten. Ihm unauffällig zu folgen, war auf diesem Terrain sowieso nicht leicht. In dieser Landschaft war alles gut überschaubar.

Und so entging mir auch meine blonde Mitreisende nicht, die mit einem Reiseführer in der Hand über den Rasen schlenderte.

11

Ich zahlte und machte der Drallen ein Kompliment zu ihrem Karottenkuchen, das sie lachend entgegennahm.

Diesmal wollte ich der Blonden keine Chance geben, sich unbeteiligt aus der Affäre zu ziehen. Ich ging direkt auf sie zu. Sie trug Bootsschuhe, Jeans und eine weiße Bluse. Über den Schultern hing ein blauer Pullover, und auf der Nase saß eine Sonnenbrille, die noch größer war, als diejenige, die ich schon kannte. Auf den letzten Metern hatte ich den Eindruck, ein scheues Wild vor mir zu haben, das sich gestellt sieht, fliehen will – und doch wie gebannt verharrt und den Angreifer dabei standhaft ignoriert. Mit demonstrativem Interesse musterte sie das Museum und blätterte dabei so hektisch in ihrem Führer, als sei sie auf einen prähistorischen Fund gestoßen.

Ich blieb dicht neben ihr stehen. Sie benutzte ein angenehmes Parfüm. „Haben Sie es sich schon von innen angesehen?“

Als sie mich endlich ansah, waren die dunklen Brillengläser die einzige Deckung, die sie noch hatte. Sie schaute wieder weg und suchte nach einer angemessenen Antwort.

Ich wartete geduldig.

„Ja – das heißt“, sie räusperte sich, „Noch nicht.“

Ich tat, als sei dies die klarste Auskunft, die ich je gehört hatte.

Schließlich entschloss sie sich zur kontrollierten Offensive. „Habe ich Sie nicht schon im Hotel gesehen?“

„Sowohl in Camps Bay, als auch hier.“

„Ach, im Bay Hotel waren Sie auch?“ Ihr Englisch war akzentfrei und ließ keinen Rückschluss auf ihre Nationalität zu.

„Und auch im selben Flugzeug wie Sie. Zumindest ab London.“

Sie musterte mich regungslos, dann gingen wir ein Stück über den Rasen.

„Die neue Frisur steht Ihnen gut.“

„Danke.“ Fahrig zupfte sie sich ein paar Strähnen zurecht.

Ich ließ sie zappeln.

Sekunden später hatte sie sich offenbar für eine neue Strategie entschieden. „Ich bin Rena Carsten.“ Sie hielt mir die Hand hin. „Aus Hamburg.“

„Dann können wir ja Deutsch reden.“ Ich schlug ein und kam gar nicht erst dazu, mich vorzustellen.

„Ganz wie Sie wollen, Herr Tempow."

Sie nahm die Sonnenbrille ab. Ihre blauen Augen waren im hellen Tageslicht blass, fast grau.

„Ich bin nicht gut in so etwas", sagte sie, „Aber ich musste es selber machen."

„Was meinen Sie damit?"

„Sie verfolgen."

„Wenigstens sehen Sie nicht aus wie Roy Orbison."

Sie musste lachen.

„Der war auch nicht besonders gut", sagte ich.

„Für mich hat es gereicht. Sonst wäre ich jetzt nicht hier."

„Darf man fragen, worum es dabei geht?"

Von einer Sekunde auf die andere wirkte sie erneut abweisend. „Das ist nicht in ein paar Worten zu erklären." Sie setzt die Sonnenbrille wieder auf.

Die Frau, die sich Rena Carsten nannte, war nicht mal sicher, ob sie es mir überhaupt erklären wollte – also ließ ich ihr Zeit.

Sie holte einen Schlüssel mit einem AVIS-Anhänger aus der Hosentasche und leitete damit die vorläufige Verabschiedung ein. „Wie wäre es, wenn ich Sie heute Abend in unserer Nobelherberge zum Essen einlade?"

Ich wusste zwar nicht, was Frau Carsten im Schilde führte, aber ich wollte es unbedingt herausfinden. Ohne Zögern sagte ich zu.

*

Als Teil eines respektablen Paares musste ich nicht mehr am Katzentisch Platz nehmen.

Die Herrscherin aller Sitzplätze registrierte mit Wohlgefallen, dass ich meine Solonummer aufgegeben hatte und platzierte uns in einer intimen Nische. Stan Wishbone ging mit dezenter Würde seiner Tätigkeit nach und ließ sich nichts anmerken. Der Tag war heiß gewesen, und es kühlte auch am Abend kaum ab. Wir aßen Fisch und einigten uns auf eine Flasche Sauvignon Blanc.

Im gedämpften Licht des Restaurants waren Rena Carstens Augen sehr viel blauer. Mit den Worten „Ich brauche Ihre Hilfe!“ kam sie zum Grund unseres erneuten Treffens. „Und, um es gleich vorweg zu sagen“, fuhr sie fort, „Es sollen Ihnen dabei keine finanziellen Nachteile entstehen.“

„Ich stehe bereits unter Vertrag.“

„Das weiß ich!“

Wenn ich etwas hasse, dann ist es Indiskretion, und mein Zorn richtete sich sofort auf Dr. Stamm aus Hamburg, obwohl ich nicht einmal wusste, ob es berechtigt war. Ich zwang mich zur Ruhe.

„Sie suchen einen Mann.“

Ich schwieg.

Sie sah mir fest in die Augen. „Und Sie suchen ihn im Auftrag meines Vaters.“

Ich war bemüht, keine unangemessene Regung zu zeigen. Sie hatte ihre Unsicherheit in der Sache endgültig abgelegt und wirkte entschlossen. Offenbar hatte sie den Nachmittag genutzt, um sich über ihre Optionen klar zu werden. Als Folge hatte sie den Zünder ihrer kleinen Info-Zeitbombe aktiviert. Die Frau war im Begriff, mich genau in die Lage zu bringen, die ich bei meiner Art Arbeit prinzipiell vermeide. Stamm war das erste und letzte Glied für mich in der Geschäftskette – das einzige! Er war der Puffer zum tatsächlichen Auftraggeber und seinen Beweggründen. Sie brachte mich in eine Situation, die ich hasste.

„Ich weiß nicht, ob ich das alles so genau wissen will“, sagte ich.

Tränen stiegen ihr in die Augen.

Sie hatte mutig gezündelt, aber nicht die Nerven, es auch durchzustehen. Was immer sie mit meinem Auftrag verband:

Es war offensichtlich mit Emotionen beladen. Rena Carsten hatte ein Problem. Und sie hatte sich nach einigem Zögern dazu entschlossen, es mit mir zu teilen. Das konnte mir zur Last werden. Jedes weitere Wort von ihr zwang mich, eine Position in einer Angelegenheit zu beziehen, deren Ursachen und Einzelheiten mir bislang aus gutem Grund fremd waren. Ich hatte nicht vor, Dinge abzuwägen, die mich nichts angingen.

Fälle keine Urteile! Führe einen klar definierten Auftrag aus! Das ist mein Credo.

Und nun war ich mit einer Frau konfrontiert, die mir von Europa nach Afrika nachgereist war und sich dazu entschlossen hatte, mich in einer Sache, die ich distanziert und professionell abwickeln wollte, um Hilfe zu bitten. Und ich war mir in diesem Moment sogar sicher: Sie hätte es nicht getan, wenn sie ohne meine Unterstützung ausgekommen wäre.

Ihr Make-up löste sich unter ihren Tränen langsam auf. Sie griff nach der Serviette, stand auf und eilte zur Toilette.

Ich kam mir beschissen vor.

Wishbone ließ es bei einem neutralen Blick bewenden, aber die Dame vom Empfang strafte mich mit einem giftigen Blick ab.

Da saß ich nun mit meinen an schlechten Erfahrungen erprobten Instinkten. Hatte ich überhaupt eine Wahl? Tatsache war: Rena Carsten war nun mal da, und ich konnte ihr nur schwer aus dem Weg gehen. Sie hatte bereits beachtliche Initiative bewiesen, und wenn ich sie einfach abblitzen ließ, konnte sie zum unberechenbaren Querschläger werden. Vielleicht war es sinnvoll, ein Stück des Weges mit ihr gemeinsam zu gehen, um nicht im falschen Moment über sie zu stolpern.

Ich sah mir das Etikett der Weinflasche eingehender an und ergänzte Docs Liste, als die Frau aus Hamburg frisch zurechtgemacht zurückkam und wieder Platz nahm.

„Entschuldigen Sie", sagte sie. „Ich wollte das nicht."

„Erzählen Sie doch einfach mal, worum es geht."

Sie lächelte wie befreit, nahm ihr Weinglas und stieß mit mir an.

*

Nach dem Essen saßen wir noch eine Weile alleine bei Kaffee und Weinbrand im Restaurant, dann brachte ich sie zu ihrer Unterkunft. Sie wohnte mir gegenüber im Erdgeschoss mit einer kleinen Veranda zum Pool.

„Glauben Sie, sie können ihn finden?", fragte sie, als sie mir eine gute Nacht gewünscht hatte und zum Abschied die Hand gab.

„Ich hoffe es. Bislang ist meine Statistik ganz ansehnlich."

„Und was werden Sie dann tun?"

„Es meinem Ansprechpartner melden."

„Werden Sie ihn töten?"

Irritiert schüttelte ich den Kopf. Sie schien mir eine ganze Menge zuzutrauen. „Das ist nicht mein Job. Ich spüre die Zielperson nur auf. Alles andere ist Sache meiner Auftraggeber. Die meisten Leute, die ich gefunden habe, sind – glaube ich – vor Gericht gelandet."

„Glauben Sie..."

„In einigen Fällen weiß ich es sogar. Es stand in der Presse."

„Ich möchte ihn vorher sehen – bitte."

„Lassen Sie das mal in Ruhe auf uns zukommen. Man soll die Beute nicht verteilen, bevor man sie hat."

„Wahrscheinlich haben Sie Recht."

Ich blieb stehen, bis sie im Haus war und Licht gemacht hatte und verzog mich in mein Domizil unterm Dach. Es tat gut, wieder alleine zu sein, denn ich hatte mehr Informationen zu verarbeiten, als mir lieb war.

12

Wenn Rena Carstens Version der Dinge, die sich vor fast sieben Jahren in Hamburg abgespielt hatten, stimmte – dann lag ihr Fall wie folgt: Die Tochter eines reichen Hanseaten wird entführt. Die Täter erpressen ein Lösegeld von mehreren Millionen US-Dollar. Der Vater bekommt seine Tochter scheinbar unversehrt zurück. Die Geiselnehmer entkommen und setzen sich vermutlich nach Übersee ab. Die ermittelnden Behörden in Deutschland und ihre diversen ausländischen Partner sind bei der Fahndung bis heute erfolglos und wohl auch eher lustlos. Der Vater der Geisel kann das nicht akzeptieren. Dass die Täter ungestraft entkommen sind, wurmt ihn. Verbittert über die Unfähigkeit der Behörden, entschließt er sich, eigene Maßnahmen zu ergreifen, um die Kriminellen zur Rechenschaft zu ziehen. Er hat seine Leute.

Einer davon ist Dr. Dietrich Stamm.

Seiner Tochter gegenüber macht der alte Herr kein Geheimnis aus seinem Vorhaben – nicht ahnend, dass ihre Sicht der Dinge nicht die seine ist. Er erzählt ihr zwar nicht alles im Detail, aber was sie von ihm erfährt, macht ihr die neue Lage hinreichend klar, um Stamms Aktivitäten im Auge zu behalten. Sie hat ihre eigenen Interessen.

Welches Motiv treibt sie dabei?

Fachleute würden sagen: Das „Stockholm Syndrom" – ein Phänomen, das im August 1973 beobachtet wurde, als schwer bewaffnete Täter die Sveriges Kreditbank in Stockholm überfielen und vier Geiseln fünf Tage lang in ihrer Gewalt hielten. Während der Gefangenschaft mussten die Geiseln ständig damit rechnen, erschossen zu werden. Und trotzdem reagierten die Opfer nicht mit Widerwillen und Abscheu auf ihre Peiniger, sondern suchten deren Nähe. Beide Seiten steckten in einer ähnlichen Situation und versuchen mit heiler Haut aus ihrer Lage herauszukommen.

Den Opfern nützte es, den Tätern zu gefallen, um dadurch das eigene Überleben zu sichern. Eine intime Bindung entstand. Paradoxerweise waren die Täter den Opfern auf einmal näher als die Polizei. Die Geiseln von Stockholm besuchten die Gewalttäter später im Gefängnis. Eines der Opfer ließ sich sogar von ihrem Mann scheiden, um einen der Entführer zu heiraten.

Wenn ich Rena Carsten glauben konnte, war das Ganze in ihrem Fall wie folgt abgelaufen: Während der Woche, die sie sich in den Händen der Geiselnehmer befindet, macht ihr der Anführer der Bande ein Kind. Es handelt sich dabei nicht um eine Vergewaltigung – und es wurde wohl Liebe daraus. Zumindest für sie. Der Vater ihrer kleinen Tochter kann mit dem Geld entkommen, und sie hört nichts mehr von ihm. Der Täter weiß nichts von seinem Kind. Dem Mädchen geht es gut. Es hat eine Ersatzfamilie mit einem netten und reichen Großvater. Dass sein Enkelkind ein uneheliches ist und von einem ihm unbekannten Vater abstammt, ist zwar nicht das, was der alte Herr aus Hamburg sich erhofft hat, aber er nimmt das Mädchen an. De facto ist er in die Kleine sogar richtiggehend vernarrt. Die Mutter des Kindes hingegen kämpft sich jahrelang durch seelische Höhen und Tiefen.

„Einerseits wollte ich natürlich wissen, wo sich der Vater meiner Tochter aufhält...“, hatte Rena Carsten mir zögernd anvertraut.

„Und andererseits hofften Sie, die Polizei möge ihn nicht finden...“

„Natürlich. Ich wollte ihn ja nicht hinter Gittern sehen.“

Rena Carsten fährt mit ihrer kleinen Tochter in den Urlaub und lässt das Mädchen bei Vertrauten in England zurück, damit es dem alten Herrn, sollten ihm irgendwann die Augen aufgehen, nicht als Pfand dienen kann.

So weit, so gut.

„Aber was ist mit dem Fahndungsfoto? Warum haben Sie überhaupt eine Täterbeschreibung geliefert, wenn Sie den Mann lieben?“ hatte ich nachgehakt.

„Nach der Befreiung stand ich unter Schock. Ich war mir über meine wahren Gefühle noch nicht klar. Und vor allem – damals wusste ich noch nicht, dass ich von ihm schwanger war.“

Halbwegs nachvollziehbar war es ja.

Aber hatte es sich auch tatsächlich so abgespielt?

Die Frage, warum ihrem Vater oder den ermittelnden Behörden beim Anblick eines Mischlingskindes nicht die Querverbindung zu dem Mann auf dem Fahndungsfoto in den Sinn gekommen war, hatte ich vorerst für mich behalten. Womöglich lagen derartige Hintergedanken für einen Mann vom Stande eines Herrn Carsten ja außerhalb des Denkbaren – und Polizei und Staatsanwaltschaft hatten sich mit schlüpfrigen Vermutungen hinsichtlich der stattlichen Kolonie Exil-Ghanaer zufrieden gegeben, für die Hamburg bekannt war...

Wie dem auch sein mochte.

Es gibt eine faktische Wahrheit: So ist es gewesen! Und eine emotionale: So habe ich es empfunden! Im besten Fall war die Geschichte, die mir Rena Carsten erzählt hatte, eine Mischung aus beidem. Waren ihre Tränen echt gewesen, oder war sie nur eine gute Schauspielerin? Hatte sie sich mir tatsächlich anvertraut ohne zu zocken?

Ich wusste es nicht. Aber vorläufig war ich bereit, ihr bedingt zu glauben. Wie sie sich allerdings das Happy End ausmalte, war mir schleierhaft. Aber für ihre Illusionen war ich schließlich nicht zuständig.

Jemand klopfte gegen die Haustür.

Es war fast Mitternacht. Langsam stieg ich die Treppe hinunter. Durch die Glasscheiben in der Tür erwartete ich Stan Wishbone zu sehen, aber es war niemand da. Bevor ich öffnen konnte, um mich draußen umzusehen, entdeckte ich das zusammengefaltete Blatt Papier auf den Kacheln vor dem Türspalt.

Es war ein handgeschriebener Text in Blockbuchstaben, ohne Anrede und unsigniert – und er war in Deutsch abgefasst. Eine Sprache, die Tim Butler gut beherrschte. Grund zur Hoffnung. Langsam stieg ich die Stufen hoch und las.

KOMMEN SIE AM MONTAG UM
ZWEI UHR NACHMITTAGS
IN DIE BUCHHANDLUNG „EX LIBRIS"
IN STELLENBOSCH.
SCHAUEN SIE SICH DORT IM REGAL
MIT DEN DEUTSCHEN BÜCHERN DIE
TASCHENBUCHAUSGABE VON
„FLAMINGOFEDER" VON
LAURENS VAN DER POST AN.

Sorgfältig faltete ich den Zettel zusammen und legte ihn zu den Wagenschlüsseln und Papieren auf den kleinen Sekretär. Jetzt musste ich mir nur noch den Sonntag um die Ohren schlagen.

Erneut hörte ich ein Klopfen.

Diesmal lag keine Nachricht auf den Kacheln. Stattdessen stand Rena Carsten vor der Tür.

Ich öffnete.

Sie fröstelte. „Kann ich einen Augenblick reinkommen?"

„Natürlich."

„Ich kann nicht schlafen." Sie stieg vor mir die Treppe hoch. „Wäre wohl besser gewesen, Ihnen meine Geschichte doch nicht zu erzählen."

Ich bot ihr einen der Ledersessel an.

Sie nahm Platz, zog die Beine vor die Brust und umarmte ihre Knie. „Es hat mich mehr mitgenommen, als ich dachte. Ich habe noch nie mit jemandem darüber geredet. Es ist, als ob alles noch mal passiert." Sie sah mich an. Ihre Augen waren jetzt dunkelblau, beinah schwarz.

„Das ist nur zu verständlich."

„Könnten Sie bitte den Kamin anmachen? Es ist kühl geworden."

Das Selbstbewusstsein der wohlhabenden Tochter aus gutem Hause schien trotz ihrer misslichen Lage noch intakt zu sein. Ich kümmerte mich um Späne, Papier, Holzscheite und Zündhölzer – bis die ersten Flammen züngelten.

„Danke." Sie stand auf, zog die Überdecke vom Bett und schleifte sie vor den Kamin. Sie legte sich hin und hielt mir die Hand entgegen. „Kommen Sie – hier ist es wärmer."

Mir war überhaupt nicht kalt.

Sie zog mich neben sich, und wir starrten stumm in die auflodernden Flammen.

Es dauerte nicht lange, bis Rena Carsten eingeschlafen war. Ich ließ ihr die Überdecke und verzog mich in mein Bett. Noch eine ganze Weile hörte ich das Knacken und Knistern im Kamin, dann schlief ich auch ein.

*

Im Traum sägte ich Holzplanken und schlug Nägel ein.

Der Steg, den ich baute, ragte schon einige hundert Meter ins Havelwasser, und Kurti reichte mir fleißig Material nach. Doc kam mit einem Henkelmann und brachte uns frische Wurstsuppe. „Ich weiß nicht, was ich mit dem ganzen Schwein machen soll", sagte sie. Ihre Gummistiefel waren blutverschmiert, und auch die Gummischürze glänzte rötlich. „Wenn wir das andere Ufer erreicht haben, helfen wir dir", hörte ich Kurti sagen. Ich hämmerte schneller – bis Docs Handy die Arbeit störte.

Ich wachte auf.

Es war mein Miettelefon, das leise zirpte. Ich meldete mich und erkannte Gunter Gormanns Stimme.

„Störe ich?"

„Dann wäre ich nicht rangegangen."

Er lachte, als hätte ich den Witz des Jahrhunderts gemacht. Offenbar war er betrunken.

„Was gibt es?"

„Die Polizei war bei mir – wegen Jabu. Ich weiß nicht, ob Sie es schon mitbekommen haben. Es hat ihn erwischt."

„Es stand in der Zeitung."

„Mir ist schon klar, dass Sie nichts damit zu tun haben, aber..." Er schwieg bedeutungsvoll.

„Aber was?"

„Na ja, ich dachte, es interessiert Sie womöglich... Die Polizei war hier..."

Ich schwieg.

„Ich habe denen natürlich nichts gesagt." Er lachte gequält. „Wir Deutsche müssen doch zusammenhalten."

Für mich klang es eher wie: Ich bin hier in einem fremden Land und kann mir nicht leisten, meine Existenz aufs Spiel zu setzen! Also sei dankbar für die Warnung und halte mich da raus!

„Sicher", sagte ich. „Danke für den Anruf." Ich trennte die Verbindung.

„Wer war das?" murmelte Rena.

„Ein Bekannter in Kapstadt. Tut mir Leid, Sie geweckt zu haben."

„Macht nichts." Sie kuschelte sich tiefer in die Überdecke.

Ich starrte eine Weile ins Halbdunkel. Im Kamin glomm noch ein Rest Glut. Ich verließ das warme Bett und setzte mich neben meinen Gast auf den Boden.

„Was ist Ihr Vater für ein Mensch, Rena?" fragte ich.

„Ein verlässlicher Tyrann. Ein Machtmensch. Aber er hat

uns nie im Stich gelassen. Er ist Witwer und hat nur noch Conny und mich."

„Was treibt ihn in dieser Entführungssache? Nach so langer Zeit! Nur die Wiederherstellung seiner Ehre – oder Rache?"

Sie schaute nachdenklich in die Glut. „Er würde es vermutlich Gerechtigkeit nennen."

„Warum haben Sie ihm nicht einfach die ganze Wahrheit erzählt?"

„Es gibt eine Grenze, über die er mir niemals folgen würde. Das lässt sein Charakter nicht zu. Selbst wenn er wollte, er könnte nicht."

„Mittlerweile haben Sie diese Grenze überschritten. Er wird das als Kriegserklärung begreifen."

„Es geht nicht anders." Sie atmete tief durch. „Manchmal muss man sich eben entscheiden."

So simpel war das. Irgendwann steht man alleine am Ufer und will nicht mehr zurück aufs Festland, nur noch raus auf das offene Meer – auch wenn die Insel, auf die man hofft, vielleicht nie auftaucht.

„Was ist *Ihr* Vater für ein Typ, Helm?"

Ich lauschte erneut in die Nacht – aber kein Souffleur half mir aus.

„Das kann ich Ihnen nicht sagen."

„Können Sie nicht – oder wollen Sie nicht."

„Ich hatte nie eine Chance, den Mann richtig kennen zu lernen. Er hat meine Mutter und mich verlassen, als ich noch klein war. Wir haben nie mehr von ihm persönlich gehört. Obwohl meine Mutter hartnäckig nach ihm gesucht hat. Irgendwann bekamen wir eine Nachricht aus Buenos Aires – von einem Anwalt, den er mit seinem Nachlass betraut hatte. Es war ein Haus und ein bisschen Geld, aber Mutter lehnte das Erbe ab. Wenig später starb auch sie. Ich glaube, wenn sie ihn aus eigener Kraft gefunden hätte, wäre es anders ausgegangen. So, wie die Dinge lagen, hat sie nur das Foto des Hauses aufgehoben, das ihr der Anwalt geschickt hatte. Es war eine nette kleine Villa..."

„Da haben wir ja beide eine richtig traurige Vatergeschichte am Hals."

Ich schüttelte den Kopf. „Sie waren und sind an der Ihren aktiv beteiligt und können noch etwas tun. Das ist ein großer Unterschied. Mich hat kein Mensch gefragt. Ich kam nie richtig ins Spiel."

„Machen Sie es deshalb?"

„Was?"

„Fahnden, suchen, Verschwundene aufspüren..."

„Keine Ahnung. Vielleicht." Ich starrte in die Glut im Kamin.

„Jeder hat seine Obsession."

„Wenn es denn eine ist, lasse ich mich wenigstens gut dafür bezahlen."

„Wäre trotzdem schön, wenn Ihnen auch die Villa in Buenos Aires gehören würde."

„Ich hätte sie in die Luft gesprengt!"

Sie schwieg eine Weile, dann sagte sie: „Wenigstens haben Sie Ihren Vater noch erlebt. Mein Kind hat den seinen noch nie gesehen."

„Wie heißt Ihre Tochter?"

„Cornelia – aber alle nennen sie Conny."

„Mich nennt auch kein Mensch Friedrich Wilhelm."

„Friedrich Wilhelm!" Sie lachte. „Mein Gott..."

13

Am Sonntag benahmen wir uns wie jedes normale Touristenpaar.

Wir fuhren zur False Bay, besuchten bei Simon's Town

die Pinguine von Boulders Beach und ließen uns später am Kap der Guten Hoffnung die kräftige Brise um die Nase wehen, die mit den Düften blühender Blumen, vom Wetter gegerbter Nadelhölzer und salziger Fluten gewürzt war. Vom Leuchtturm aus, hoch über den steil abfallenden Felsen von Cape Point, schauten wir weit hinaus auf den Ozean. Auch wenn man die Antarktis nicht sehen konnte, man ahnte sie, denn der schneidende Wind brachte ihren Eishauch mit.

Mochte der Teufel wissen, warum ich mich gerade dort, am Ende der Welt, nach dem Vater ihres Kindes erkundigte. Ich hätte nur zu gerne von ihr gehört, was für ein Mensch er war – aber sie gab sich wortkarg. Zwar hatte ich nicht die Auskunftsbereitschaft erwartet, die mir Betty geboten hatte, aber ein wenig mehr Informationen aus erster Hand über den Mann, der uns alle durch bloße Abwesenheit beschäftigte, wären mir schon recht gewesen.

Wusste Rena Carsten überhaupt etwas über Tims malaiische Geliebte? Oder über Jabu? War sie mir nur von Herberge zu Herberge gefolgt, um den Kontakt nicht zu verlieren, oder hatte sie mich schon in Kapstadt auf Schritt und Tritt verfolgt, und ich hatte es nicht bemerkt? Eher unwahrscheinlich.

Den Rotwein, den ich am Abend auf Docs Liste setzte, tranken wir wieder unter Stan Wishbones Aufsicht. Höflich ging er seiner Routine nach. Wenn er etwas über einen handgeschriebenen Zettel in Deutsch und einen Treffpunkt im Buchladen wusste, so ließ er sich nicht das Geringste anmerken.

Nach dem Essen zog sich Rena zurück. Es war stürmisch geworden. Die Wolken krochen über die Kanten und Zacken des Felsmassivs ins Tal, und ich machte mir ein warmes Feuer im Kamin.

*

Nach Stellenbosch waren es achtundzwanzig Kilometer.

Die Straße führte über einen Pass, der den Weg in eine Ebene freigab, die weiter und offener war, als das Hugenottental. Auch Stellenbosch war ein eher beschaulicher Ort, der vor allem für seine zahlreichen Weingüter bekannt war. Aber es gab auch eine berühmte Universität. Wenn Franschhoek ein großes Dorf war, dann war Stellenbosch eine ansehnliche Provinzstadt. Weit vor der Zeit parkte ich im Zentrum, und nachdem ich die besagte Buchhandlung geortet hatte, sah ich mir in Ruhe den Stadtkern an.

Ich habe gern ein Gefühl für Ort und Umgebung, bevor es zur Sache geht. Diesmal sah es ganz nach einem Auge-in-Auge-Treffen aus. Das gefiel mir nicht sonderlich. Wenn es sich einrichten lässt, meide ich die direkte Begegnung mit der gesuchten Person. Eine persönliche Konfrontation zwischen Jäger und Gejagtem führt oft nur zum erneuten Fluchtversuch, der meinen Job unnötig verlängert.

Die Stadt vermittelte einen wohlhabenden Eindruck. Ganze Straßenzüge, allen voran die idyllische Dorp Street, waren von historischen Gebäuden im kapholländischen Stil gesäumt, deren helle Gemäuer im Schatten uralter Baumreihen leuchteten. Noch immer war Stellenbosch eine Hochburg der Weißen, auch wenn inzwischen Andersfarbige an der Universität studieren durften.

Punkt vierzehn Uhr betrat ich die Buchhandlung „Ex Libris“, die bezeichnenderweise von einer Deutschen geführt wurde. Neben den beiden jungen Touristen, die gerade zahlten und sich mit der Besitzerin in unserer gemeinsamen Muttersprache unterhielten, war nur noch eine ältere Dame im Laden, die in einem Sessel saß und in einem Bildband blätterte. Ich besah mir die auf dem Tisch ausgelegten Bestseller, überflog das Angebot in Englisch und Afrikaans in den Regalen und bewegte mich unauffällig zu den deutschsprachigen Taschenbüchern. *Flamingofeder* von Laurens van der Post war ordentlich unter dem Buchstaben *P* einsortiert. Zwischen den Buchseiten steckte ein zusammengefalteter Zettel. Da mir niemand Beachtung schenkte, sah ich mir die Nachricht sofort an. Es waren wieder die bekannten Blockbuchstaben in handgeschriebenem Deutsch.

> FAHREN SIE WEITER NACH HERMANUS.
> SCHAUEN SIE SICH DORT GEGEN 17 UHR AN
> WIE DIE WALE BLASEN.

Wenn die Zeilen tatsächlich von Timothy Butler stammten, schien er eine Vorliebe für die Schnitzeljagd zu haben. Ich steckte den Zettel ein, nahm das Taschenbuch und ging zur Kasse. Die Touristen verließen gerade den Laden. Die Deutsche, die das Geschäft führte, war entzückt über meine Wahl. Laurens van der Post sei vortrefflich, ließ sie mich wissen. Und das nicht nur, weil der legendäre Autor einmal den Buchladen ihres Vaters in Deutschland besucht und sie dabei tief beeindruckt hatte.

Als ich „Ex Libris" verließ, musterte ich meine unmittelbare Umgebung. Ich kam mir vor, wie auf dem Präsentierteller. Möglicherweise nutzte die Person, die die Köder legte, meinen Auftritt in Stellenbosch, um sich vorab zumindest ein physisches Bild von mir zu machen. Vielleicht auch nicht.

*

Hermanus ist der größte Küstenort der Overbergregion und liegt an jenem Stück Küste zwischen dem Kap der Guten Hoffnung und Kap Agulhas, an dem man nicht mehr so recht weiß, ob man sich noch am Atlantik oder schon am Indischen Ozean befindet.

Die Fahrt dauerte nicht lange. Der Zeitplan diente nicht

als Druckmittel, ließ mir genug Spielraum, um mich zurechtzufinden. Ich stellte meinen Wagen im Ortskern ab und ging zum Kliff über der Walker Bay. Schon die Anzahl und Größe der Parkplätze betonte die Bedeutung der Attraktion. Busladungen von Besuchern waren eingeplant, aber auch Ortsansässige fanden sich nach Feierabend ein, um das Schauspiel zu genießen. Die Menge starrte bloßen Auges oder durch Ferngläser auf das glasklare Küstenwasser, in dem sich, in nächster Nähe zum Ufer, mehrere Wale mit ihren Kälbern tummelten. Ab und zu blies eines der Tiere, und die Zuschauer jauchzten und klatschten Beifall. Kenntnisreiche Führer hielten ihren Reisegruppen sachkundige Vorträge, und in der halben Stunde, die ich dem Schauspiel folgte, bekam ich genug mit, um mir bescheidene Grundkenntnisse anzueignen. Angeblich übertrug sogar ein Unterwassermikrophon die Gesänge der Wale live in den Audioraum des Old Harbour Museums. Die Tiere standen überhaupt hoch im Kurs. In südafrikanischen Gewässern, so bekam ich mit, durfte man sich einem Wal nicht auf weniger als dreihundert Meter nähern, ohne eine drastische Bestrafung zu riskieren.

Als ich einen Blick auf die große Schautafel mit Abbildungen diverser Spezies warf, hörte ich unmittelbar hinter mir eine Stimme, die mir vertraut war.

„Danke, dass Sie pünktlich sind."

Ich drehte mich um. Stan Wishbone trug Safari-Khaki, leichte Gummistiefel und eine Anglermütze mit langem Schirm.

„Kommen Sie! Und bitte keine Fragen."

Ich folgte ihm über die Klippen und zum Ufer hinunter, bis wir eine kleine Landungsbrücke erreichten und in ein offenes Boot sprangen. Routiniert bediente Wishbone Leinen und Außenbordmotor und steuerte das Boot bei unruhiger See und stets in Ufernähe eine halbe Stunde die Küste entlang. Der Motor röhrte, und Wishbone gab sich wortkarg. Der Anblick der zahlreichen Buchten mit rauen Felsklippen, winzigen Kiesel- und Sandstränden und türkisfarbenem Wasser war unterhaltsam genug, und Robben und Pinguine taten das ihre dazu, mir die Zeit zu vertreiben. Sogar eine Pavianherde hetzte durch die dichte Wildnis am Ufer. Die Gischt durchnässte meine leichte Kleidung, doch bevor es mir zu kühl wurde, nahm Wishbone das Gas zurück, und wir tuckerten mit niedriger Drehzahl auf einen langen Holzsteg zu, der einsam aus dem sonst völlig unzugänglichen Dickicht hervorragte. Jeder Quadratmeter Küstenlinie war mit dichtem Gestrüpp bewachsen, das hart, dornig und abweisend wie ein natürlicher Schutzwall bis unmittelbar ans Wasser wucherte. Die Vegetation schloss sich so eng um Poller und Planken, als sei die Anlegestelle vom Land abgeschnitten. Weit und breit war kein Zeichen der Zivilisation zu sehen, nicht einmal ein Warnschild.

Wishbone machte das Boot fest und führte mich über den Steg auf einen Pfad, der so schmal war, dass Stacheln und Dornen wie Piranhazähne nach mir schnappten. Mitten in diesem natürlichen Käfig blieb Wishbone stehen, bedeutete mir, die Arme hochzunehmen und klopfte mich auf Waffen ab. Erst jetzt bemerkte ich seine Pistole. Er trug sie in einem Lederhalfter auf der Innenseite des Hosenbundes. Zufrieden über die erfolglose Durchsuchung, winkte er mich weiter.

Nach etwa einhundert Metern öffnete sich das Dickicht und gab den Blick auf eine Landschaft frei, die mit ihrer Artenvielfalt einem botanischen Garten alle Ehre gemacht hätte. Sattes Grün und Blüten in jedem erdenklichen Farbton überzogen die kleine Ebene, die wir durchquerten, und die Hügel, die sie umgaben. Ein Bach plätscherte durchs felsige Bett und lieferte neben der Meeresbrandung das einzige Geräusch.

Nur zehn Minuten später bemerkte ich einen einzelnen

Holzbungalow, der sich perfekt ins Terrain einfügte. Auf der Veranda war ein Mann zu erkennen, dessen Äußeres mir Hoffnung gab, nun auf Timothy Butler zu treffen.

14

„Wir sind hier in einem Naturschutzgebiet", sagte der Mann, den ich gesucht hatte.

Sein Deutsch war guttural, aber fließend. Den schmalen Schnurrbart hatte er abrasiert, wie ich bereits von Gormann wusste. Auch die Afromähne war drastisch gestutzt. Die hageren Gesichtszüge hatten sich jedoch kaum verändert. Timothy Butler trug ein weites Gewand und Sandalen.

Butler und ich saßen in bequemen Campingstühlen auf der Veranda und tranken kühles Bier, während Wishbone in der Küche herumklapperte und einen Imbiss machte. Ich war dankbar dafür, denn ich hatte seit dem Frühstück nichts mehr gegessen. Der Hausherr hatte vom ersten Moment an einen gelassenen Eindruck vermittelt und mich empfangen, als wäre mein Aufenthalt in seiner Lodge schon lange im Voraus gebucht gewesen. Eine Brise wehte vom Meer zu uns herüber, und zum monotonen Zirpen der Zikaden ging langsam die Sonne unter und rang dem Himmel ein letztes Glühen ab. Im Bungalow leuchteten nacheinander mehrere Gaslampen auf. Wishbone brachte auch uns eine kleine Coleman-Leuchte, die leise vor sich hin zischte.

„Leben Sie schon lange hier, Mister Butler?" fragte ich.

„Sagen Sie ruhig Tim zu mir."

Seine strahlend weißen Zähne leuchteten für Sekundenbruchteile in die aufkommende Dämmerung.

„Ich bin erst hier, seit Jabu umgebracht wurde. Vorher habe ich mich in der ganzen Region bewegt. Vorsichtig zwar, aber problemlos. Nur Kapstadt habe ich nach den ersten

Fahndungsaktionen natürlich vermieden. Aber so weit ab vom Schuss musste ich mich noch nie verstecken. Sah ja so aus, als sei der Fall erledigt. Und nun kommt wieder Unruhe auf."

Er trank einen Schluck Bier und sagte langsam und bedächtig:

„Biyo socdaa biyo fadhiya kiciya!"

Ich sah ihn fragend an, und er übersetzte.

„Fließendes Wasser bringt stehende Gewässer in Bewegung!"

„Wer hat Jabu umgebracht?"

Er lachte leise. „Denken Sie etwa, ich war es?"

„Wenn nicht Sie – wer dann?"

„Sagen wir: Ich weiß es, und das kann mich das Leben kosten. Deshalb behalte ich es vorerst noch eine Weile für mich."

„Wieso hat man Sie bislang nicht gefunden? Konnte man nicht? Oder wollte man nicht?"

„Diejenigen, die wollten – die Deutschen – konnten nicht, und die, die konnten – meine südafrikanischen Freunde – wollten nicht."

„Sie haben offenbar gute Kontakte hier."

„Kann man so sagen. Ich habe schließlich einige Verdienste. Vor allem politische. Aber die Zeiten ändern sich. Die Leute, auf die es für mich ankommt, sind entweder nicht mehr da oder werden vergesslich." Er lächelte müde. „Mein Bonus ist langsam aufgebraucht. Wenn überhaupt noch jemand seine Hand über mich hält, dann zittert sie schon beträchtlich."

Der Feuerball verschmolz allmählich mit dem Horizont.

„Ich rede mit Ihnen, weil ich weder für Jabus, noch für Bettys Tod verantwortlich bin. Und weil ich mittlerweile Angst um mein eigenes Leben habe."

„Betty...?"

Die Nachricht erwischte mich kalt. Für einen Augenblick sah ich wieder die dunklen Augen vor mir, die mich so eindringlich gemustert hatten, und die blauschwarzen Haare.

„Sie haben also auch mit *ihr* geredet..." Timothy Butler zog die Stirn in Falten und musterte mich im matten Schein der Gaslampe.

„Von Jabu zu Betty zu Stany – das war die Richtung, die mir der Alte bei unserem Treffen in Kapstadt vorgab."

Tims Lacher war gallebitter. „Gut, dass wenigstens Stany noch lebt."

„Was ist mit Betty passiert?"

„Sie ist aus dem Fenster gefallen."

„Einfach so?"

„Man hat ihr vorher was verabreicht, damit es aussieht, als habe sie sich im Drogenrausch Flügel wachsen lassen." Er schüttelte den Kopf. „Und – glauben Sie mir – Bettys alte Gewohnheiten lassen das durchaus glaubwürdig erscheinen."

Das Ganze ging mir an die Nieren. Aber er musste mich nicht groß überzeugen. Bei meinem Besuch in den Savoy Mansions von Green Point hatte ich genug gesehen, um mir meine eigenen Bilder zu machen. Wenn es sich tatsächlich um Mord handelte, hatte es eine Frau namens Betty erwischt. Bei einem Unfall war wohl eher eine gewisse Suzie Wong abgestürzt.

Tim musterte mich mit düsterer Miene. „Sie bringen den Tod, Mann!"

„Wenn Sie es so sehen wollen." Ich hielt seinem Blick stand. „Aber eins ist sicher: Ich habe niemanden auf dem Gewissen!"

Er sah irritiert weg. „Ich auch nicht!"

„Wer dann?"

Zunächst überließ er den Zikaden die Antwort. Dann

sagte er: „Ich war und bin nicht der Hauptverantwortliche für das ganze Ding und alle seine Folgen."

Die Gerüche, die aus der Küche nach draußen drangen, waren verheißungsvoll, aber Stan Whishbone gab noch kein Startzeichen. „Es gibt ein Fahndungsfoto von ihnen. Es basiert auf der Beschreibung der Geisel, die über Sie als Anführer der Bande ausgesagt hat. Also erfinden Sie jetzt bitte nicht den großen Unbekannten, um den Hals aus der Schlinge zu ziehen."

„Ich erfinde nichts."

„Falls es den großen Unbekannten tatsächlich geben sollte – was macht es für einen Sinn für ihn, Jabu und Betty zu töten nachdem die beiden mir geholfen haben? Wäre es nicht sinnvoller gewesen, sie schon vorher mundtot zu machen? Und warum kümmert er sich nicht direkt um mich?"

„Er ist weder allmächtig noch dumm. Zwei unbedeutenden Südafrikanern einen Unfall zu verpassen, ist noch machbar. Bei einem Ausländer sieht das schon anders aus. Einer wie Sie kommt hier nicht einfach um – ohne dass es danach anhaltenden Ärger gibt."

„Beruhigend zu wissen."

„Das ist nicht komisch, Mann. Wenn Sie einen wie ihn weit genug in die Ecke drängen, schlägt er am Ende auch zu." Er verstummte einen Moment, dann flüsterte er:

„Nin kuu digay kuma dilin!"

Diesmal blieb er die Übersetzung schuldig.

„Und das heißt?"

„Der, der dich gewarnt hat, hat dich noch nicht umgebracht."

Bevor ich weiter darüber nachdenken konnte, bat Wishbone zum Essen.

*

Der Schlagzeuger war nicht nur ein guter Oberkellner, sondern auch ein talentierter Koch.

Aus Eiern, Zwiebeln, Knoblauch, Karotten, Reis und mit massivem Einsatz diverser Gewürze hatte Stan Wishbone auf dem Gasbrenner ein warmes Abendessen gezaubert, das hervorragend zum Bier passte. Wir saßen auf Lederhockern an einem schweren Holztisch, und während wir aßen und redeten, sah ich mir das Innere der Lodge genauer an. Es gab nicht viel zu entdecken. Die Hütte war von karger Eleganz. Weite und Leere. Zen-tauglich.

Tim schien keine Geheimnisse vor Stany zu haben. Er sprach Englisch. Nach einem kurzen Exkurs über Jazz und Deutschland, kam er wieder zum Anlass unseres Treffens. „Hören Sie“, sagte er zu mir, „Ich habe damals in Hamburg mitgemacht, und ich habe meinen Anteil bekommen. Aber ich habe mich nur an der Aktion beteiligt, weil das Lösegeld einer Sache zugedacht war, an die ich glaubte und für die ich schon Jahre zuvor gearbeitet hatte.“ Er streifte Wishbone mit einem kurzen Blick. „Eine Sache, die mich mit Stany verbindet – auch wenn er mit der Geiselnahme nichts zu tun hat.“

Wishbone kaute weiter.

„Sie reden vom *ANC*?“ Ich sortierte mit der Gabel ein Stück Pfefferschote aus.

Butler nickte und schob den noch halbvollen Teller weg und widmete sich dem Bier. „Und *er* hat uns alle gelinkt.“

„Damit meinen Sie jetzt wohl wieder den großen Mister Unbekannt, Tim.“

„Sie glauben mir nicht.“ Er lächelte. „Was wollen Sie jetzt tun? Wollen Sie mir Handschellen anlegen und mit mir ins nächste Flugzeug nach Deutschland steigen – oder wollen Sie mich gleich hier in der Wildnis umlegen?“

„Niemand will Sie umbringen.“

„Sind Sie da ganz sicher...?“

Schweigen war angebracht.

„Wenn ich hier in Südafrika bleibe", fuhr er fort, „Ist es bald so weit. Ich sage Ihnen: Lieber stehe ich nach all den Jahren doch noch in Deutschland vor Gericht und erzähle meine Version der ganzen Geschichte, als mich hier weiter wie eine Ratte zu verkriechen oder ganz aus dem Verkehr gezogen zu werden. Wenn er so weit geht, Jabu und Betty zu töten, weil sie leichtfertig Wegweiser gespielt haben, dann sind auch meine Karten nicht mehr die besten."

Ich kaufte es ihm nicht ab. „Hören Sie – Jabu und Betty haben offenbar einen hohen Preis gezahlt, weil sie naiv waren und ein bisschen zu viel geredet haben. Aber das haben sie nur getan, weil sie gar nicht an der Sache beteiligt waren. Sie wussten überhaupt nicht, worum es geht. Sie, Tim, waren jedoch daran beteiligt. Und nach Ansicht der Staatsanwaltschaft sogar in herausragender Funktion. Also, was sollten gerade *Sie* für ein Interesse daran haben, auszupacken? Selbst wenn Sie – wie Sie mir einreden wollen – nur Mittäter sind."

„Das sagte ich Ihnen bereits. Ich hänge am Leben!"

Ich nahm mir eine Auszeit, ging nach draußen auf die Veranda, sah in die Nacht und ließ mir die Meeresbrise um die Nase wehen. Der Gesang der Zikaden wurde mittlerweile von ebenso monotonem Froschquaken begleitet. Irgendwo da draußen musste ein Tümpel sein. Im Bungalow räumten die beiden Männer lautstark das Geschirr ab, trugen es in die Küchenecke und unterhielten sich dabei leise. Ich versuchte, trotzdem einen klaren Gedanken zu fassen und beschloss gegen alle Bedenken, Rena Carsten ihre Chance zu geben, bevor ich Dr. Stamm ins Spiel brachte.

*

Als ich in den Bungalow zurückkam, saßen beide Männer wieder am Tisch und sahen mich erwartungsvoll an.

„Man wird sie heute Abend im Restaurant vermissen", sagte ich zu Wishbone.

„Zwei Tage in der Woche habe ich frei." Er kämmte seinen Bart mit den Fingern. „Und im Club spielt heute jemand Solopiano."

„Normalerweise tritt Stany am Montagabend in Paarl mit seiner Band auf", ergänzte Tim. „*The Stan Wishbone Messengers* – Capetown Jazz vom Feinsten." Er sprang auf, ging zu der tragbaren Musikanlage, die in der Küche stand, legte eine CD auf und drehte den Ton laut.

Es swingte ordentlich, und ich warf dem Drummer einen anerkennenden Blick zu.

„Das haben wir vor Jahren live im Manenberg's aufgenommen." Wishbone klopfte mit den Zeigefingern zum Rhythmus der Musik gegen die Tischkante.

Tim regelte den Ton leiser, setzte sich wieder zu uns und musterte mich abwartend.

„Ich muss die neue Lage erst mit meinem Auftrageber besprechen", kam ich zur Sache. „Morgen würde ich mich dann gerne noch einmal mit Ihnen treffen."

Tim sah Wishbone an, der mit einem knappen Kopfnicken die persönliche Garantie für meine Zuverlässigkeit übernahm.

„Okay", sagte Tim zu mir. „Kommen Sie morgen wieder nach Hermanus. Selber Treffpunkt, selbe Uhrzeit."

„In Ordnung."

„Nin weyn tag lama yiraahdee wuxuu ku tagaa la tusaa!"

Die Übersetzung folgte prompt.

„Einen klugen Mann schickt man nicht öffentlich weg, ohne ihm zu sagen, warum!" Tim lächelte kühl. „Morgen Abend werden wir uns hier draußen einig, oder ich schicke Sie endgültig in die Wüste – wie man komischerweise gerade in Deutschland zu sagen pflegt. Einem Somali gibt das zu denken.“

Er brütete vor sich hin, wirkte wie abwesend. Seine hageren Gesichtszüge waren mit einmal wie eingefroren. Ich sah Wishbone fragend an, als könne er mir Aufschluss über die Gemütsverfassung seines Freundes geben. Doch bevor ich eine Reaktion von ihm bekam, meldete sich Tim erneut zu Wort.

„Sobald es morgen früh hell wird, bringt Stan Sie mit dem Boot zurück. Heute Nacht müssen Sie leider mit einer Hängematte vorlieb nehmen.“

15

Vom Pool aus hatte man den zentralen Überblick über das Kommen und Gehen der Gäste im Quartier, und als ich am späten Morgen aus Hermanus zurückkam, richtete sich Rena von der Liege auf und sah mir angespannt entgegen.

Ich setzte mich zu ihr.

„Wo waren Sie?“ Sie nahm die Sonnenbrille ab. „Ich habe mir Sorgen gemacht!“

So, wie sie es sagte, galt es vermutlich weniger meinem Wohlbefinden, als der Angst, den Scout zu Tim aus den Augen verloren zu haben.

„Ich versuche meinen Job zu machen.“ Und ich hatte nicht vor, mich dazu bei ihr an- und abzumelden.

Sie konnte ihre Ungeduld nicht zügeln. „Und...? Was ist...? Haben Sie was erreicht?“

„Sie können ihn heute Abend sehen.“

Die plötzliche Gewissheit machte sie einen Augenblick sprachlos.

„Wenn er sich an unsere Abmachung hält.“ Ich stand auf. „Wir müssen heute Nachmittag um fünf in Hermanus sein.“

Sie trug einen knapp geschnittenen Einteiler, der zu ihrer Augenfarbe passte und die Figur gut zur Geltung brachte. Doch in Anbetracht der anstehenden Familienzusammenführung ließ mich der Anblick seltsam kalt. Auch sie hatte ihre Gefühle offenbar gut im Griff, denn sie fragte nicht weiter nach dem Mann, an dem ihr angeblich so viel lag – nicht, ob er gesund war, wie er jetzt aussah, nichts.

Ich verzog mich unter mein Dach, um bei einer Siesta den Schlaf nachzuholen, der mir in der Hängematte abhanden gekommen war. Timothy Butler hatte fast die ganze Nacht lang gelesen und dazu Musik gehört, die stets von Wishbones dröhnendem Schnarchen übertönt wurde. Der Drummer schien im Schlaf besonders dicke Trommelstöcke zu zersägen. Gegen vier in der Frühe war ich, auf dem Rückweg vom Klo zu meiner Hängematte, neben dem Tisch stehen geblieben, an dem Tim immer noch tief gebeugt über seinem Buch saß und im Schein der Gaslampe las.

„Das muss ja ein faszinierendes Werk sein", hatte ich müde festgestellt.

„Ein zeitloses Thema." Er sah zu mir auf und zeigte mir das Cover des Buches. *Flamingo Feather.* Laurens van der Post. „Sollten Sie unbedingt lesen."

„Ich hab mir bereits die deutsche Ausgabe gekauft, als ich die Nachricht im Buchladen abgeholt habe."

„Dann sind Sie ja auf dem richtigen Weg."

Damit hatte er sich wieder dem Roman gewidmet, und mir genug zum Grübeln mit in die Hängematte gegeben, um mich weiter wach zu halten.

Auch jetzt, als mir das nächtliche Zwischenspiel erneut durch den Kopf ging, hielt es mich vom Schlaf ab. Ich schob die Siesta hinaus und griff zu dem Taschenbuch. Schon der erste Satz: *Die Handlung hebt offenkundig in dem Moment an, als ich aus meinem Hause auf die Veranda trat, hinaus in ein verwirrendes Zwielicht der Abenddämmerung* kündete von einem altmodisch-gediegenen Erzählstil, auf den man sich erst einmal einlassen musste. Ich wurde dafür belohnt, denn es ging gleich spannend los – mit einem Überfall auf einen schwarzen Boten vom Bantustamm der Takwena. Die Tat fand vor dem Haus eines weißen Mannes hugenottischer Abstammung statt. Das Haus lag über einem Dorf an der False Bay. Die Geschichte spielte also ganz in der Nähe. Trotz des dramatischen Geschehens war der Text ein kompletter Kurs in Völkerkunde, und als ich nach etlichen Seiten noch keinen Bezug zu Timothy Butlers dunklen Andeutungen erkannte, holte mich endlich der so nötige Schlaf ein.

*

Die Hanseatin war nicht seefest.

Bereits zehn Minuten nachdem Wishbone erneut die Leinen los geworfen hatte, fütterte Rena Carsten die Fische. Die See war rauer als am Tag zuvor, und auch der Anblick des halben Dutzend scharf gezackter Rückenflossen half nicht. Die dunklen Gläser der Sonnenbrille ließen Rena noch kranker aussehen.

Die Haie, die unser Boot begleiteten, waren Wishbone keinen Kommentar wert. Er zog den langen Mützenschirm tiefer ins Gesicht und hielt Kurs. Auch dass ich ohne vorherige Absprache in weiblicher Begleitung zum zweiten Treffen antrat, hatte ihn nicht sonderlich aus der Ruhe gebracht. Wahrscheinlich überließ er die passende Reaktion darauf dem Somali.

Als wir die Anlegestelle erreichten, kam bereits wieder etwas Farbe in Renas Gesicht. Diesmal erledigte Wishbone die Leibesvisitation direkt auf dem Steg, dann führte er uns zur Lodge.

Mit jedem Schritt, den wir dem Bungalow näher kamen,

war zunehmend deutlicher ein Song zu hören, den ich nicht einordnen konnte, bis mir Gunter Gormanns Worte bei unserem Abendessen in Camps Bay wieder einfielen. Was wir da hörten, war Tims ganz spezielles Glanzstück. *Ain't No Sunshine.* Ich fragte mich, ob Timothy Butler über hellseherische Fähigkeiten verfügte und das Stück von Bill Withers mit Bedacht aufgelegt hatte.

Ain't no sunshine when she's gone...
and she's always gone to long...
anytime she goes away...

Die Musik war ziemlich laut, und der Hausherr war nirgendwo zu sehen – bis wir nahe genug heran gekommen waren, um freien Blick auf die Veranda zu haben.

Der Somali lag neben den Campingstühlen auf dem Rücken. Die geöffneten Augen waren starr in den Himmel gerichtet, die großen, schneeweißen Zähne gebleckt – als habe er Allah statt eines letzten Gebetes noch rasch ein Lächeln geopfert, bevor das Gesicht im Grinsen erstarrt war. Das Blut, das er verloren hatte, sorgte für einen dunklen Fleck in seinem Gewand, der mehr braun als rot war und sich in der Herzgegend befand. Die Wunde war von Fliegen übersät, und eine Ameisenstraße führte von der Leiche über die Veranda bis ins Gelände.

Das Musikstück klang aus.

Die Stille, die uns auf einmal umgab, war dem Tod angemessen. Kein Vogelzwitschern, keine Zikaden, nichts. Nur die Brise, die vom Meer herüberwehte, zupfte an Zweigen und Gräsern. Regungslos verharrten Rena Carsten und ich vor der Leiche. Selbst Wishbone bewegte sich nicht – bis uns ein mechanisches Knacken abrupt aus der Andacht riss.

Das Geräusch kam aus dem Bungalow, und kaum war es verklungen, setzte die Musik erneut mit voller Lautstärke ein. Bevor die ersten Takte eines Gitarrensolos verklingen konnten, hatte Wishbone seine Waffe gezogen und stürmte ins Haus.

Ich folgte ihm, sah wie er mit der Pistole im Anschlag die Räumlichkeiten checkte. Nachdem Wishbone sich überzeugt hatte, dass niemand außer uns anwesend war, steckte er seine Waffe weg, und ich ging zu dem tragbaren Musikgerät.

Die Musik kam von einer Kassette. Die Taste mit dem Symbol der Endlosschleife war eingerastet. Wie lange mochte das Band bereits laufen? Ich drückte *STOP* und *EJECT* und nahm die Kassette aus dem Gerät. Sie war mit der Hand beschriftet, und noch bevor ich die winzigen Blockbuchstaben erkannte, wurde mir klar: Wir hatten nicht das Original von Bill Withers, sondern die Stimme und Gitarre von Timothy Butler gehört.

Rena verharrte nach wie vor bei Tims Leiche und starrte auf die Brustwunde. Ich ging zu ihr und nahm sie in den Arm. Ihr Körper fühlte sich steif und hölzern an. Kein Schluchzen. Keine Tränen. Es war wohl der Schock. Ich führte sie in den Bungalow, und sie setzte sich an den Tisch und entspannte sich etwas. Dann nickte sie mehrmals mit dem Kopf, als hake sie insgeheim eine wichtige Überlegung nach der anderen ab – und sah mich an.

„Und jetzt...?"

Eine einfache Frage, auf die mir nur schwierige Antworten einfielen.

Wishbone kam mir zur Hilfe. „Lassen Sie mich das erledigen. Sie sind hier in einem fremden Land." Er schaute Rena an. „Vermutlich ahnen Sie nicht einmal, wie fremd es für Sie sein kann. Ich bringe Sie mit dem Boot zurück. Wenn wir uns beeilen, schaffen wir es noch, bevor es dunkel wird." Er musterte mich. „Um den Schlamassel hier kümmere ich mich dann später. Mit ein bisschen Glück kann ich alles unter der Decke halten. Es macht keinen Sinn, es offiziell zu machen, wenn es auf elegantere Weise zu regeln ist."

Elegant war in diesem Zusammenhang ein gewagter Begriff, aber Wishbone war die Ruhe selbst. Jabu Mahlangus Worte kamen mir in den Sinn.

Stany – der ja! Der hatte es schon mit dem ANC, als das in diesem Land noch lebensgefährlich war.

„Und wenn ihn inzwischen jemand findet?" Rena sah unseren Begleiter an.

„Das ist unwahrscheinlich. Tim hätte sich nicht hierhin verzogen, wenn er auf regelmäßigen Besuch scharf gewesen wäre."

„Ist die Lodge nur über das Wasser zu erreichen?" fragte ich ihn.

„Es gibt einen Fußpfad, der mit einigen Umwegen hierhin führt. Aber, wie Tim Ihnen schon sagte, wir befinden uns hier in einem Reservat auf einem abgelegenen Küstenstreifen, der schwer zugänglich ist und keinen interessiert."

Rena sprang auf. „Ich will hier weg!" Ohne uns eines weiteren Blickes zu würdigen verließ sie den Bungalow. Ihre zeitweilige Lähmung löste sich nun in Unruhe auf. Auch dem Toten wurde keine Aufmerksamkeit mehr zuteil, als sie langsam die Veranda überquerte und im Licht der schnell sinkenden Sonne den Fußweg zum Meer nahm. Es war seltsam, wie sparsam sie mit ihren Gefühlen für den Vater ihres Kindes umging.

Wishbone ging hinaus und blieb vor dem Leichnam von Timothy Butler alias Ismail Bod stehen.

Ich folgte ihm.

„Er geht jetzt den langen Weg zum großen Schlaf!" stellte Wishbone fest.

Ich sah den Fliegen und Ameisen beim Festmal zu. Trotz der frischen Meeresbrise meinte ich bereits einen leichten

Geruch von Verwesung zu riechen, aber möglicherweise war das nur Einbildung. Erst jetzt nahm ich das Zirpen der Zikaden wahr. Den Fröschen war es wohl noch zu hell, denn sie hielten sich mit ihrem Gequake auffällig zurück.

„Damit ist Ihre Suche wohl beendet..."

War da ein Lauern in Wishbones Stimme?

Er musterte mich eingehend.

Ich wich seinem Blick aus, betrachtete erneut das Opfer und sagte: „Sieht nicht so aus, als ob er eine Chance hatte."

„Er war immer ein bisschen überheblich. Einer seiner Lieblingssprüche aus seinem schier unerschöpflichen Somali-Repertoire lautete: *Steh nicht für eine Person auf, die du im Sitzen erledigen kannst!* So ungefähr wird es sich abgespielt haben."

Wer es auch getan hatte – er war von der geradlinigen Todesspur abgewichen, die ich mit den Kontakten zu meinen Informanten vorgegeben hatte. Nach Jabu und Betty wäre als Nächster eigentlich der Mann, der lebendig neben mir stand, an der Reihe gewesen. Nicht Timothy Butler.

„Wir sollten die Lady nicht länger warten lassen", mahnte Wishbone. „Außerdem ist es in einer halben Stunde dunkel."

Ich ging noch mal in den Wohnraum und nahm die Kassette mit der Musik des Toten an mich. Womöglich holte die Trauer Rena Carsten doch noch ein und machte sie dankbar für ein Souvenir. Mein Blick fiel auf die CD der *Stan Wishbone Messengers.* Ich wollte zugreifen, zögerte jedoch.

„Nur zu", sagte Wishbone.

Er stand in der Tür und beobachtete mich.

„Danke!" Ich steckte auch die CD ein.

Auf dem Weg hinaus, sah ich das Buch, in dem Tim gelesen hatte, neben der Gaslampe liegen. Ich blieb stehen und starrte wie hypnotisiert auf den Einband.

Laurens van der Post. *Flamingo Feather.*

Instinktiv griff ich zu – und als mir klar wurde, dass Stan Wishbone mich immer noch geduldig beobachtete, kam ich mir mit meinen gesammelten Andenken wie ein Grabräuber vor.

16

Es war fast dunkel, als wir in Hermanus anlegten.

„Ich melde mich morgen Abend bei Ihnen und berichte, wie es gelaufen ist", gab mir Wishbone mit auf den Weg. „Damit Sie Klarheit haben, bevor Sie abreisen."

Obwohl ich ihm dankte, fragte ich mich, warum er so großes Interesse am Abschluss meiner Mission und meiner zufriedenen Rückreise hatte. Hing er tiefer mit drin, als es den Anschein hatte? Oder war er wirklich nur der gute alte *ANC*-Kumpel, der Timmy zur Hand gegangen war, und auch nach dessen Ableben noch hinter ihm aufräumte und Schadensbegrenzung für uns alle betrieb?

„Was halten Sie von Stan Wishbone, Rena?", fragte ich auf dem Weg zu meinem Wagen.

Sie hatte die ganze Bootsfahrt über geschwiegen, und war auch jetzt noch nicht sonderlich gesprächig. Erst als wir wieder im Wagen saßen und durch die Dunkelheit zurück nach Franschhoek fuhren, meldete sie sich zu Wort.

„Ich weiß nicht, was ich von ihm halten soll. Er ist freundlich und zuvorkommend. Wir müssen ihm wohl vertrauen."

„War er bei der Entführung dabei?"

„Wie kommen Sie denn darauf?"

„Ging mir nur so durch den Kopf. Hätte ja sein können."

„Meinen Sie allen Ernstes, ich hätte das verschwiegen?"

Wenn ich ehrlich zu mir selbst war, hielt ich es nicht für

ausgeschlossen. Aber vage Verdächtigungen brachten mich in dieser Sache nicht weiter – und da ich auch jetzt noch nicht den Eindruck hatte, Frau Carsten aus tiefer Trauer über Tims Ableben zu reißen, sagte ich:

„Das war's dann wohl!"

„Wie meinen Sie das?"

„Nun – wenigstens Ihr Vater wird halbwegs zufrieden sein, wenn er erfährt, was passiert ist."

Sie sparte sich eine Antwort.

Insgeheim war ich mir gar nicht so sicher, ob ich schon reif für eine Vollzugsmeldung an Dr. Stamm war. Um die Fahrt etwas unterhaltsamer zu gestalten, drückte ich meine Kassette ins Abspielgerät des Autoradios und stellte den Ton lauter.

She's a mystery to me...

Das passte.

„Der Privatermittler, den ich in Berlin auf Sie angesetzt habe, muss Sie ja sehr beeindruckt haben", sagte sie, ohne mich anzusehen.

„Nicht so sehr wie Sie, Rena."

Weitere Ausführungen zu diesem Thema überließ ich Roy Orbison.

*

Das späte Abendessen – bei dem unser Oberkellner würdig und professionell vertreten wurde – nahmen wir gemeinsam, aber ohne nennenswerte Gesprächsbeiträge, ein.

Obwohl wir drei Flaschen Wein zum Essen tranken, verzichtete ich darauf, die Merkliste für Doc weiterzuführen, denn wir tranken zu viel, und wir taten es nicht mit Genuss, sondern um uns zu betäuben. So gut die Mahlzeit auch war, sie war eine Art Leichenschmaus für Tim. Deshalb kamen mir auch die Ameisen und Fliegen wieder in den Sinn und andere Insekten und größere Tierarten, die inzwischen am Leichnam des Somali nagen mochten.

Was hatte Wishbone vor?

Genug Brachland, um die Leiche unauffindbar zu verbuddeln, war um die Lodge herum ohne jeden Zweifel vorhanden. Und die Variante, im Morgengrauen vor der Küste die Haie zu füttern, war noch sicherer. Vor allem passte es besser zum ungewöhnlichen Stil der bisherigen Abgänge. Jabu war einem Verkehrsunfall zum Opfer gefallen, Betty aus dem Fenster gefallen, und Timothy beim Angeln über Bord gegangen.

Nur Stany hatte der unbekannte Todesengel bislang verschont.

Nachdem sie die Rechnung abgezeichnet hatte, bat Rena Carsten mich noch zu einem Drink. Ihr Erdgeschossdomizil war eine kleine Suite, deren Wohnraum ebenfalls von einem Kamin beherrscht wurde. Ich kümmerte mich um das Feuer, und Rena öffnete eine weitere Flasche Wein. Als wir anstießen, sah sie mir fest in die Augen.

„Sie denken wohl, ich bin nichts weiter als ein kalter Fisch, Helm."

„Ich gebe zu, der Gedanke ist mir durch den Kopf gegangen." Ich setzte mich auf das antike Ledersofa. „Er war nun mal der Vater Ihres Kindes."

Sie blieb vor dem Kamin stehen und starrte in die Flammen. Worüber sie auch brüten mochte, ich ließ ihr dabei Zeit. Es mussten fünf Minuten vergangen sein, als sie endlich zu einem Entschluss kam, das Glas abstellte und im Schlafzimmer verschwand. Nur wenig später kehrte sie zurück und reichte mir eine Fotografie. Sie setzte sich in einen der Ledersessel, und noch bevor ich mir das Foto anschauen konnte, sagte sie leise und mehr zu sich selbst:

„Ihr Auftrag ist noch nicht erledigt."

Ich schaute sie einige Sekunden lang an – ohne Augenkontakt zu bekommen. Stumm starrte sie in das prasselnde Kaminfeuer, und ich widmete mich der Farbfotografie in meinen Händen. Es war ein Schnappschuss von einem kleinen Mädchen mit Zöpfen, das aus nächster Nähe fröhlich in die Kamera strahlte. Während ich das Foto betrachtete, ahnte ich bereits, wo das Problem lag, und bevor ich nachfragen musste, kommentierte Rena das Bild für mich.

„Das ist Conny, meine Tochter."

Wenn Rena Carsten diesmal die Wahrheit sagte und es sich bei dem abgebildeten Kind tatsächlich um Cornelia Carsten handelte, dann hatte ihre Tochter eindeutig rotblonde Haare, blaue Augen und Sommersprossen auf den hellen Wangen. Der Vater hätte Ire sein können. Somali war er bestimmt nicht.

„Es tut mir Leid, dass ich Sie angelogen habe."

Ihre Entschuldigung ging fast im Knistern und Knacken des Kaminholzes unter. Und da sie nach wie vor den Flammen zusah, fand auch ich Gefallen daran, die dunkle Leere in meinem Hirn einstweilen mit dem Anblick des bunten Flackerns zu betäuben.

„Es ist nicht, wie Sie denken, Helm..."

„Im Moment denke ich gar nicht."

*

Man mochte dem Mann, der sich Timothy Butler genannt hatte, unterstellen, was man wollte – eins war klar: Er war ein Looser, der eine Spur Mitleid verdiente.

Tim war an der Entführung beteiligt gewesen, aber angerührt hatte er Rena Carsten wohl kaum. Nur war ihm in einem unbedachten Moment ein entscheidender Fehler unterlaufen. Er hatte sich als einziges Mitglied der Bande in Gegenwart der Geisel ohne Gesichtsmaske gezeigt.

„Sie haben also einen aus der zweiten Reihe ans Messer

geliefert, ihn ausführlich der Polizei beschrieben und ihn gegen besseres Wissen zum Boss der Bande befördert. Und das alles nur, um Ihren Lover zu decken."

„Und um ihn zu finden! Was hätte ich denn tun sollen, ohne den Vater meines Kindes auf die Fahndungsliste zu setzen? Conny wird ihn vielleicht noch brauchen..."

„Und Sie...? Brauchen Sie ihn auch, Rena?"

Sie ging nicht darauf ein.

Ich ließ ihr Zeit.

„Es tut mir Leid – wirklich! Aber dieser Somali war der einzige, der mich zum Ziel führen konnte, Helm. Ich war auf den Mann angewiesen."

„Und er ist dabei draufgegangen."

„Er war ein Geiselnehmer!"

„Darauf steht bei uns nicht die Todesstrafe."

„Seien Sie nicht so selbstgerecht."

Damit lag sie nicht ganz falsch. Genau genommen war ich mit Jabu und Betty nicht viel besser umgegangen als Rena mit Tim. Ich hatte Jabu und Betty als Informanten abgeschöpft und dabei ihre Gefährdung in Kauf genommen. Wenn schon nicht aus demselben, dann aus einem vergleichbaren Motiv wie Rena: Die Suche nach dem großen Unbekannten – der mir im Gegensatz zu ihr völlig gleichgültig war.

„Sie lügen wohl nie?" fragte sie. „Außerdem hätte ich den Anführer der Bande gar nicht beschreiben können."

Ich konnte meine Verblüffung nicht verbergen. „Meinen Sie damit, er hat Sie...?"

„Ja, er hat mir das Kind gemacht, ohne seine *Tarnkappe* abzunehmen – um es mal poetisch zu formulieren."

Sie trank hastig.

„Oder prosaischer: Er hat mich gefickt, ohne mich dabei sein Gesicht sehen zu lassen!"

Sie teilte es mir so vehement mit, als wolle sie sich damit

selbst bestrafen. Die bloße Vorstellung des Aktes hatte etwas Bizarres, und die Schärfe, mit der Rena Carsten nicht nur sich selbst, sondern auch mich anging, reizte mich zusätzlich.

„Wie erotisch! Hat er wenigstens die Hose dabei ausgezogen?"

„Sie sind ekelhaft!"

Sie schluchzte und bedeckte ihre Augen mit den Händen. Wusste der Teufel, ob es Schauspielerei war oder echte Betroffenheit. Es war mir inzwischen auch ziemlich egal. Ich traute ihr nicht. Sie hatte Tim benutzt, und nun versuchte sie es bei mir – aber ich hatte vor, dabei am Leben zu bleiben.

Rena beließ es bei einigen Tränen. Sie wischte sich die Wangen trocken und setzte sich zu mir auf das Sofa. Sie rückte mir ganz nah auf die Pelle. Die Frau war bereit, alles zu tun, um zu diesem Mann zu kommen, von dem wir beide nicht einmal wussten, wie sein Gesicht aussah. Wir hatten allenfalls eine Ahnung davon, wenn wir uns seine Tochter ansahen. Fest stand: Er war ein Weißer – und ich hatte ihn bislang nicht gefunden. Mein Job war also noch nicht erledigt. Das wurmte mich persönlich, wenn auch aus rein professionellen Gründen. Aber für Rena Carsten war ich aus genau diesem Grund die Reinkarnation von Timothy Butler, dem Wegweiser.

Ich war ihre letzte Hoffnung.

Sie legte die Arme um meinen Hals und küsste mich sanft auf die Wange. „Stell dir vor, du hättest nur die Spur einer Chance gehabt, deinen Vater zu Lebzeiten zu finden. Hättest du nicht auch alles dafür getan?"

Sie war ein Miststück. Und doch konnte ich mich ihrer Wirkung auf mich nicht entziehen. Sie roch verdammt gut, und es war mit Sicherheit nicht mein Gehirn, das verstärkt durchblutet wurde. Vielleicht hatten wir auch nur zu viel getrunken.

„Sie haben also einen Vaterkomplex, Rena? Ist es das? Dieser Mann hat es Ihnen besorgt, und Sie suchen ihn aufopferungsvoll, um der kleinen Conny den Papa zurückzubringen und dem Opa der Kleinen ganz nebenbei eins auszuwischen."

So einfach ließ sie sich nicht mehr provozieren. Sie hielt den Mund und legte Hand an mich. Sie mochte betrunken sein, aber sie verfolgte ihr Ziel beharrlich. Ich wollte aufstehen, aber ich kam nicht von ihr los.

„Helm...", beschwor sie mich. „Ich habe nie sein Gesicht gesehen. Würde ich ihn nur ein einziges Mal ohne Maskierung sehen, könnte ich ihn vielleicht vergessen, und damit alles, was geschehen ist, ein für alle Mal loszuwerden – es einfach auslöschen."

Für meinen Geschmack ging Rena Carsten etwas zu beliebig mit den Motiven für ihre besessene Suche um. Und mich hatte sie wohl inzwischen für die Übergangsphase als Platzhalter auserkoren. Ich hätte sie wegstoßen und hinausgehen können.

Sie hockte sich rittlings auf mich und knöpfte mir das Hemd auf.

Um zur Besinnung zu kommen, versuchte ich es mit verstärkter Kopfarbeit. Ich musste mich auf meine ungelöste Aufgabe konzentrieren. „Waren die anderen Mitglieder der Bande auch alle Schwarze wie Tim?"

Rena warf den Kopf in den Nacken und starrte einen Moment lang die Decke an, als denke sie, im Kampf gegen den wabernden Alkoholnebel, angestrengt nach. Dann sah sie mit glasigen Augen auf mich herab.

„Ja! Ich habe natürlich nur ein bisschen Haut gesehen, weil sie neben diesen Strickmasken auch Handschuhe trugen, aber ein Handgelenk hier..."

Sie beugte sich nach unten und leckte meinen Puls.

„Und ein Stückchen Hals da..."

Ihre Zungenspitze glitt über meine Gurgel.

„...waren genug, um mir ganz sicher zu sein."

„In welcher Sprache haben sie sich unterhalten?"

„In Englisch und Afrikaans."

Sie küsste mich. Behutsam schob ich sie etwas von mir weg.

„Ist er Bure?"

Sie drückte das Kreuz durch und versuchte ihre Bluse auszuziehen.

„Ich vermute es."

Rena Carsten kam nicht mehr richtig mit ihren Knöpfen zurecht, und dass sie bereits deutlich lallte, gab mir Hoffnung, doch noch die Oberhand über meinen Trieb zu behalten.

17

Als ich aufwachte lag Rena mit nur halb aufgeknöpfter Bluse auf dem Sofa und schnarchte leise.

Mein Kopf war zentnerschwer. Nur mühsam erinnerte ich mich. Irgendwann war Rena vor Müdigkeit und Suff weggesackt, und auch mich hatte kurz darauf der Schlaf übermannt und dem ganzen Spuk ein Ende gemacht.

Einige Minuten lang blieb ich noch bewegungslos liegen und versuchte, trotz bohrender Kopfschmerzen, einen klaren Gedanken zu fassen. Ein Blick auf die Uhr zeigte mir, dass es gegen vier Uhr am Morgen war. Vorsichtig rappelte ich mich auf und schlich ins Schlafzimmer.

Die Aktenmappe aus Straußenleder, der Rena das Foto ihrer Tochter entnommen hatte, lag aufgeklappt auf dem Bett. Ich lauschte noch einmal konzentriert, um mich von Renas ungebrochenem Schnarchen zu überzeugen, und durchsuchte den Inhalt der Mappe.

Weitere Fotografien zeigten Conny mit ihrer Mutter. Auf einem der Bilder flankierten die beiden einen älteren Herren, der freundlich mit ihnen in ins Objektiv lächelte. Er trug einen konservativen Dreiteiler und hatte silberweiße Haare. Vermutlich war es der verlässliche Tyrann, der Vater der großen und Großvater der kleinen Frau, der reiche Machtmensch – mein Auftraggeber. Auch das bekannte Phantombild von Timothy Butler hatte Rena bei sich.

Neben weiteren persönlichen Dingen und Unterlagen, die mir nicht viel nützten, fand ich zwei Briefe, deren Kuverts britische Briefmarken zierten. Beide trugen auf der Rückseite einen Aufkleber mit der Anschrift des Absenders. Der Familienname lautete Symons, die Ortschaft hieß Tunbridge Wells und lag in Kent. Beide Briefe waren an Rena Carstens Hamburger Anschrift gerichtet. Nachdem ich alle Zeilen gelesen hatte, war ich sicher, dass es sich bei Emmy und Ted Symons um die Vertrauten handelte, bei denen sich Conny zurzeit aufhielt. Vorsichtig trennte ich den Aufkleber der Absender von einem der Briefumschläge und nahm ihn an mich.

Ohne Rena zu wecken, zog ich mir mein Hemd über, verließ die Suite und huschte durch die kühle Nacht über den Innenhof zu meiner Haustür, um mich in Ruhe unter dem Dach auszuschlafen.

*

Gegen Mittag quälte ich mich aus dem Bett und schleppte mich und meinen Kater, stets auf ausreichenden Schatten bedacht, zum Pool.

Auch wenn das Wasser nicht schmutzig war – in meinem angeschlagenen Zustand hatte ich das Gefühl, in einen trüben Entenpfuhl zu steigen. Leichter Brechreiz überkam mich, bevor ich mich in die Fluten stürzte. Mit der angesammelten Sonnenwärme war es nicht weit her, und so brachte mich die eisige Kälte sofort ins Klare. Hektisch schwamm ich ein paar Mal hin und her. Ich tauchte, prustete wie ein angeschossenes Flusspferd und arbeitete mir auf diese Weise den restlichen Alkohol aus dem Körper.

Noch einmal tauchte ich bis zum Beckenboden, und als ich wieder dem grellen Sonnenlicht entgegenstrebte und mit dem Kopf durch die Wasseroberfläche brach, hing drohend ein ebenholzfarbenes Gesicht über mir. Wasser, Chlor und stechende Helligkeit trübten meinen Blick. Leicht nach vorne gebeugt stand der schwarze Riese am Beckenrand, ragte wie der Rachegott aller Bantustämme über mir auf. Eine Schrecksekunde lang fühlte ich mich wie ein Goldfisch im Glas, der von einer ausgewachsenen Raubkatze fixiert wird. Die Bestie holte bereits mit der rechten Tatze aus – doch bevor ich dem Zwang nachgeben konnte, erneut abzutauchen, erkannte ich Wishbone, der die Hand zur Begrüßung hob.

Ich kletterte aus dem Wasser, eilte zu einer Liege und frottierte mich ab. Wishbone folgte mir gelassen und setzte sich in einen Gartenstuhl. Er trug noch sein Skipper-Outfit. Ich hockte mich hin und rubbelte mir die Haare trocken.

„Alles erledigt!“ sagte Wishbone. „Sie können beruhigt nach Deutschland zurückfliegen.“

Ich sah zu wie er die Mütze mit dem langen Schirm abnahm und sich mit den Fingern über den kahlen Schädel strich. Sein Interesse an meinem baldigen Verschwinden war ungebrochen, aber sonst konnte ich dem Mann nichts Konkretes vorwerfen. Und trotzdem provozierte mich irgendetwas an seiner Haltung und ließ mich heftiger als nötig sagen:

„Leider hat sich die Lage inzwischen geändert!“

Zum ersten Mal zeigte Stan Wishbone etwas wie eine

Irritation. Eines seiner Augenlider zuckte nervös, während er auf meine Begründung wartete.

„Tim war offenbar nur der Lockvogel. Ich suche jetzt nach einem Weißen, mit dem er in Deutschland – und wohl auch hier zu Lande – zu tun hatte, wahrscheinlich ein Bure."

Am Kap lebten nicht wenige blonde Buren. Und doch verzichtete ich ganz bewusst auf weitere Ausführungen, denn ich war fest überzeugt: Der Drummer wusste weitaus mehr, als er sich anmerken ließ. Wishbones Nasenflügel blähten sich unmerklich auf, als lasse er behutsam Luft entweichen, um einen inneren Druck abzubauen. Nur Sekunden später hatte er sein Mienenspiel wieder völlig unter Kontrolle und unterbreitete mir ein Angebot.

„Dafür kommt dann wohl nur noch eine Person in Frage..."

Er verstummte, kämmte sich den Bart mit den Fingern und musterte mich, als teste er mein ernsthaftes Interesse. Ich wich seinem Blick nicht aus. Was immer auch seine Motive sein mochten – schnell und flexibel wie ein Chamäleon passte er sich der neusten Situation an und legte einen frischen Köder für mich aus. Wenn er mich schon nicht loswerden konnte, wollte er mich wenigstens unter Kontrolle halten. Auch wenn Stan Wishbone nicht bei der Aktion in Hamburg dabei gewesen war – er hing tief in der Sache mit drin. Das stand für mich fest. Wahrscheinlich wusste er sogar genau, mit wem er es bei Rena Carsten zu tun hatte.

„Ich rufe Sie in einer Stunde an." Er erhob sich und war schon auf dem Weg, als er sich noch einmal kurz umdrehte und lächelte. „Mit oder ohne Lady?"

„Mit!"

Ich sah ihm nach, bis er zwischen den Büschen verschwunden war. Man konnte von Wishbone offensichtlich alles haben, was man suchte. Man musste nur hartnäckig bleiben und präzise genug fragen. Ich hätte den Mann gleich als Informant anheuern sollen.

*

Zwei Stunden später sah ich Renas bleiche Miene im Innenspiegel meines Mietwagens. Sie hockte mit feuchten Haaren auf dem Rücksitz. Ich hatte sie kurzerhand unter die kalte Dusche gezerrt, um sie einsatzfähig zu machen. Neben mir saß Wishbone und gab den Kurs vor.

Diesmal ging es nicht zur Küste, sondern ins Landesinnere. Am Hugenottenmonument bog ich nach links ab und fuhr am Museum vorbei die zunächst leichte Steigung hinauf. Über uns ragten die Berge bis zu tausend Meter hoch auf, und bald wand sich die Road 45 in stetig enger werdenden Serpentinen durch den Nadelwald bis zur kühlen Höhe des Franschhoek-Passes hinauf. Dessen schroffes und kahles Gelände gab noch einmal den Blick über das weite Tal frei, bevor wir auf der anderen Seite der Bergkette durch eine nur wenig tiefer liegende Hochebene fuhren – immer am Ufer der Theewaterskloof-Talsperre entlang. Der künstliche See, den nur niederes Gebüsch und vergilbtes Schilf flankierten, zog sich Kilometer für Kilometer dahin. Stahlblaues Glitzern ließ die Eiseskälte des gestauten Wassers erahnen.

In der kargen Landschaft waren kaum Fahrzeuge unterwegs. Bei Villiersdorp, das an eine öde und verstaubte Postkutschenstation erinnerte, ließen wir den Staudamm hinter uns. Hügelige Felder zogen sich nun wie ein goldgelbes Wellenmeer bis zum Horizont. Man ahnte die unermessliche Weite Südafrikas. Eine Weite, die alles aufsog, was sich in ihr bewegte. Die Sonne stand hoch im blassblauen und wolkenlosen Himmel und brannte die Erde unter sich mürbe. Kein Hektar Land war unbewirtschaftet, und doch wirkte die „Kornkammer" – wie Wishbone die Region in einer seiner sparsamen Anmerkungen nannte – wie verlassen. Nur selten lag ein einsames Gehöft im Schatten einer Baumgruppe. Im Laufe einer halben Stunde kam mir nur ein Traktor entgegen. Und einmal verteidigte ein rehbrauner Hund mit giftigem Kläffen seinen Hof.

Nach etwa einer Stunde dirigierte mich Wishbone auf eine Staubpiste, die von der asphaltierten Landstraße wegführte. Wohin, war nicht ersichtlich. Weiter ging es durch die sanften, braun-gelben Hügel, die mich in ihrer Gleichförmigkeit zunehmend einlullten. Hatte die Landstraße oft genug auch über Höhenzüge geführt und mir dabei das Gefühl vermittelt, den ganzen Ozean im Blick zu haben, während ich über seine Wellen ritt, so schlängelte sich die Staubpiste durch flache Mulden und raubte mir so die Übersicht. Da wir langsamer vorankamen, ließ auch der Fahrtwind nach, und die Hitze gewann Oberhand.

Doch bevor Eintönigkeit und Langeweile zu erdrückend wurden, öffnete sich das Gelände zu einer weitläufigen Senke, in der die unentbehrliche Baumgruppe stand und einem Farmgebäude im vertrauten, kapholländischen Stil Schatten spendete.

18

Die wenigen Bauernhöfe, die ich unterwegs bemerkt hatte, mochten sich in der Weite des Landes verlieren und im schnellen Vorbeifahren wie verlassen wirken – und doch vermutete man Leben in ihren Mauern.

Das Anwesen, auf das ich nun zusteuerte, machte mit jedem Meter, den wir ihm näher kamen, einen unbewohnteren und abweisenderen Eindruck. Heidekraut und niedrige

Büsche, die das Gelände zum Großteil bedeckten, wirkten vertrocknet, fast wie verbrannt. Akazienbäume und Agaven umringten das Gehöft abweisend und wehrhaft, und auch die Bergkette im Hintergrund ragte dunkel und drohend auf und verstärkte so die feindselige Stimmung. Wohn- und Wirtschaftsgebäude waren rustikal und schnörkellos und hatten nichts mit den eleganten Herrenhäusern im Weinbaugebiet gemein, auch wenn sie ihnen im Stil verwandt waren. Das weiß getünchte Gemäuer wies große gelbe und bräunliche Witterungsflecken auf. Das Dach war schadhaft, und der Kaminschlot bis weit in die Hauswand, aus der er aufragte, verrußt. Einige der Fensterläden waren verschlossen, andere hingen offen und schief in den Angeln. Der Holzleiter, die neben der Eingangstür lehnte, fehlten mehrere Sprossen.

Es wunderte mich, auf dem ganzen Weg zum Haupthaus weder von Zäunen noch von Grenzmauern aufgehalten zu werden. Ich fuhr direkt bis vor die Haustür. Der Hof war mit Lehmziegeln ausgelegt und teilweise von Unkraut überwuchert. Wishbone stieg aus und streckte sich. Auch Rena kroch benommen vom Rücksitz. Sie war unterwegs eingeschlafen und erst auf der rauen Staubpiste wieder wach geworden. Ich knallte die Wagentür zu, aber wie schon erwartet, regte sich weder Mensch noch Tier zu unserer Begrüßung.

Wishbone ignorierte den Vordereingang und ging um das Gebäude herum zum Küchentrakt. Ich ließ Rena den Vortritt, und wir folgten ihm zu einer kleinen Tür, über der der Schornstein hoch aufragte. Der Wirtschaftshof zwischen Wohnung, Ställen und Scheune erinnerte an einen Schrottplatz. Sowohl die Dreschmaschine, als auch der alte Trecker mit Pflug und Egge waren seit langem Wind und Wetter ausgesetzt und strotzten vor Rost. Ich bemerkte einen Brunnen, über dem der Hebel einer Handpumpe bis unter das Stroh gedeckte Schutzdach ragte. Direkt neben dem rund gemauerten Schacht war auch eine Elektropumpe installiert, die einen recht intakten Eindruck machte. Nicht weit davon waren, durch das Wellblechdach eines offenen Verschlages nur dürftig vor der Witterung geschützt, ein Dieselgenerator und ein Treibstofftank platziert.

Noch bemerkenswerter war aber der Kombi, den ich im Vorbeigehen durch das nur angelehnte Tor der Scheune gut erkennen konnte. Es war kein altes Modell, und es war auch nicht verrostet, nur verdreckt und verstaubt. Es handelte sich um einen Volvo vom Typ V40. Der rechte Scheinwerfer war zertrümmert, die vordere Stoßstange hing nach unten, und ein Teil der Motorhaube war schwer eingebeult. Ich fragte mich, ob der gute alte Jabu in den Unfall verwickelt gewesen war, der diesen Schaden verursacht hatte.

Im Wohnhaus war es angenehm kühl. Die Küche war rustikal und komplett ausgestattet, jedoch seit langem nicht genutzt worden, denn als Wishbone Fenster und Läden öffnete und weit aufstieß, machte das Tageslicht die durchgehende Staubschicht sichtbar, die alle Einrichtungsgegenstände überzog. Der bullige Eisschrank war sachkundig abgetaut worden. Die große Tür des Kühlraums und die kleinere des Gefrierfachs standen offen, und die Stauräume waren leer und sauber.

„Falls jemand was Kühles trinken möchte", sagte Wishbone, „gibt es im Keller Mineralwasser, Bier und Coca Cola."

Ich ging zur Spüle und drehte den Wasserhahn erfolglos auf und zu.

„Das Brunnenwasser ist zwar auch ganz okay", sagte Wishbone, „Aber die Elektropumpe funktioniert nur, wenn der Dieselgenerator läuft."

„Mineralwasser wäre schön", meldete sich Rena zu Wort.

Wishbone sah mich an.

„Für mich auch."

Er führte uns in den weitläufigen Wohnraum, zog die schweren Vorhänge auf, öffnete auch hier die Fenster und die wenigen Läden, die noch geschlossen waren, und verschwand wieder im Flur, um die Getränke aus dem Keller zu holen.

Wer mochte das Landhaus bewohnen oder bewohnt haben? Das Wohnzimmer sprach für einen manischen Großwildjäger, nicht für einen Farmer. Die alten Flinten, die gekreuzt über dem wuchtigen Kamin hingen, und die Schilde und Speere einheimischer Stammeskrieger, die die Feuerstelle flankierten, gehörten noch zu den dezenteren Dekorationsstücken. Der Rest war eine makaber anmutende Ausstellung zur Vielfalt der südafrikanischen Tierwelt. Eine Trophäensammlung, die Artenschützer, je nach persönlicher Veranlagung, in tiefe Resignation oder blanke Wut versetzt hätte.

Präparierte Köpfe von Büffeln und diversen Antilopenarten wie Springbock, Gnu und Kudu hingen an den Wänden. Felle vom Löwen und Zebra lagen als Teppiche auf den Dielen, und weich gegerbte Leopardenhäute hingen wie kostbare Tagesdecken über den klotzigen Sitzmöbeln, deren dunkelbraunes Leder vermutlich auch nicht vom gewöhnlichen Rindvieh stammte. Elfenbeinstoßzähne standen gleich im Dutzend Spalier, damit der Weg zur Hausbar nicht zu verfehlen war, an der abgehackte Elefantenfüße auf verchromten Stelzen als Sitzhocker dienten.

Kleinere Souvenirs wie der zierliche Antilopenhuf, der einen Aschenbecher aus Malachit stützte, der groß wie ein Trog war, oder ein Warzenschweinhauer, der als Griffstück einen Zigarrenschneider zierte, gingen in dem Pomp beinahe unter. Das mit Abstand perverseste Schmuckstück aber war eine Lampe mit Häkeldeckchenschirm, die von einem Elefantenrüssel gehalten wurde. Nur die bunten Straußenfedern, die wie ein Blumenstrauß in einer Kristallvase steckten, und die Straußeneier, die sich in einer Schale aus Onyx stapelten, durften guten Gewissens unter legaler Hege und Pflege der Fauna durchgehen.

„Das ist ja grauenhaft!" Rena stöhnte theatralisch, drehte sich einmal um die eigene Achse und ließ sich in einen Sessel fallen.

Schon in Küche und Flur war mir der Verdacht gekommen, sie taxiere das Wohnhaus bereits auf Tauglichkeit für die zusammenzuführende Kleinfamilie. Aber ganz so protzig hatte sie sich das Ambiente für ein Heim am Kap wohl doch nicht vorgestellt. Ich setzte mich auf einen der beiden Dreisitzer und befingerte das samtweiche Leopardenfell, das über die Sofalehne drapiert war. Trotz der geöffneten Fenster hing ein muffiger Geruch im Raum. Auch hier war alles von einem grauen Schleier überzogen. Wie viele Bedienstete mochten alleine mit Staubwischen beschäftigt sein, wenn man in dieser aufgeblasenen Jagdhütte residierte?

Wishbone kam mit zwei Flaschen Mineralwasser zurück, ging zur Hausbar und polierte drei Gläser mit einer Papierserviette, bevor er uns einschenkte. Er tat es dezent und professionell wie bei seinem Job als Oberkellner im Quartier Français, und für einen Moment sah ich ihn wieder in tadellos geschnittener Hose und Weste und mit elegantem Hemd mit Seidenbinder an seiner Anrichte hantieren.

„Es kann noch eine Weile dauern." Er reichte uns die Gläser, hockte sich auf einen Hocker und sah auf die Armbanduhr. „Aber wir sind bestimmt nicht umsonst gekommen."

Mit dem ersten Schluck spürte ich, wie ausgetrocknet meine Kehle war. Ich wischte mir über die Stirn. Die Anspannung auf der Fahrt ins Ungewisse und die ersten Eindrücke des Anwesens hatten mich Schweiß und Durst vergessen lassen. Mein Blick fiel auf eine vergilbte Ausgabe des *Burger.* Die Schlagzeile in Afrikaans blieb mir ein Rätsel.

Nach Minuten des Schweigens hatte Wishbones Geduld ein frühes Ende. Er sprang auf. „Kommen Sie, ich zeige Ihnen den Rest des Hauses."

Wir folgten ihm. Im Flur führten einige steile Steinstufen in den Keller und eine weit geschwungene Holztreppe ins Obergeschoss. Die ausgetretenen Bohlen knarrten, als wir nach oben stiegen. Wir überquerten eine Diele mit einer antiken Holztruhe und zwei gegenüberliegenden Türen.

Wishbone lotste uns in ein Schlafgemach. Nur wenige Sonnenstrahlen fielen durch die nachlässig zugezogenen Vorhänge und spendeten gedämpftes Licht. Mitten im Raum stand ein aus alten Eisenbahnschwellen gezimmertes Doppelbett, groß und schwer wie ein Ponton. Darüber hing weit und luftig ein Moskitonetz, das mich an die Kuppel eines Zirkuszeltes erinnerte. Das Ruhelager konnte problemlos mit dem Safari-Größenwahn im Erdgeschoss mithalten. Es war frisch mit goldfarbenem Satin bezogen und tadellos gemacht. Das Moskitonetz hielt zwar den Staub ab, aber sein milchiger Schleier raubte Laken und Bezügen den Glanz.

Am anderen Ende des Schlafzimmers angekommen, zog Wishbone die Gardinen vor einer Glastür auf, öffnete die beiden Flügel, auch die handgeschmiedete Gittertür und trat auf einen Balkon hinaus, der auf der Rückseite des Wohnhauses lag und den ich von außen nicht bemerkt hatte. Während Rena zögernd in der Türöffnung stehen blieb, folgte ich Wishbone nach draußen.

Im Freien holten mich das blendende Tageslicht und die trockene Hitze wieder ein. Ich setzte die Sonnenbrille auf, und nachdem sich meine Augen an die gleißende Helligkeit gewöhnt hatten, nahm ich Wishbones Blick auf. Er starrte zu dem dunklen Bergmassiv hinüber. Die Luft über der gelbbraunen Landschaft flimmerte irritierend und zerstörte jedes Gefühl für Entfernung. Die Berge hätten hunderte von Kilometern weit weg liegen können – oder nur einen einzigen. Ich wandte mich der gegenüberliegenden Staubpiste zu. Wenn jemand kam, dann war das die Front, an der er auftauchen musste. Nichts war zu sehen. Nicht einmal eine entfernte Staubfahne gab Hoffnung.

Noch während wir so in die Weite schauten, begann ein unmerkliches Vibrieren die Luft zu erfüllen, das ganz allmählich von einem schwachen Flattern überlagert wurde. Das Geräusch schwoll an, und als ich in die Richtung sah, aus der es ertönte, konnte ich vor den dunklen Bergen einen noch dunkleren Fleck erkennen, der sich zielstrebig auf uns zu bewegte. Das Geräusch wurde zum Lärm und mutierte zu einem scharfen Schnappen, mit dem die Rotorenblätter eines Hubschraubers die Luft durchpeitschten. Mit unverminderter Geschwindigkeit schoss er auf uns zu und über uns hinweg. Ich erwartete, er würde eine Schleife fliegen, um für die Landung zurückzukehren, aber er flog davon und wurde leiser.

Wishbone hatte dem Helikopter keine weitere Aufmerksamkeit gezollt. Er starrte noch zu den Bergen hinüber. Und jetzt sah auch ich, worauf er wohl die ganze Zeit schon gewartet hatte. Ein Pulk Berittener hielt auf die Farm zu. Nur wenige Sekunden zuvor hatte das Flirren der Luft sie noch unsichtbar gemacht.

„Los, kommen Sie!" Wishbone eilte voraus.

19

Es dauerte noch eine gute Viertelstunde, bis die sechs Reiter näher heran waren.

Sie waren in eine Staubwolke gehüllt und wurden von einer Meute großer Hunde begleitet. Wir standen im Hof und sahen ihnen entgegen. Rena war die Anspannung anzumerken. Sie hatte die Augen zusammengekniffen, bemüht etwas Genaueres auszumachen. Die Pferde fielen vom Galopp in den Trab. Die Gestalten in den Sätteln trugen lange Staubmäntel, Hüte und Stiefel. Noch waren sie nicht richtig zu erkennen, und so hatte es einen Moment lang den Anschein, als tauche ein Haufen Buren-Krieger aus archaischen Zeiten zu einer Kommandoaktion in der vom Engländer besetzten Kapkolonie auf. Doch je näher die Reiter kamen, desto weniger Ähnlichkeit mit den Soldaten eines General de Wets, eines Louis Botha oder Smuths hatten sie. Keine gekreuzten Patronengurte über der Brust, keine wuchernden Vollbärte, und kein einziger Gewehrlauf, der in die Luft ragte. Stattdessen glatt rasierte Wangen und allenfalls ein sauber gestutzter Schnurrbart. Wenn Waffen zur Ausstattung gehörten, so waren sie nicht zu sehen.

Die Pferde fielen vom Trab in den Schritt. Alle Männer im mittleren Alter. Der Anführer, ein Weißer, ritt voraus. Ihm folgten ein Asiate – der mich mehr an einen Inder erinnerte als an einen Kapmalaien – ein zierlicher Buschmann und drei athletische Schwarze, die wohl alle auf die eine oder andere Stammesart zur großen Familie der Bantus gehörten. Der Buschmann führte ein Pferd mit leerem Sattel mit sich. Alle Reittiere waren robust und von der ausdauernden Sorte. Bei den Hunden handelte es sich um Rhodesian Ridgebacks, hochbeinige und muskulöse Läufer und Treiber, deren kurzhaarige Felle in Farbtönen von rehbraun bis goldgelb glänzten.

Der Anführer hob den Arm, und die Kavalkade kam vor uns zum Stehen. Als erste begrüßten uns die Löwenhunde. Sie kannten Wishbone, umschwänzelten ihn und holten sich ihren Klaps ab. Rena und mich beschnüffelten sie wie geduldete Fremdkörper. Es waren schöne Tiere, die alle das markante Zeichen ihrer Rasse auf dem Rücken trugen: Einen Kamm, der sich von den Schultern entlang der Wirbelsäule bis hin zur Hüfte zog, und dessen Haar, mal kupferrot, mal dunkelbraun, dem übrigen Fell entgegenlief.

Der Weiße saß ab, und auch seine Männer stiegen aus den Sätteln. Bislang schenkte uns keiner von ihnen besondere Aufmerksamkeit. Der Buschmann ging mit seinen beiden Pferden zum Brunnen. Er zog einen Holztrog hinter dem gemauerten Schacht hervor und platzierte ihn unter dem offenen Rohrstutzen der Handpumpe. Sofort war er von ungeduldigen Hunden umringt. Mit steten Hebelbewegungen und Schwall für Schwall förderte er Wasser für die durstigen Tiere in die Tränke. Auch die anderen Männer zogen nun mit ihren Reittieren zum Brunnen.

Erst als er den Hut abnahm und sich aus seinem Staubmantel schälte, war der Chef der Gruppe etwas besser zu erkennen. Er trug das rotblonde Haar militärisch kurz, und sein Schnurrbart war sauber getrimmt. Bei einer Körpergröße von gut einem Meter neunzig wirkte seine kräftige Statur keineswegs plump. Die Hosenbeine seiner Chinos bedeckten die Schäfte der Reitstiefel, und über dem ausgewaschenen Jeanshemd trug er einen braunen Cordsakko mit aufgesetzten Taschen. Er warf den Mantel über den Sattel, wandte sich uns zu und musterte uns durch die runden Gläser seiner Sonnenbrille. Zusammen mit dem scharfen Nasenrücken gaben sie dem Gesicht etwas Raubvogelartiges. Doch das Lächeln des Mannes milderte diesen Eindruck. Es hatte etwas Entwaffnendes. Der Rotblonde mochte Mitte vierzig sein, aber sobald er lächelte, wirkte er wie ein freundlicher Bauernjunge.

Seine ganze Aufmerksamkeit galt Rena, die ihn schon seit Minuten anstarrte, als traue sie ihrer eigenen Wahrnehmung nicht. Das Paar stand sich, nur wenige Meter voneinander getrennt, regungslos gegenüber und musterte sich intensiv. Der Mann war sich seiner Sache ganz sicher und lächelte gelassen weiter. Der Frau standen Zweifel und Unsicherheit ins Gesicht geschrieben. Wenn sich die Statur des Mannes in den letzten Jahren nicht drastisch verändert hatte, musste sie Rena vertraut sein – doch das Gesicht hatte sie nie zuvor gesehen.

Bevor Wishbone oder gar ich uns als Vermittler einschalten mussten, drehte sich der Mann um und öffnete eine Satteltasche. Er holte einen zusammengeknüllten Gegenstand aus olivgrüner Wolle hervor und schüttelte ihn auseinander. Es war eine Strickmaske mit Sehschlitz. Er nahm die Sonnenbrille ab und streifte sich die Tarnkappe über. Dann wandte er sich Rena erneut zu und musterte sie durch den Schlitz. Der Mann sah jetzt bedrohlich aus, und ich konnte das nervöse Zucken um Renas Mundwinkel deutlich erkennen. Noch stand sie wie angewurzelt auf demselben Fleck.

Der Rotblonde senkte das Kinn auf die Brust und knöpfte sein Hemd auf. Er tat es bedächtig, Knopf für Knopf, und bis zur Gürtelschnalle. Erneut musterte er Rena, die sich nun regelrecht zwingen musste, bis zur letztendlichen Gewissheit auszuharren. Ebenso gebannt wie sie, sah ich zu, wie der Mann mit beiden Fäusten die Knopfleisten packte und das Hemd bis weit über die Brustwarzen öffnete.

Die rotblonde Brustbehaarung blieb im Sonnenlicht fast unsichtbar. Dafür war die grobe Tätowierung über dem Herzen gut zu erkennen. Kaum hatte ich die verschnörkelten und eng ineinander verschlungenen Initialen *M* und *B* entziffert, lag Rena dem Mann auch schon in den Armen. Während er sie mit der Linken an die Brust drückte und sich mit der Rechten die Maske vom Kopf zerrte, schien er sich auf mich zu besinnen. Er warf die Tarnkappe weg und sah mich an. Seine grünen Augen waren ungewöhnlich klein und standen eng zusammen. Es war der kalte Blick eines Bussards, der seine Beute geschlagen hat. Er kostete seinen Triumph nur eine Sekunde lang aus, dann war er wieder

der arglos strahlende Junge, der sein Lieblingsspielzeug wieder gefunden hat.

„Ich bin Marius Bertrand – der Mann, den Sie suchen." Er legte Rena den linken Arm um die Schulter, zog sie an sich, und kam mit ihr auf mich zu. „Willkommen auf unserem einsamen Stützpunkt!" Er hielt mir die freie Hand hin.

Ich schüttelte seine Rechte und verzichtete darauf, mich vorzustellen. Sein Deutsch hörte sich an, als beherrsche er die Sprache, nutze sie aber nur selten.

„Marius...", wiederholte Rena leise, beinahe andächtig, als koste sie es voll aus, seinen Namen endlich zu kennen. Dann fügte sie vorwurfsvoll hinzu: „Du kannst Deutsch – und hast trotzdem nur Englisch mit mir gesprochen?"

Das gewinnende Lächeln, mit dem Bertrand mich nach wie vor musterte, erlosch. Mit einer ruckartigen Kopfbewegung wandte er sich Rena zu: „Für wie dumm hältst du mich eigentlich?"

Es war erschreckend, mit ansehen zu müssen, wie sie kuschte. Stumm klammerte sie sich noch fester an Bertrand, als fürchte sie, ihn erneut zu verlieren. Die Selbstbestimmtheit, mit der sie der Suche nach dem Mann bislang nachgegangen war, hatte mich nicht zu Illusionen über die Beziehung zwischen Entführer und Geisel verleitet – und doch überraschte es mich, wie viel Macht er über sie besaß. Ihre ganze Körperhaltung strahlte Unterordnung aus.

Der Inder kam auf Bertrand zu und wollte ihm ein Walkie-Talkie übergeben, aus dem atmosphärische Störungen und mir unverständlicher Sprechfunkverkehr zu vernehmen waren. Bertrand beschied dem Inder mit einer knappen Kopfbewegung, sich an Wishbone zu wenden, und der übernahm das Gerät. Bertrand ging mit Rena ins Haus, und Wishbone und ich folgten den beiden, während der Inder wieder zu den anderen Männern zurückging, die ihre Pferde nach dem Tränken in den Schatten der Scheune führten.

Im Flur blieb Bertrand, Rena im Arm, stehen und drehte sich zu mir um. „Sie werden sicher verstehen, dass ich mich erst einmal mit Frau Carsten unterhalten möchte und deshalb ein paar Minuten mit ihr alleine sein will."

„Aber sicher."

Er sah Wishbone an. „Kümmere dich so lange um ihn, und gib ihm schon mal die Basisinformationen, damit ich es nachher kurz machen kann!"

Wishbone forderte mich mit einer Geste zum Mitkommen auf. Ich folgte ihm in den Wohnraum und zur Bar, begleitet vom Knarren der Treppenstufen, auf denen sich das Paar ins Obergeschoss zurückzog. Er legte das Walkie-Talkie auf dem Tresen ab. Was ich vom Sprechverkehr mitbekam, hörte sich wie Polizeifunk auf Afrikaans an.

„Wie Marius schon angedeutet hat...", kam Wishbone seinem Auftrag nach, „...war die Farm mal ein wichtiger Stützpunkt für uns, so eine Art Widerstandsnest. Doch die Zeiten haben sich geändert, und wir halten uns nur noch selten hier auf."

„Widerstand gegen was?" Ich hörte einige der Männer im Flur und auf der Kellertreppe. Sie holten sich wohl Getränke.

„Möchten Sie auch noch was zu trinken? Ein Bier?"

„Danke. Im Moment nicht."

Wishbone akzeptierte und besann sich auf meine Frage.

20

Bertrand und seine Leute – und das waren nicht nur diejenigen, die ihn im Augenblick umgaben, und es handelte sich zudem nicht nur um Männer – hatten eine gemeinsame Vergangenheit.

Alle waren bereits vor dem Ende der Apartheid militant

tätig gewesen. Die einen für die alte Regierung, die anderen für die neue. Handwerklich war damit kein großer Unterschied verbunden gewesen, und deshalb hatten sie alle, auf die eine oder andere Weise ihre Leichen im Keller. Wishbone drückte es zwar nicht *so* aus, aber es war mir klar genug. Sie hatten alleine oder in Gruppen gegen den politischen Gegner operiert. Desinformationskampagnen. Waffenschmuggel. Politischer Mord. Beide Lager hatten dafür ihre verdeckten Propagandaeinheiten, ihre im Verborgenen tätigen Kolonnen für die Drecksarbeit und ihre Auftragskiller im Untergrund.

Die von der einen Seite waren für die Befreiungsbewegungen tätig gewesen, also für den *ANC*, den *African National Congress* oder für die *SWAPO*, die *South West African Peoples' Organisation.* Stan Wishbone hatte *Umkhonto we Sizwe*, auch kurz *MK* genannt, dem militärischen Arm des *ANC*, angehört. Er hatte auf das richtige Pferd gesetzt. Nelson Mandelas Partei war als politischer Sieger aus dem Machtkampf hervorgegangen und an der Regierung.

Die der anderen Seite hatten es für das rassistische Regime getan, meist für das berüchtigte *32 Buffalo Battalion* der Spezialkräfte oder für das *CCB*, das *Civil Cooperation Bureau*, den zivilen Arm des militärischen Geheimdienstes, für den auch Marius Bertrand gearbeitet hatte. Damit hatte er auf das falsche Pferd gesetzt. Ob er dadurch auch zu den Verlierern gehörte, war eine ganz andere Frage.

Vieles von dem, was Wishbone mir erzählte, war mir nicht neu. Die Arbeitsergebnisse der *Truth and Reconciliation Commission,* auch kurz *TRC* genannt, die Nelson Mandela nach dem Machtwechsel ins Leben gerufen hatte, waren weltweit bekannt. Was die Kommission für Wahrheit und Aussöhnung ans Licht gebracht hatte, sprach für sich. Natürlich hatte ich von einem Mann wie Wouter Basson, dem legendären „Doctor Death", gehört, dem Mengele der Apartheid, und den perversen Erfindungen, mit denen die Agenten der weißen Herren auf Widersacher losgegangen waren.

Auch die Gräueltaten im Namen des *ANC* waren mir keinesfalls unbekannt. Sie sahen sich alle und immer als die guten Feuerwehrmänner, egal auf welcher Seite sie standen. Ich war nie in ihre Aktivitäten verwickelt gewesen, noch hatte ich deren Folgen am eigenen Leib gespürt. Doch so, wie die Dinge im Moment lagen, war es damit wohl vorbei.

*

Wishbone schaute auf die Uhr. „Die beiden haben wohl einiges nachzuholen", sagte er mit einem genervten Blick zur Decke.

Es war nicht das Doppelbett, das die Geräusche verursachte. Ich sah es noch genau vor mir, aus Eisenbahnschwellen gezimmert, schwer und bewegungslos. Es war Rena, die diese Laute von sich gab. Es waren sehr prägnante Töne. Lustvoll, hemmungslos, echt.

Wishbone hatte Mühe, die Hintergrundgeräusche auszublenden und sich auf sein Thema zu konzentrieren. Er sah mich an, als habe er den Faden verloren und überlege, ob er ihn unter diesen Umständen überhaupt wieder aufnehmen wolle. Auch mir ging die Wiedersehensorgie mit jeder Minute mehr auf die Nerven. Die Liebesarie aus dem oberen Stockwerk, das perverse Großwildjäger-Ambiente und die Hitze, die durch die geöffneten Fenster kroch und schwer im Raum hing, brachten mich zum Schwitzen. Ich betrachtete die perverse Lampe mit dem Häkeldeckchenschirm und dem Elefantenrüssel und hatte Visionen von nackten Körpern, die sich in goldfarbenen Satinlaken wälzten.

Verlor ich den Überblick?

„Kommen Sie..." Wishbone nahm das Sprechfunkgerät und eilte voraus.

Ich folgte ihm zur Kellertreppe. Im Flur war das Geschehen im Obergeschoss akustisch noch präsenter. Erst als Wishbone die schwere Holztür hinter uns ins Schloss drückte, herrschte Ruhe. Durch ein vergittertes Kellerfenster fiel genügend Licht, um die Getränkekästen auszumachen. Wishbone öffnete das Fenster und stellte das Walkie-Talkie auf der Fensterbank ab. Dann griff er nach einer Coleman-Lampe und zündete sie an. Im matten Licht der Gasflamme sah ich zu, wie er zu einer Stahltür ging und eine Zahlenkombination in die Tasten des Safeschlosses tippte. Er schob die Tür weit auf, blockierte sie mit einem Getränkekasten und führte mich in einen bunkerartigen Raum, der Waffenarsenal und Kommandostand zugleich war.

Auf dem betonierten Boden stapelten sich mehrere Munitionskisten. In Stahlhalterungen, die eine ganze Längswand bedeckten, hingen mehr als fünfzig Gewehre und Flinten. Vom Karabiner mit Zielfernrohr übers Schnellfeuergewehr bis zur Pumpgun war alles vertreten. An einer Stirnwand lagen in einem Holzregal voll- und halbautomatische Pistolen neben Revolvern und Kartons und Schachteln mit Munition. Die zweite Längswand war mit verschiedenen Landkarten der Region bedeckt. In der Mitte des Raumes stand ein Dutzend Stühle um einen langen Tisch, auf dem Wishbone die Lampe abstellte.

„Hätte ich geahnt, wie die Dinge sich entwickeln, hätte ich gleich den Generator angeworfen."

Mit dieser mürrischen Anmerkung verschwand er wieder im Vorraum. Ich hörte, wie er den Ton des Funkgerätes lauter stellte und sich an den Getränkekästen zu schaffen machte. Als er zurückkam, hielt er zwei Flaschen Castle Lager in den Händen. Er gab mir eine Flasche ab und deutete mit einer weiten Armbewegung in den Raum.

„Wie Sie sehen, war man hier auf Krieg und Anarchie vorbereitet." Er prostete mir zu. „Es kam zwar nicht so – aber es kann trotzdem noch kommen."

Ich erwiderte seinen Zutrunk, und wir nahmen ein paar Schlucke, bevor wir uns an den Tisch setzten.

„Was passiert, wenn man die alten Veteranen nicht mehr zufrieden stellen kann, hat uns Robert Mugabe in Simbabwe ja vorexerziert..."

Ich hatte keinen Grund, dem zu widersprechen.

„Aber auch hier in der Republik können wir uns jetzt schon an die eigene Nase fassen. Schauen Sie sich nur die Lage in Johannesburg, Pretoria oder KwaZulu-Natal an. Alles nicht gerade das, was man einen Vergnügungspark nennen würde."

„Mal den Teufel bloß nicht an die Wand!" dröhnte es in den Raum.

Wir sahen auf und bemerkten Marius Bertrand, der auf der Türschwelle stand.

„Und kommt gefälligst wieder nach oben! Ist ja grauenhaft in dem Loch hier unten!"

Er wartete unsere Antwort gar nicht erst ab, griff sich ein paar Flaschen Castle aus dem Kasten und ging davon.

21

„Als die Regierung von de Klerk einknickte und er anfing, mit Nelson Mandela zu mauscheln", erzählte Bertrand, „Hatte ich bereits Schwierigkeiten."

Er rutschte, die Bierflasche in beiden Händen, zwischen den Tierhäuten auf dem Ledersofa herum, als fühle er sich von der Masse seiner Trophäen bedrängt. Ich hockte in einem der schweren Sessel, und Wishbone hatte sich auf einen der abgehackten Elefantenfüße im Schatten der Elfenbeinstoßzähne zurückgezogen. Rena war nirgendwo zu sehen.

„Nachdem Mandela an die Macht kam, war ich so gut

wie erledigt.“ Bertrand räusperte sich. „Aber es dauert nicht lange, da kamen auch die Leute, die für den *ANC* die Drecksarbeit gemacht hatten, unter Druck. Plötzlich standen wir alle auf derselben Seite. Und zwar im Abseits. Ohne Rücksicht auf politische Gesinnung oder Hautfarbe. Also musste man sich etwas überlegen.“

So, wie der Gastgeber zwischen den Leopardenfellen saß und bereitwillig Auskunft gab, hatte es den Anschein, als erzähle er mir aus einem bewegten Unternehmerleben.

„Mir kam da die Erfahrung, die Timothy Butler und ich vor dem Ende der Apartheid in London und Hamburg gemacht hatten, zu Gute.“ Ein Jungenlächeln neutralisierte den Raubvogelblick, mit dem er mich beäugte.

Ich beugte mich nach vorne, nahm den Warzenschweinhauer mit dem Zigarrenschneider und spielte damit herum, während ich weiter zuhörte.

„Vor allem in Hamburg. Timmy und ich waren in jenen Tagen Spezialisten für alles Deutsche. Er dank eines früheren Stipendiums, und ich als Deutschstämmiger aus Namibia. Verarmter Adel aus Deutsch-Südwest, wenn Sie so wollen.“

Das dröhnende Lachen mit dem Bertrand mich bedachte, hätte leicht ein ganzes Bierzelt ausgefüllt.

„Das Regime kommandierte mich an das Büro für Zivile Zusammenarbeit ab. Die internationale Ächtung und der dadurch bedingte Mangel an Botschaften zwang die damaligen Machthaber, sich etwas anderes einfallen zu lassen, um ihre Geheimdienstler strategisch zu platzieren: Verlage, Handelshäuser, alles was dazu geeignet war. Mit meinem Stammbaum aus Windhoek gab ich auch in Europa weiter brav meine sorgfältig aufgebaute Rolle als *SWAPO*-Verbindungsmann und suchte und fand auch dort die Nähe zum *ANC*.“

„Sie waren also so etwas wie ein Doppelagent...“

„Na ja, wenn man so will. Aber viel haben die auf der anderen Seite nicht von mir gehabt. Jedenfalls kam Timmy dabei ins Spiel. Der *ANC* hatte ihn schon früh rekrutiert. Wir saßen in den achtziger Jahren in Hamburg wie die Maden im Speck, gingen auf allen gesellschaftlichen Ebenen ein und aus. Vierundachtzig feierten wir gemeinsam mit besoffenen Deutschen den Friedensnobelpreis für Erzbischof Desmond Tutu. Wir schöpften beide erneut Hoffnung. Timmy wegen der internationalen Ohrfeige für Präsident Bothas Politik. Ich weil das Regime in Pretoria als Antwort darauf hier zu Lande noch mal die Daumenschrauben anzog und die staatlichen Repressionen verstärkte."

Dezent unterdrückte er ein Rülpsen.

„Wie dem auch sei – Timmy und ich waren jedenfalls bescheiden und an unserer politischen Sache orientiert. Obwohl der gute Timmy damals noch nicht ahnte, dass die meine eine andere war. Damals habe ich übrigens auch Doktor Stamm kennen gelernt, der viel von Ihnen zu halten scheint."

Warum ich in diesem Augenblick ausgerechnet den Warzenschweinhauer anstarrte, weiß ich nicht. Rein akustisch nahm ich Bertrands letzten Satz vollständig wahr. Was die Bedeutung anging – ganz besonders des Wortes Doktor – benötigte ich einige Sekunden, bevor mir klar wurde: Mein Gegenüber sprach ganz offensichtlich nicht von seinem Hausarzt. Ein Blick in Bertrands Gesicht nahm mir auch den letzten Rest Hoffnung, ich könne mich verhört haben. Er hatte mir mit einem einzigen Hieb das Ruder aus der Hand geschlagen, und ich kam mir auf einmal wie jener greise Freizeitkapitän im Havelparadies vor, der die Kontrolle über seine Motorjacht verlor und Poller und Steg rammte. Das Kläffen des Pekinesen und Stamms Worte gellten mir ins Ohr.

Außerdem trinken Sie doch gerne Wein. Da ist ihr Einsatzgebiet doch nahezu ein Urlaubziel, Helm!

*

Die Frage, die Stamms eher beiläufige Anmerkung schon in Nieder Neuendorf für mich aufgeworfen hatte, war ganz richtig gewesen.

Woher kannte der Mann meine Trinkgewohnheiten?

Und auch der Schluss, den man mangels Antwort daraus ziehen konnte, war korrekt.

Vorsicht war geboten!

Jetzt hatte ich meine Antworten. Und vorsichtig genug war ich wohl nicht gewesen. Falls Marius Bertrand besonderen Gefallen daran fand, mich getroffen zu sehen, so ließ er es sich nicht anmerken. Er verabreichte mir lediglich eine wichtige Information unter vielen – nicht mehr, nicht weniger.

„Jedenfalls hatte ich während der Zeit in Hamburg genügend Muße, lohnende Ziele auszuspähen", fuhr er fort. „Und als mir nach dem Machtwechsel in Südafrika klar wurde, dass das Geld auch hier zu Lande nicht auf den Bäumen wächst – vor allem nicht für Zwecke, die politisch nicht korrekt sind, wie man es heutzutage heuchlerisch auszudrücken pflegt – kamen mir meine deutschen Erfahrungen ganz gelegen. Ich machte einen Plan und brauchte nur noch ein paar gute Männer. Das war nicht schwer. Auch nach dem Wechsel von Weiß auf Schwarz gab und gibt es genug Unzufriedene auf beiden Seiten. Nicht nur die Gruppierungen, die andauernd durch die Weltpresse gehen und sich schon mit den jetzigen Machthabern arrangiert haben." Er gönnte sich ein abfälliges Lachen, als sage dies mehr als jeder politische Exkurs.

Ich betrachtete die Schilde und Speere, die die Feuerstelle flankierten. Die Zulus der konservativen *Inkatha*-Partei waren nicht die einzigen, die den *ANC* nicht sonderlich liebten.

„Tim und einige seiner Genossen wollten das Geld aus der Geiselnahme für ihren erneuten Widerstand verwenden. Diesmal gegen die *neuen schwarzen Kapitalisten*, wie sie sich gerne ausdrückten. Ich ließ sie im Glauben, mich würden ähnliche Motive treiben, und habe ihnen einen nicht unbeträchtlichen Anteil an der Beute überlassen. Als kleine Spende für ihre Utopien. Was ich mit meinem Geld vorhatte, ging keinen was an."

„Und was hatten Sie vor?"

„Timmy und seine Leute haben mir später unterstellt, ich wolle die Finanzmittel einem rassistischen Widerstandsnest der Buren zuführen. Aber das ist Quatsch! Die Ideologien und der ganze Hickhack um die richtige politische Gesinnung sind mir schon lange egal. Ich habe mich ganz banal dazu entschlossen, endlich mal richtig Geld zu machen. Das Lösegeld war ein gutes Startkapital. Es vermehrt sich wie von selbst. Hotels und Tourismus – und nicht nur hier in der Republik, auch in einigen Nachbarländern."

Nun war Bertrand tatsächlich ganz der begeisterte Großunternehmer, der von seinen eigenen Visionen fortgerissen wurde. Mit einem Blick auf die alten Flinten, die über dem Kamin hingen, erkundigte ich mich nach einem dunkleren Kapitel.

„Warum musste Butler sterben?"

„Timmy war ein politischer Wirrkopf." Bertrand stellte die leere Bierflasche weg. „Trotzdem habe ich den alten Spinner richtig gerne gehabt – glauben Sie mir. Aber so blöd, vor der Geisel die Maske abzunehmen, konnte nur einer wie Timmy sein. Und trotz alledem – wer hätte schon gedacht, dass die Dame so einen Stress macht und mich unbedingt wieder sehen will. In Anbetracht der verzwickten Lage haben wir Timmy lange genug gedeckt. Und seine politischen Kumpane auf höherer Ebene hatten ebenfalls kein Interesse daran, ihn zu entlarven. Aber dann hat er sich immer wieder äußerst unklug benommen. Er hat – schon lange bevor Sie hier auftauchten – unerfüllbare Forderungen gestellt und mir sogar offen gedroht."

Die eng zusammenstehenden Augen wurden noch kleiner. Typen wie Tim und ich waren Beutetiere, nichts weiter. Dass er den Somali fortlaufend Timmy nannte, irritierte mich zunehmend. Bertrand erweckte damit den Eindruck, es handele sich um einen unreifen Jugendlichen. Dabei war Butler in seinem Alter gewesen.

„Man droht mir nicht. Nicht über ein gewisses Maß hinaus. Es wurde höchste Zeit, ihn endgültig mundtot zu machen – natürlich im stillen Einverständnis mit seinen Brüdern. Bei der Geiselnahme in Hamburg waren alle außer mir *ANC*-Jünger, ehemalige oder noch bekennende. Das hält die offiziellen Stellen noch heute ruhig. Wenn ich auffliege, fliegt auch die Beteiligung ihrer Jungs auf. Das reicht. Auch wenn die es nicht geplant haben. So was hält man lieber unter der Decke."

„Trotzdem – wofür der ganze Aufwand?"

Bertrand seufzte, als müsse er mir insgeheim Recht geben. „Wissen Sie, für mich war das alles lange erledigt. Der Coup gelang. Alle kamen heil raus. Ich hatte mein Geld und legte es gut an." Er streckte sich. „Aber der alte Herr gab ja keine Ruhe!"

Die Vehemenz mit der Bertrand aufsprang, überraschte mich. Er stapfte durch das Spalier der Stoßzähne.

Stan Wishbone verzog sich nach draußen.

„Es war zum Verrecken. Dieser Hanseatische Pfeffersack ist stur wie ein Ochse." Bertrand wanderte an mir vorbei, blieb auf einem der Zebrafelle stehen und betrachtete einen Büffelkopf an der Wand. „Aber da war ja noch Stamm!"

Er sagte es wie ein kleiner Junge, der von seinem Patenonkel schwärmt.

„Er ist nun mal der Mann für die geistigen Konzepte. Stamm ist der Theoretiker. Ich bin der Macher. Wissen Sie, er hat was Geniales. Er ist der geborene Planer. Hätte ich nicht so viel Einfluss und Geld in diesem Land, liefe ich Gefahr, nach seiner Pfeife zu tanzen."

Ich fragte mich, ob wir beide das – bewusst oder unbewusst – nicht schon lange taten.

22

„Es war Stamm, der diesen eleganten Dreh fand – und mir war es recht."

Bertrand machte keinen Hehl aus seiner Zufriedenheit. „*Sie* forschen im Auftrag des alten Carsten nach dem offiziell Gesuchten namens Timothy Butler, der auf allen Fahndungslisten steht und von dem es sogar ein Phantomfoto gibt. Und weil Stamm das so einrichtet, denkt Rena, sie bekommt was mit und heftet sich an Ihre Fersen. Und *ich* kann die Frau nach all den Jahren noch mal unverbindlich begutachten. Sie wissen schon, die Katze im Sack und so – man weiß ja nie, wie die Leute sich so weiterentwickeln."

Ich ersparte mir einen Kommentar.

„Tja, und dann sehen wir weiter. Und so ist es ja auch gekommen." Er hockte sich wieder auf das Sofa und schlug sich energisch auf die Schenkel. „Wir sitzen hier und sehen weiter. Und wissen Sie was?"

Ich ließ seinen vertraulichen Tonfall über mich ergehen und hielt weiter den Mund.

„Jetzt, da ich Rena erneut gesehen habe, denke ich, es ist alles machbar und lösbar. Man wird mit der Zeit ruhiger, reifer und pragmatischer. Und, was nicht unwichtig ist, ich kann mir solche realistischen Lösungen heutzutage auch finanziell leisten. Und außerdem: Die Frau hängt ja richtig an mir. Das hätte ich nicht gedacht."

Marius Bertrand war offensichtlich tief beeindruckt von

Rena Carstens unerschütterlicher Zuneigung. Der Mann war sich seiner Virilität und Ausstrahlung gar nicht bewusst. Nur so funktionierte es. Es machte ihn anziehend und gefährlich.

„Und dann meine Tochter – Lonny."

„Conny!"

Er schaute mich irritiert an.

„Sie heißt Conny!"

„Natürlich. Conny!" Er grinste. „Sie hängen sich wirklich richtig in die Sache rein – das muss man Ihnen schon lassen."

„Das ist mein Job."

„Jedenfalls Conny – das Mädchen gehört zu mir! Uns verbinden Blutsbande! Warum sollte ich mein Kind entführen und noch mal ein so großes Risiko eingehen, wie bei der Geiselnahme, wenn die Mutter es mir freiwillig bringen will?"

Alles gute Fragen, die mir da gestellt wurden – auch wenn ich mich fürs Familiäre nur bedingt zuständig fühlte. Manche finden eben, ohne zu suchen.

„Wie Sie sehen, heilt die Zeit gelegentlich nicht nur alte Wunden, sondern steigert auch das Verlangen, es noch einmal zu versuchen und es dabei besser zu machen."

Bertrand war offenbar im Begriff, sich Renas Modell einer Familienzusammenführung anzueignen. Bevor er glasige Augen bekam, fragte ich: „Stamm konnte sich also dem Druck, den der alte Herr ausübte, nicht entziehen und musste was für ihn organisieren, um ihn bei Laune zu halten. Das Ergebnis bin ich und mein Auftrag. Aber wie hat Stamm mich auf der Spur gehalten?"

„Den Filmproduzenten hat er Ihnen nicht ohne Hintergedanken als ersten Kontakt geliefert."

Noch eine bittere Einsicht.

„Das reichte ja auch, um Sie auf das richtige Gleis zu

setzen. Sie finden mich. Rena findet rechtzeitig vorher Sie. Wie schön für alle!" Er schüttelte den Kopf. „Dachten Sie wirklich, Sie könnten aus heiterem Himmel in das Leben anderer Leute trampeln, und sich dann wieder davonmachen, als sei nichts gewesen? Kaum einer ihrer Schritte hier ist unbeobachtet geblieben. Wir haben zwar nicht alles, aber doch das meiste unter Kontrolle."

Er stand auf, ging zur Hausbar, nahm das Walkie-Talkie und eröffnete den Funkverkehr in Afrikaans. Kaum war der kurze Dialog beendet, erfüllte erneut jenes unmerkliche Vibrieren die Luft und wurde allmählich von dem schwachen Flattern überlagert. Das Geräusch schwoll an und drang zunehmend lauter durch die geöffneten Fenster. Nur Sekunden später donnerte der Hubschrauber über das Haus.

*

Während der Lärm langsam verklang, wechselte Bertrand nochmals einige Worte mit der Besatzung, dann stellte er den Funkverkehr ein.

„Sie haben also alles im Griff, Herr Bertrand." Eine direkte Bewachung der Farm war nicht nötig. Wenn man so gute Verbindungen auf höherer Ebene hatte, war das überflüssig.

„Für *Sie* Marius!" Er grinste.

„Ohne Ihr Wissen kann man sich ja wohl kaum im Kapland bewegen. Warum dann der ganze Hindernislauf? Jabu... Betty... Timothy..."

„Nun, zu Tim habe ich Ihnen schon das Nötige gesagt. Und für Jabu Mahlangu und Timmys alte Liebe Betty war es ein Test, den die beiden leider nicht bestanden haben. Wir haben, wenn Sie so wollen, eine abschließende Sicherheitsüberprüfung durchgeführt, bei der die Nutte und der Musikclown durchgefallen sind. Schließlich hat niemand die beiden gezwungen, Ihnen weiter zu helfen. Außerdem mussten wir Ihnen als Suchhund und dem alten Herrn in Hamburg doch was bieten."

Ich nickte nachdenklich.

Er wertete es als Anerkennung für seine großartige Übersicht. „Und nun werden die Spuren endgültig verwischt. Nur für den Fall, dass Herr Carsten noch mal auf dieselbe Idee kommen sollte. Man darf den Mann nicht unterschätzen. Er hat genug Geld und ist hartnäckig. Ich hoffe aber, er gibt auf. Dazu liefern Sie ihm Timmy als Endergebnis, und Stamm wird ihn in der Ansicht bestärken, das zu akzeptieren."

Bertrand verschränkte die Arme vor der Brust.

„Eleganterweise deckt sich diese Lösung auch mit dem offiziellen Fahndungsansatz und wird letztendlich alle in Deutschland zufrieden stellen. Und notfalls habe ich noch meine beiden Frauen – als freiwillige Geiseln!"

Ich erwartete ein selbstgefälliges Lachen. Aber er stand nur ruhig da und musterte mich mit seinen grünen Augen.

„Und wenn die Mädels erst mal beide bei mir sind, und der alte Carsten die Wahrheit doch noch irgendwie erfahren sollte, wird er schon klein beigeben. Was soll er auch sonst machen? Rena will nun mal unbedingt zu mir. Also soll es mir recht sein. Wir werden schon herausfinden, ob wir es miteinander aushalten."

„Was macht Sie so sicher, ich würde es bei Butler als Lösung des Falls bewenden lassen? So ausführlich, wie Sie mir Lage und Hintergründe auseinander setzen, ist es doch sicherer für Stamm und Sie, mich ebenfalls ganz loszuwerden."

Bedächtig strich er sich mit Daumen und Zeigefinger über den Schnurrbart und nahm wieder Platz.

„Das ist natürlich kein abwegiger Gedanke. Umso besser ist es, wenn Sie sich auch über diese Variante im Klaren sind. Aber – ich habe da noch ein interessantes Angebot für Sie."

Ich tat ihm nicht den Gefallen, Neugier zu zeigen.

„Wie viel zahlt Dietrich Stamm Ihnen? Oder besser gesagt: Wie viel vermittelt er Ihnen?"

Bertrand konnte mir nicht weismachen, Stamm hätte es ihm nicht längst erzählt. Trotzdem bestätigte ich ihm Honorar und Spesenrahmen.

„Ich übernehme das und biete Ihnen noch mehr. Sie können hier mitarbeiten. Stamm hat mir ein ausführliches Dossier über Sie zukommen lassen. Das klingt alles sehr gut. Sie können doch was! Jede Menge Erfahrung im Ausland, Sprachkenntnisse..."

Sein gönnerhafter Tonfall hatte etwas Penetrantes.

„Na ja, *Entwicklungshilfe*, aber wir waren schließlich alle mal politische Idealisten. Passt doch alles ins Bild. Heutzutage ist es nicht einfach, in Südafrika fähige Weiße anzuheuern, denen man zudem vertrauen kann – natürlich nach entsprechender Bewährung."

„Warum sollte ich mich darauf einlassen? Sie haben in Deutschland ein Kapitalverbrechen begangen, und ich habe den Auftrag, Sie für diejenigen zu finden, die Sie zur Rechenschaft ziehen wollen."

„Rechenschaft? Was soll ich mir denn darunter vorstellen?"

Ich versuchte erst gar nicht, es ihm zu erklären.

„Bei allem gebotenen Respekt vor Ihren Fähigkeiten, Helm. Aber Sie sind doch im Grunde genommen nichts weiter als ein ganz gewöhnlicher Lohnschnüffler. Also spielen Sie sich jetzt bitte nicht als verlängerter Arm des Gesetzes auf!"

Das kam gar nicht gut bei mir an, und er beeilte sich, seinen letzten Worten die Schärfe zu nehmen, indem er einen versöhnlicheren Tonfall anschlug.

„Überlegen Sie gut. Natürlich geht man hier draußen leicht verloren. Aber wir wollen Sie ja gar nicht verlieren.

Nicht nur, weil wir Sie gut brauchen können. Es gibt genug einflussreiche Leute in Deutschland, die Sie vermissen und dumme Fragen stellen würden. Und das wäre lästig."

Der zierliche Antilopenhuf, der den schweren Trog des Malachitaschenbechers stützte, war das passende Symbol für meine Lage.

Bertrand stand auf und erhob die Stimme.

„Stany...?"

Nur Sekunden später stand Wishbone bereit und wartete geduldig ab, bis sein Chef mir den restlichen Marschbefehl erteilt hatte.

„Wir brechen jetzt auf. Ich nehme Rena mit, Wishbone fährt Ihr Auto zurück ins Hotel, und Sie fliegen zu Stamm!"

Noch bevor ich diese Wendung richtig verdaut hatte, gab Bertrand Wishbone einen Wink, und der bestellte per Sprechfunk das Taxi für mich.

Die Beute vor Augen
Winelands, November 2003

23

Während des Fluges wurde es schnell dunkel.

Der Himmel glühte noch in Farbtönen von orange bis lila nach, während der Mond bereits wie eine riesige Billardkugel aus Elfenbein über Kapstadt hing. Nur der Lärm des Helikopters störte die beschauliche Abendstimmung. Noch versperrte der Tafelberg mit seiner pechschwarzen Masse den freien Blick zum Atlantik, aber schon kurze Zeit später glänzte uns das Wasser der Table Bay entgegen, und wir schwebten über dem Lichtermeer der Metropole. Zielstrebig steuerte der Pilot die Hochhäuser der Innenstadt an. Die Kabinenverglasung vergrößerte die unzähligen Lichtquellen unter uns und verzerrte sie zu glitzernden Punkten und Flecken, von denen mich die bunten an die Straußenfedern in der Kristallvase erinnerten, und die weißen an die Straußeneier, die sich in der Schale aus Onyx gestapelt hatten.

Der Hubschrauber landete auf dem markierten Flachdach eines Wolkenkratzers. Erst nachdem die Motorengeräusche ganz verklungen waren und die Rotorenblätter stillstanden, löste ich die Gurte. Der Pilot widmete sich einem Klemmbord mit Checkliste. Sein uniformierter Begleiter half mir wortlos beim Aussteigen, salutierte mit einer lässigen Handbewegung und wandte sich wieder seinem Kollegen zu.

Es war seltsam, so unvermittelt in fast perfekter Stille hoch über Kapstadt zu stehen. Der Verkehrslärm in den Straßenschluchten unter mir war kaum zu vernehmen. Ein Blick in die Tiefe genügte, um ein leichtes Schwindelgefühl aufkommen zu lassen. Ich sah mich um. Bevor ich mich auf der Plattform orientieren musste, trat eine Gestalt aus der Tür eines würfelförmigen Aufbaus und winkte mir zu.

Ich setzte mich in Bewegung und erkannte einen jungen Weißen in einem neutralen Anzug mit schmalem Schlips. Er begrüßte mich höflich in Englisch.

„Willkommen! Man holt Sie in einer halben Stunde zum Essen ab. Ich soll Ihnen zeigen, wo Sie sich inzwischen frisch machen können."

„Danke."

Ich folgte dem jungen Mann über eine Betontreppe ins oberste Stockwerk. Er ignorierte den Aufzug und führte mich den langen Gang hinunter. Es ging über dicken Teppichboden mit Wappenmuster vorbei an Messing beschlagenen Türen, die alle nummeriert waren. Mir blieb unklar, ob ich mich in einem Luxushotel oder im Gästetrakt einer Firmenzentrale befand. Auch die Suite, in die mich mein Begleiter führte, gab auf den ersten Blick keinen näheren Aufschluss. Er zeigte mir Hausbar und Bad und überließ mich mit einer liebenswürdigen Grußformel meinem Schicksal.

Am Panoramafenster genoss ich für einen Moment den weiten Blick auf die nächtliche Stadt. Dann checkte ich die Schreibsachen auf dem Sekretär. Sie lagen in einer Ledermappe neben dem Telefon. Briefpapier und Notizblock trugen als Aufdruck lediglich ein wappenartiges Symbol. Zwar war es recht kunstvoll im Stil eines alten Stiches gearbeitet, sah aber auf eine nichts sagende Art neutral aus. Es zeigte ein kapholländisches Portal, das beiderseits von einem afrikanischen Schild und einem Bündel Wurfspeere flankiert war. Vermutlich befand ich mich in einer privaten Gästesuite. Hotels pflegten in der Regel eindeutigere Reklame für sich zu machen.

Auch die neuste Ausgabe der *Cape Times* lag bereit. Ich ließ sie liegen. Nachrichten, die mir in meiner Situation weiterhalfen, standen ganz bestimmt nicht in der Zeitung. Stattdessen nutzte ich die Wartezeit zum Duschen, trank eine Flasche Mineralwasser und spürte zum ersten Mal meinen Hunger.

*

„Ich habe mit Marius telefoniert", sagte Stamm und kostete die Antipasti, „Er ist recht beeindruckt von Ihnen."

Wir saßen im reservierten Separee eines Edelitalieners vor unserem gemischten Vorspeisenteller und bei einer Flasche Barbaresco, was ich in Anbetracht des örtlichen Weinangebots nicht nötig fand, mir aber ersparte, die Liste für Doc zu ergänzen. Dietrich Stamm hatte das Restaurant so zielstrebig wie ein deutscher Massentourist seine Lieblingspizzeria aufgesucht. Der Weg war kurz, denn der Aufzug des Hochhauses gab im zweiten Untergeschoss den Zutritt zu einer unterirdischen und sehr belebten Flaniermeile mit Geschäften und Restaurants frei. Bis zum ‚Barolo & Tartufi' waren es nur dreißig Meter, die Stamm mit einer ausführlichen Lobrede über die Küche des Piemont hinter sich gebracht hatte. Vom Hubschrauberlandeplatz auf dem Hochhausdach bis in den gemütlichen Untergrund – der Mann blieb auch im Ausland seiner Vorliebe für seltsame Treffpunkte treu.

„Wissen Sie, Helm", versuchte er erneut mein anhaltendes Schweigen zu brechen, „Marius ist im Grunde genommen ein feiner Kerl. Und er hat Ihnen im Prinzip schon alles Wesentliche mitgeteilt. Der alte Herr war einfach nicht ruhig zu stellen. Man musste ihm etwas anbieten, um ihn ein für alle Mal zufrieden zu stellen. Etwas Nachvollziehbares. Etwas Glaubwürdiges. Wir wollten endlich Ruhe haben."

Stamm schüttelte den Kopf, um nicht nur mit Worten Nachsicht zu demonstrieren.

„Und Rena ist nun mal sehr neugierig. Man muss ihr nur die vage Witterung einer Chance anbieten – und schon legt sie los."

Ich verspürte wenig Lust, mir die ganze Geschichte noch mal aus seinem Munde anzuhören. Stamm hatte mich hintergangen. Ich war sauer. „Wenn ich Sie richtig verstehe, geht es Ihnen inzwischen nicht mehr darum, meine Arbeit zu kaufen. Sie wollen mich bestechen, damit ich den Mund halte."

Stamm ließ sein Besteck mehr fallen, als es wegzulegen und hob beide Hände vor die Brust, um diesen Vorwurf auch körperlich weit von sich zu weisen. „Aber, aber, ich unterstelle Ihnen doch keine Bestechlichkeit, Helm." Er trank einen Schluck Rotwein und tupfte sich den Mund mit der Serviette ab. „Wir wollen Sie und Ihre eindeutig bewiesenen Fähigkeiten nur mieten. Das ist doch nichts Neues für Sie."

„Muss ich mich jetzt geehrt fühlen?"

Stamms Stöhnen war nicht gekünstelt. Er hielt eine Hand hoch und zählte sorgfältig mit den Fingern mit, um Missverständnisse meinerseits ganz auszuschließen. „Sie haben drei Möglichkeiten, Helm. Entweder Sie nehmen unser hiesiges Jobangebot an – was ich persönlich sehr begrüßen würde – oder Sie ziehen es vor, lieber unabhängig zu bleiben und Ihrer derzeitigen, spannenden Tätigkeit nachzugehen. In diesem Fall bieten wir Ihnen eine hohe Abfindung an, für die Sie dann bitte alles Geschehene vergessen wollen. Sie schweigen, und wir vergessen die ganze Sache."

Da mir Stamms Richterblick nicht gefiel, zog ich es vor, auf seine Finger zu sehen. Zeige- und Mittelfinger zeigten bereits nach oben.

„Und drittens?"

„In Wahrheit möchte ich diese Variante gar nicht ernsthaft in Betracht ziehen. Aber, bitte – die dritte Möglichkeit ist: Sie kokettieren mit dem Tod."

Der dritte Finger, den er einsetzte, war der Daumen, und der zeigte nach unten.

Stamm räusperte sich. „Das würde ich ausdrücklich bedauern, denn es bedeutet: In absehbarer Zeit haben Sie hier in Afrika einen Unfall, und wir müssen uns nicht einmal mehr um die Rückführung ihrer Leiche nach Deutschland kümmern."

Wie war ich jemals zu dem Vergleich mit einem so sympathischen Tier wie einem Terrier gekommen? Stamm war zwar drahtig und klein, und wenn man es böswillig sah, reichte er mit dem Kinn kaum über die Tischkante, und auch ein gemeinsamer Auftritt mit seinem Partner Bertrand, der nahezu zwei Meter maß, war sicher nicht ohne Komik – und doch war der kleine Anwalt gefährlich wie ein Kampfhund mit einem hohen Intelligenzquotienten.

Stamm wartete, bis der Kellner die Vorspeisenteller abgeräumt hatte. "Überlegen Sie sich alles in Ruhe. Ich bin noch eine Woche hier und gebe Ihnen eine Telefonnummer, unter der Sie mich jederzeit erreichen können." Er schnüffelte am Barbaresco. „Aber Sie werden sicher verstehen, wenn ich vor meiner Abreise nach Hamburg gerne genau wüsste, wie es aus Ihrer Sicht weitergehen soll. Meine kennen Sie ja nun."

Dr. Dietrich Stamm lehnte sich bequem zurück. Seine ganze Körpersprache signalisierte mir: *Damit ist aber nun wirklich alles gesagt! Lassen Sie uns jetzt endlich in Ruhe essen und trinken!* Leider war ich nicht in Laune, ihm den Gefallen zu tun.

„Haben Sie mich schon zu Beginn unserer Zusammenarbeit nur mit Blick auf diesen späteren Auftrag hin angeheuert?"

Er gab seine joviale Haltung auf, beugte sich nach vorne und musterte mich wie ein Vater sein bockiges Kind. „Quatsch! Ich bin erst mit der Zeit auf die Idee gekommen. Sie haben sich bewährt und als tauglich für ein solches Unternehmen erwiesen. Sagen wir: Ihre Erfolge in anderen Angelegenheiten haben mich letztendlich überzeugt."

*

Stamm lehnte sich zurück, um dem Kellner das Auftragen des Hauptganges zu erleichtern.

Piemonteser Ochse mit seinem Mark für Stamm, und *Ente in Baroloessig-Sauce* für mich. Die Aktion brachte mich auf die nächste Frage. „Was hat es mit Wishbone und seiner Rolle als Oberkellner auf sich?"

„Stan ist ein ganz Treuer. Er ist überhaupt nicht gierig. Es geht ihm nicht ums Geld. Ich glaube, er möchte tatsächlich nur eines guten Tages als großer Jazzer rauskommen und Tourneen um die ganze Welt unternehmen."

Es war nicht von der Hand zu weisen: Stamm äußerte sich mit Respekt über Wishbone.

„Jeder hat seine Träume." Er sagte es versonnen, als beneide er den Afrikaner. „Was soll es also? Der Mann ist loyal, und wenn man ihn braucht, kann man sich absolut auf ihn verlassen."

„Er ist Ihr Killer? Der Mann für die dreckigen Jobs?"

„Wishbone? Ein Hitman?" Stamm lachte ausgiebig. „Blödsinn! Wo denken Sie hin, Helm? Der Mann ist ein Xhosa von edlem Gemüt und Geblüt. Haben Sie die feinen Tätowierungen auf seinen Wangen gesehen? Das haben nur Stammesfürsten oder ihre unmittelbaren Abkömmlinge. Zwei Linien bei den Männern, drei bei den Frauen. Bei uns in Deutschland würde einer wie er in die Kategorie *verarmter Adel* fallen. Stan Wishbone – das ist nur sein Künstlername als Jazzmusiker."

„Und wieso gerade Franschhoek?"

„Die Winelands sind uns ganz besonders wichtig. Die Gegend ist die reinste Goldgrube, was Hotels und Restaurants angeht. Er sitzt da wie die Made im Speck, fühlt sich wohl und spielt seine Musik. Und ganz nebenbei ist er völlig unauffällig unser bester Scout in Geschäftsangelegenheiten."

Ich aß schweigend meine Ente und gab dadurch auch Stamm die Chance, seinen auf Piemont getrimmten Ochsen zu verspeisen. Nachdem er eine ausreichende Menge Fleisch mit Rotwein hinuntergespült hatte, wurde er wieder gesprächig.

„Es geht in diesem Land sowieso nur um Volksstämme. Nicht nur den Zulus passt es nicht, dass die Xhosa politisch die erste Geige spielen. Und die Buren sind letztendlich auch nichts anderes als ein weißer Stamm. Afrikaander eben. Sie sind ein Teil des südlichen Afrikas geworden. Mit allen Vorzügen und Macken."

„Waffenarsenale im Keller inklusive."

„Wie ich sehe, hat Marius Ihnen nicht viel verheimlicht. Lassen Sie sich durch diese Hinterlassenschaften nicht in die Irre führen. Sie stammen aus einer Phase, die längst überwunden ist und mit der wir nie zu tun hatten.

„Bei Bertrand hat sich das aber etwas anders angehört."

„Was meinen Sie damit, Helm?"

„Angeblich war er mit Ende der Apartheid in Schwierigkeiten und musste den Coup in Hamburg durchziehen, um überhaupt eine Perspektive zu haben. Klang alles sehr danach, als sei er Opfer seiner verdienstvollen Untergrundarbeit für das Buren-Regime gewesen."

„Unsinn! Ich nehme an, Wishbone war dabei. Dann gibt Marius nämlich gerne das alte Frontschwein und hängt jenen Zeiten nach. Veteranen unter sich. Tatsache ist: Marius war immer ein Pragmatiker. Er hat sicher einiges auf dem Kerbholz. Aber politisch war er nie ernsthaft isoliert oder gefährdet. Die Weißen hier zu Lande haben sich zwar aus Gründen, die auf der Hand liegen, etwas zurückgenommen, aber eine Macht sind sie nach wie vor. Zudem hat Marius als Geheimdienstler beide Seiten stets gut bedient. Und er weiß zu viel, um allen Lagern bei Bedarf daraus einen Strick zu drehen. Das war damals schon so, und so ist es noch heute."

„Wozu hat er sich dann überhaupt noch mal auf eine

derartig riskante Kidnapping-Geschichte eingelassen – und dann noch in Hamburg? Und mal abgesehen davon: Wie hat er es in knapp sieben Jahren zum Großunternehmer in der Hotelbranche geschafft? Der Begriff Turbokapitalismus ist mir zwar nicht fremd, aber entweder haut Ihr Freund Bertrand nur mächtig auf den Putz, oder er ist ein Ausnahmetalent."

Stamm lachte. „Weder das eine, noch das andere. Marius hat schon seit den achtziger Jahren im Umland investiert. Namibia, Botswana, Lesotho. Dort hat er angefangen. Alles noch nicht so elegant und groß wie heute, aber eine solide Basis, die man ausbauen konnte. Er hatte bescheidenes Eigenkapital und fand zuverlässige Partner."

„Sie haben also schon damals mit ihm zusammengearbeitet."

Stamm beschränkte sich auf ein wissendes Lächeln.

„Wie dem auch sei. Wenn das Geschäft so wunderbar und langfristig aufgebaut war und Bertrand nach dem Machtwechsel in Südafrika keine großen Problem hatte – wieso betätigt er sich Ende der neunziger Jahre dann noch mal als Geiselnehmer und Erpresser?"

„Er hatte durchaus Probleme!"

„Welche?"

„Er hatte sich verspekuliert und stand mit seinen damaligen Unternehmen vor dem Bankrott. Und weder er, noch seine Geschäftspartner wollten alles abschreiben. Also musste kurzfristig eine größere Finanzspritze her. Da die Investoren kalte Füße bekamen und nicht daran dachten, verlorenem Geld einfach weiteres hinterher zu werfen, benötigte Marius eine größere Summe aus anderen Quellen."

„Und Sie haben ihm den Tipp gegeben, wo es sprudeln könnte. Bertrand nahm die Idee dankbar auf und hat sich an seine alten Qualitäten als Kommandoführer besonnen. Genug kriminelle Erfahrung hatte er ja."

Stamm widmete sich ganz seinem Weinglas.

Wahrscheinlich hatte er schon lange vorher gutes Geld aus Hamburg über schwarze Konten ins südliche Afrika gepumpt. Aber ich war nicht als Steuerfahnder unterwegs, also fragte ich: „Wie viel war Rena ihrem Herrn Vater eigentlich wert?"

„Hat sie es Ihnen nicht erzählt? Das erstaunt mich. Ich hatte immer den Eindruck, sie sei durchaus stolz auf ihren Marktwert."

„Sie sprach nur von mehreren Millionen US-Dollar."

„Es waren exakt dreizehn Millionen."

„Alle Achtung! Das hat ja fast Reemtsma-Niveau!" Es war mir einen Schluck Wein wert. Bestimmt handelte es sich um die offizielle Summe, die auch Behörden und Presse bekannt war. Darüber, wie viel Herr Carsten – bei bewährt guter Beratung durch Dr. Stamm – noch aus dunklen Quellen draufgelegt hatte, um Bertrand ganz zufrieden zu stellen, konnte ich nur spekulieren.

„Ich habe das Ganze nie als sportlichen Wettkampf unter Lösegeldzahlern betrachtet, Helm. Und ich glaube Herr Carsten auch nicht."

„Ich nehme an, Sie haben es nicht selber im Koffer übergeben, sondern die bereits etablierten und bewährten Investitionsrouten ins südliche Afrika genutzt."

Er musterte mich ernst. „Lassen wir das. Wir schweifen ab. Kommen wir zum Wesentlichen zurück. Wir sind Geschäftsleute, Helm, keine Aufrührer. Ich weiß, was Ihnen angesichts des Waffenlagers durch den Kopf geht. Aber wir haben nichts mit Gruppierungen wie der *Farmers' Force* zu tun, die sich als Kriegskabinett einer weißen Interimsregierung aufspielt und von einer neuen Burenrepublik träumt. Und auch nicht mit Söldner-Firmen, wie immer sie auch heißen mögen: *Executive Outcomes* oder *Defense Systems Limited...*"

„Haben die sich nicht sowieso schon vor geraumer Zeit ins Ausland verzogen?“

„Darüber, wo diese Leute ihr Hauptquartier und ihre Filialen haben, und was dabei tatsächlich als Kommandozentrale fungiert, möchte ich jetzt nicht spekulieren. Aber wie auch immer. Es ist gar nicht von der Hand zu weisen, dass in diesem Land auch heutzutage noch – oder schon wieder – einheimische Kampfbünde existieren. Aber ohne uns! Und was die Zukunft Südafrikas angeht, so hören Sie doch bitte nicht auf das Geschwätz von einem Sturm, der sich ankündigt. Meine Prognose ist positiv!“

Egal, ob ich ebenfalls dieser Meinung war – eins musste ich Stamm lassen: Er wurde seiner Rolle als geistiger Vater der Zusammenarbeit mit Bertrand voll gerecht.

24

Am nächsten Morgen brachte mich der Helikopter zurück ins Hugenottental.

Es war ein strahlender Tag, der die Tour für jeden Touristen zum Highlight gemacht hätte. Mir hingegen gingen zu viele Dinge durch den Kopf, die mich ablenkten. Noch bevor wir auf einem verlassenen Sportfeld bei Franschhoek – neben dem Wishbone fürsorglich meinen Wagen geparkt hatte – landeten, war ich zu einem Entschluss gekommen.

Mir blieb eine Woche Zeit, meinen Gegenspielern einen Strich durch die Rechnung zu machen, und ich benötigte dazu einen möglichst neutralen Stützpunkt. Deshalb erklärte ich meinen fiktiven Aufenthalt in Mosambik für beendet und beabsichtigte Docs Winzerfreund im nahen Paarl aufzusuchen. Ich bildete mir keinesfalls ein, damit einer latenten Überwachung zu entkommen. Aber der Ortswechsel, so hoffte ich, würde mir mehr Unabhängigkeit bringen und meine Konzentration erleichtern. Außerdem erinnerte mich im Quartier Français zuviel an Rena Carsten.

Diesmal musste ich nach dem Aussteigen geduckt und im Höllenlärm unter den laufenden Rotoren hindurch zu meinem Mietauto joggen, während sich mein Lufttaxi wieder in die Höhe schraubte und langsam entschwand.

Wenige Minuten später war die beschauliche Ruhe des Tals wieder hergestellt. Kein Mensch war zu sehen. Ich stieg ein und fuhr zum Hotel, das nicht einmal einen Kilometer entfernt lag.

Ich startete die Musikkassette, die im Abspielgerät steckte. Das Stück, das Roy Orbison gerade sang, war *She's A Mystery To Me*. Ich konnte es nicht ertragen und drückte vehement *EJECT*.

*

Nachdem ich meine Sachen gepackt hatte, warf ich noch einen Blick aus dem Fenster meiner Dachetage in den Innenhof.

Der Pool lag verlassen in der aufkommenden Mittagshitze. Und doch sah ich für einen Moment etwas im Becken schwimmen, das wie ein gelber Ball aussah. Ich starrte hin, bis Renas Kopf langsam aus dem Wasser auftauchte, und sie über die Granitstufen auf den Rasen stieg. Sie war nackt, und ihre aufreizende Figur kam gut zur Geltung – bis ich die Augen fest schloss und der Sinnestäuschung ein Ende machte.

Auf der Veranda im Erdgeschoss saßen neue Gäste, ein älteres Paar. Vermutlich hatte sich Wishbone um Renas Rechnung, ihr Gepäck und ihren Mietwagen gekümmert. Der Stammesfürst war ein zuverlässiger Handlanger.

Bevor ich meine Unterkunft verließ, schaute ich noch einmal in die Runde. Ich hatte tatsächlich etwas vergessen.

Die beiden Ausgaben des Romans von Laurens van der Post lagen zwischen diversen Magazinen und Prospekten auf dem Tisch und waren deshalb leicht zu übersehen. Eilig nahm ich die Bücher an mich. Eher beiläufig ließ ich die Seiten der englischen Ausgabe schnell unter meinem Daumen ablaufen, als hoffte ich, beim Durchblättern einen letzten versteckten Zettel zu finden, der die Schnitzeljagd fortsetzen würde.

Einen Zettel fand ich zwar nicht, aber kaum hatte der Schnelldurchlauf begonnen, nahm ich eine Unregelmäßigkeit wahr. Zwischen den bedruckten Seiten flackerte kurz etwas Bläuliches auf. Ich blätterte zurück und fand einige Zeilen, die mit blauer Kugelschreibertinte unterstrichen waren. Auf dem Seitenrand stand eine Notiz in Deutsch. Die Blockbuchstaben der Handschrift kamen mir bekannt vor.

DAS IST DER WEGWEISER!
WER DAS FINDET, FINDET IHN!

Ich widmete mich dem Gedruckten, las die markierte Passage, auf die sich Timothy Butlers Anmerkung bezog.

Neben der Eingangstür meines Hauses hängt an jeder Seite ein schöner Somali-Schild; beide hatte ich früher einmal von der Nordwestgrenze Kenias mitgebracht. Jeder Schild ist flankiert von einem heraldischen Bündel kunstvoller tödlicher Wurfspeere der Massai...

Natürlich konnten die Hinweise auf Kenia und die Massai ebenfalls eine Rolle spielen. Vermutlich waren sie jedoch zweitrangig. Präziser und zwingender war die Ähnlichkeit der Symbole. Ein Portal, beiderseits flankiert von Schilden und Speeren. Genau *so* wie auf dem Wappen des Briefpapiers in der Hochhaussuite in Kapstadt. Auch Schilde und

Speere, die den Kamin des Großwildjägerraums auf der Farm schmückten, kamen mir in den Sinn. Und noch ein weiterer Gedanke:

Was hatte Marius Bertrand dort zu mir gesagt?

Das Lösegeld war gut investiert. Es vermehrt sich wie von selbst. Hotels, Tourismus – nicht nur hier in der Republik, auch in den Nachbarländern...

Noch einmal ging ich zum Tisch und sah die Magazine und Prospekte durch. In einem Heft, das für Südafrika warb, fand ich bei genauerem Hinsehen das Wappen allein viermal in Werbeanzeigen. Ein Golfhotel in der Nähe von Durban, ein Strandhotel in Plettenberg Bay, eine Lodge in einem Naturreservat bei Knysna und eine Game Lodge bei Beaufort West. Im Gegensatz zum dezent anonymen Briefpapier, verband sich nun auch ein Name mit dem Logo.

Exclusive Retreats

Darunter stand stets klein gedruckt, aber für die realen Machtverhältnisse zweifellos von Bedeutung:

a B&S Company

Bertrand & Stamm...?

So, wie die Dinge lagen, war das nicht abwegig.

Ich steckte das Magazin ein und blätterte vorsichtshalber noch einmal die ganze englische Ausgabe des Romans durch, fand jedoch keine weiteren Hinweise. Und doch verspürte ich das zwingende Bedürfnis *Flamingofeder* endlich ganz zu lesen. Und sei es nur, um sicher zu sein, keine noch so gut versteckte Spur zu übersehen.

Ich warf einen Blick auf die Uhr.

Es war an der Zeit auszuchecken.

*

Im Café hinter dem Hugenottenmuseum ließ ich mich von der freundlichen Drallen ausreichend mit Karottenkuchen und Kaffee versorgen und widmete mich, im Schatten eines Sonnenschirms, meiner Lektüre.

Ich las den Roman in der deutschen Übersetzung. Er hatte gut vierhundert Seiten, und ich wollte nicht mehr Zeit verlieren als nötig. Abgesehen davon, dass es sich um eine spannende Abenteuergeschichte mit politischem Hintergrund und beeindruckenden Naturbeschreibungen handelte, gelang es mir nicht, weitere direkte Bezüge zu meinem Auftrag herzustellen. Auf Seite sechsundachtzig stieß ich auf eine Textstelle, die mir zwar keinen konkreten Hinweis in Sachen Bertrand & Co lieferte, jedoch Einsichten zu meinem Job und meiner derzeitigen Situation.

Denn eins hat mich das Aufspüren von Fährten gelehrt: meinen Gedanken nie zu erlauben, der Spur vorauszueilen. Fährten verfolgen, erfordert Selbstzucht im Glauben und in der Demut, über die du staunen magst. Immer muss allein die Spur selbst den Jäger leiten, nie seine eigenen Wünsche und Gedanken darüber...

Besser konnte man mein Versagen und den Verrat an meinen eigenen Grundsätzen nicht auf den Punkt bringen. Die eisernen Regeln meiner Arbeit waren in den letzten Tagen gründlich gebrochen worden. Das Spiel ließ sich wohl doch nicht immer und nur aus der Distanz spielen. Doch nun hatte ich wieder etwas mehr Abstand, und es war höchste Zeit für eine radikale Neuorientierung. Minutenlang starrte ich wie benommen auf die weißen Mauern der Gedenkstätte, dann las ich weiter.

Im Laufe des Nachmittags aß ich mehr Karottenkuchen und trank mehr Kaffee, als mir gut tat. Dabei schaffte ich es, etwa die Hälfte von *Flamingofeder* zu lesen, bis ich endgültig nach Paarl aufbrach.

25

Der Winzer, den mir Doc empfohlen hatte, hieß Desmond Mathabane und war Xhosa.

Als regelmäßiger Weintrinker hatte ich zu Hause den einen oder anderen Artikel und Fernsehbeitrag über die Zukunft der bislang von weißen Südafrikanern dominierten Branche gelesen und gesehen. Doch was Schwarze anging, hatten sich diese Beiträge allenfalls mit Kellermeistern oder Weinbergbesitzern beschäftigt, die Tafeltrauben für den Obstexport anbauten. Von einem schwarzen Weinbauer mit Weingut war in diesen durchaus optimistischen Beiträgen noch nicht die Rede gewesen.

Das Weingut hieß „Bretagne Rock Estate" und war nach einem der Gipfel der Paarl Mountains benannt. Paarl bedeutet auf Afrikaans Perle. Und wie Perlen sollten die Granitkuppen angeblich in der Sonne glitzern. In der aufkommenden Abenddämmerung war davon nicht mehr viel zu sehen. Da Weingüter, Gasthäuser und Restaurants auch hier zum Wichtigsten gehörten, was dem Reisenden geboten werden konnte, war alles penibel ausgeschildert, und ich hatte keine große Mühe, den richtigen Weg zu finden.

Bevor ich den Ortskern erreichte, dirigierte mich der Wegweiser in ein lang gezogenes Seitental. Hoch über den Weingärten, spiegelte das schneeweiße Gemäuer des alten Guts das allerletzte Tageslicht wider. Ich fuhr auf das kapholländische Herrenhaus zu, das wie eine Trutzburg im Hang lag. Die Gründerväter hatten noch an den Verteidigungsfall gedacht. Sie waren, weit ab von anderen Buren und Hugenotten, völlig auf sich allein gestellt gewesen – umzingelt von wilden Tieren und kriegerischen Stämmen. Noch vor dreihundert Jahren hatte man in dieser Region um das blanke Überleben gekämpft. Heutzutage wollte lediglich ein friedlicher und finanzkräftiger Touristenstrom zu Wein, Essen und Bett gelockt werden – und so war der gepflasterte Parkplatz neben dem Haupteingang auch gut besetzt. Hinter dem dicht rankenden Laub weitläufiger Pergolen erklang geselliges Lachen und das Klirren von Gläsern.

Im Empfangsraum traf ich auf eine beeindruckende Weiße. Die ältere Dame saß auf einem mit Schnitzereien verzierten Lehnstuhl, der nicht besonders bequem aussah. Keinen Moment lang hatte ich das Gefühl, sie könne ein Gast des Hauses sein, denn sie residierte wie eine Schlossherrin in dem alten Gemäuer. Die blauen Augen musterten mich hellwach, während ich mich suchend nach Personal umsah. Ihre schlohweißen Haare waren in sorgfältige Dauerwellen gelegt, die Haut von nobler Blässe, und trotz der unzähligen Falten, war das Gesicht immer noch von unverkennbarer Schönheit. Über dem dunklen Kaschmirpullover glänzte matt eine Perlenkette, die sie wie kostbaren Thronschmuck trug. Die Lady mochte weit jenseits der Siebzig sein, doch als sie sich erhob und die Jacke ihres Tweedkostüms energisch über den Schultern glatt zog, vermittelte sie einen ausgesprochen rüstigen Eindruck.

„Kann ich Ihnen helfen?“ fragte sie mit einem milden Lächeln.

Ich stellte mich vor.

„Oh, ich hätte es mir gleich denken können. *Sie* sind also Lenis Freund!“

Leni! Wann hatte ich Docs Vornamen zum letzten Mal ausgesprochen gehört? Nicht mal ihr Mann nannte sie so.

„Ich bin Elizabeth Markham.“

Sie reichte mir ihre Hand mit Noblesse, und ich zog kurz einen Handkuss in Erwägung.

„Kommen Sie, nehmen Sie doch bitte Platz.“

Sie führte mich zu einer bequemen Sesselgruppe und wir setzten uns.

„Wo ist ihr Gepäck?"

Ich hielt den Wagenschlüssel hoch. „Noch im Kofferraum."

„Nelly...?" rief sie, ohne die Stimme sonderlich zu erheben.

Eine junge Kap-Malaiin tauchte auf.

„Kümmere dich doch bitte um Mister Tempows Gepäck, Nelly, und bring es in den *Memorial Room.*"

Mit einem Knicks nahm die junge Frau den Schlüssel von mir entgegen und verschwand nach draußen.

„Wir haben Sie schon erwartet. Leni hat Desmond einen Brief geschickt. Ich meine *eine E-Mail.*" Sie schob den Hinweis auf diese neumodische Beförderungsart mit herablassender Verwunderung nach, als seien die Zeilen mit einer Rakete von Kontinent zu Kontinent geschossen worden, wo es auch Meldereiter und Überseedampfer getan hätten. „Desmond ist unten in Paarl. Wir erwarten ihn jedoch bald zurück."

„Darf ich fragen, woher Sie Leni Ermayer kennen?"

„Hat sie es Ihnen nicht erzählt?" Verwundert schüttelte Lady Markham den Kopf. „Sie ist so bescheiden, die Gute. Sie hat uns stets unterstützt und Geld in Deutschland aufgetrieben. Für das Kinderprojekt. Wir haben uns um obdachlose Jugendliche in Kapstadt gekümmert, tun es auch heute noch. Aber ich habe leider aus Altersgründen meine ehrenamtliche Tätigkeit als Vorsitzende von *Save a Child* niederlegen müssen. Doch der gute Desmond setzt Gott sei Dank auch diese Tradition fort."

Wie aufs Stichwort kam ein gut aussehender Schwarzer herein.

„Da ist er ja schon!" stellte die alte Dame zufrieden fest.

Für die Position, die er innehatte, war Desmond Mathabane erstaunlich jung. Doch etwas an ihm strahlte Ruhe und Reife aus, als er auf uns zusteuerte. Ich schätzte ihn auf Anfang dreißig. Er trug Jeans, Polohemd und Bootsschuhe. Die Figur war nicht ganz so sportlich. Er schleppte ein paar Pfund zu viel mit sich herum. Ich stand höflichkeitshalber auf. Noch bevor ich mich selbst vorstellen konnte, erledigte Elizabeth Markham das für mich und nutzte die Gelegenheit, um sich dezent zurückzuziehen.

„Liz ist der Boss“, sagte Desmond und schaute der alten Dame nach wie ein Enkel der Großmutter. Dann musterte er mich ernst und fügte hinzu: „Und eine große Liberale!“

„Eine imposante Erscheinung.“

Er machte eine ausholende Armbewegung. „Das hier hat alles ihr gehört. Und jetzt hat sie es mir auf die Schultern geladen.“ Er lachte, als müsse er sich ab und zu Mut machen.

„Das zeugt von Vertrauen.“

„So ist es. Und ich werde Liz nicht enttäuschen.“ Er fasste mich am Arm. „Kommen Sie, lassen Sie uns einen kurzen Spaziergang machen, damit ich Ihnen unseren kleinen Besitz zeigen kann, bevor es Nacht wird.“

Ich folgte ihm.

Die Weingärten begannen direkt hinter dem Haus. Sie bedeckten die Ausläufer des Berghangs und reichten weit hinunter bis in die Ebene bei Paarl. Ein breiter Weg führte durch die Reben zu den Wirtschaftsgebäuden, die mit ihren Keltervorrichtungen und den Kellereien einige hundert Meter von Wohn- und Gasthaus entfernt lagen. Desmond erklärte mir die wichtigsten Arbeitsschritte in knappen und präzisen Sätzen. Danach besprach er sich kurz mit einem Vorarbeiter in Afrikaans, während ich den Blick über die Rebstöcke genoss. In der nun schnell aufkommenden Dunkelheit wogten ihre regelmäßigen Reihen wie blaugrüne Wellenkämme ins Tal hinunter.

Es wurde kühl. Ich fröstelte, und war dankbar, als Desmond mich kurze Zeit später wieder zurück ins Hauptgebäude führte.

*

Der *Memorial Room* war Gästezimmer und Kultstätte zugleich.

Eine stattliche Sammlung gerahmter Fotos zierte die Wände. Die meisten davon waren mit Widmungen versehen und signiert. Reliquien des Kampfes und des Sieges über die Apartheid. Immer wieder Nelson Mandela: als Boxer, als Gefangener auf Robben Island, mit seiner Frau Winnie nach der Freilassung, mit F. W. de Klerk bei der Verleihung des Friedensnobelpreises in Oslo, und als gewählter Präsident im bunten und seidigen Mandela Shirt, flankiert von den Hollywood-Stars Louis Gossett Jr. und Morgan Freeman. Auf einem winzigen Schnappschuss erkannte ich den legendären Steve Biko, sehr schmal, sehr ernst, umgeben von Freunden bei einem bescheidenen Fest im Township.

„Das ist unser privates Gästezimmer und deshalb etwas persönlicher gehalten", entschuldigte sich Desmond. Mit dem prüfenden Blick des Chefs, der die Arbeit seines Personals im Auge behält, checkte er mein Gepäck, das bereits, ordentlich auf dem aufklappbaren Ständer platziert, auf mich wartete. „Eins der wenigen Hotelzimmer, die wir hier zur Verfügung haben, konnte ich Ihnen leider nicht freihalten. Es war ja nicht ganz sicher, ob Sie überhaupt kommen."

„Ich bitte Sie – ist doch alles wunderbar. Ich habe für Ihre Gastfreundschaft zu danken."

„Wie war es übrigens in Angola?" erkundigte er sich höflich, aber eher beiläufig. Die Antwort schien ihn nicht brennend zu interessieren.

„Mosambik", stellte ich richtig und ließ den Rest der Frage auf sich beruhen.

Ein vergrößertes Farbfoto weckte meine Aufmerksamkeit. Ich musterte es genauer. Die Hauptperson auf dem Bild war Erzbischof Desmond Tutu. Noch ein Nobelpreisträger. Er trug eine schwere und sehr dunkle Sonnenbrille, die einem Paten der Mafia zur Ehre gereicht hätte und in hartem Kontrast zur menschenfreundlichen Miene und dem lila Käppchen auf den grauweißen Locken stand. Rechts neben dem Bischof stand Desmond Mathabane *himself* und strahlte in die Kamera.

„Mein berühmter Vornamensvetter", kommentierte er stolz.

Ich registrierte die Anmerkung mehr im Unterbewusstsein, denn der Mann, der links neben dem Bischof stand, erregte mein ganzes Interesse. Es war eindeutig Stan Wishbone. Er war um einige Jahre jünger, aber es bestand kein Zweifel: Er war es.

Ich sah Desmond flüchtig an. „Und wer ist der andere Mann? Auch ein Namensvetter?"

„Nein. Ein guter Kamerad. Er war einer unserer Besten, ein guter Kämpfer für die Sache und ein hervorragender Musiker. Immer bescheiden, stand nie gerne im Mittelpunkt. Leider hat er sich ganz zurückgezogen."

Desmonds bedauernder Gesichtsausdruck entging mir nicht.

„Man sieht und hört nichts mehr von ihm", fügte er hinzu.

„Warum?"

„Was weiß ich..." Ein Achselzucken. „Wahrscheinlich der Frust über die kargen Ergebnisse der Kommission. Kommen Sie, lassen Sie uns was Anständiges essen und trinken." Er ging vor. „Sie brauchen hier nicht abzuschließen."

Ich folgte ihm den rustikalen Gang hinunter, dessen Aufmachung der Historie der burischen Gründerväter Rechnung trug. Es war der Flur des Großen Treck und der

Burenkrieger. Pflugschar, Flinte und Planwagen. Das kalvinistische Gegenprogramm zur Sammlung in meinem Zimmer. Ich nahm mir die Zeit, einige der braunstichigen Fotografien genauer anzusehen und die Texthinweise zu lesen.

Ein Meer von Ochsengespannen auf dem Holzmarkt in Kimberley im Betschuanaland.

Zwei Burensoldaten mit wilden Bärten, großen Schlapphüten, gekreuzten Patronengurten und langen Gewehren neben einem behelfsmäßigen Unterstand in einem felsigen Hang – auf Wachposten bei Ladysmith.

Frauen und Mädchen in Kleidern mit weiten Röcken und bauschigen Schürzen. Die ausladenden Stoffhauben auf ihren Köpfen verhüllten die Gesichter nahezu vollständig. Das züchtige Kostüm aus der alten Heimat Holland hatte sich seit dem 17. Jahrhundert nicht verändert. Sie standen vor spitzen Stoffzelten neben der primitiven Kochstelle eines Feldlagers im ausgedörrten Feld.

Sieben ältere Herren, alle mit mächtigen Rauschebärten und in altmodischen Dreiteilern. Sie erinnerten mich an Dorfpfarrer, die sich in einen repräsentativen Regierungssaal verirrt hatten. Der Exekutivrat der Republik Transvaal in Pretoria, in der Mitte der 1883 gewählte Präsident Paul Krüger, umgeben von seinen künftigen Generälen.

„Was für eine Kommission?“ nahm ich unser Gespräch wieder auf.

„Die *Truth and Reconciliation Commission*!“

Was hatte einer wie Stan Wishbone mit der Wahrheits- und Versöhnungskommission zu schaffen?

Desmond führte mich zu einem Tisch in einem Seitenraum des Restaurants, und wir setzten uns. In diesem Séparée waren wir an alle Dienstleistungsstränge angeschlossen, aber privat.

„Er hat für die Kommission gearbeitet. In ihren Anfängen war er einer der schärfsten Ermittler. Er hat einige politische Kapitalverbrecher vors Tribunal gezerrt oder getrieben, war aber nie mit den Ergebnissen zufrieden. Im tiefsten Herzen wollte er Verurteilung und Bestrafung – keine Begnadigung. Und an einige der übelsten Typen kam er gar nicht ran."

„Wieso?"

„Weiße Polizisten und Staatsanwälte, die zum Jagen getragen werden müssen, mangelhafte Beweislage, verängstigte Zeugen, die ihre Ruhe haben wollen und auf eine Aussage verzichten. Nicht jeder will seinem Folterer noch mal gegenübertreten. Ich nehme an, er hat deshalb eines Tages resigniert und alles hingeschmissen. Das ist jedenfalls, was man damals hörte. Als Mitarbeiter der Kommission musste er sogar seine Mitgliedschaft in der Partei niederlegen. Und das ist einem wie ihm sicher nicht leicht gefallen. Ich nehme an, er hat der Politik ganz den Rücken gekehrt. Wie dem auch sei, ich habe, wie gesagt, schon lange keinen Kontakt mehr mit ihm. Leider."

Wishbone war also mal ein Spürhund gewesen. Er hatte Personen gesucht – wie ich. Bevor ich weiter darüber nachgrübeln konnte, kam Nelly zu uns. Die Kap-Malaiin berichtete Desmond ausführlich, was es Gutes aus der Küche gab. Der Gastgeber holte meine Meinung ein und stellte ein Menü für uns zusammen. Dazu gab es Wein aus eigener Produktion.

Ich nutzte die Gelegenheit und nestelte die Merkliste für Doc aus der Hemdtasche. „Leni hat mich gebeten, eine Weinliste für sie zusammenzustellen." Ich schob Desmond den Zettel zu. „Ich habe bislang mein Bestes getan, aber ich denke, Sie sollten sie einfach ergänzen und zu Ende bringen." Etwas zu spät viel mir ein, damit ungewollt Auskunft über die Länge meines bisherigen Aufenthaltes im Land zu geben, und ich fügte hinzu: „Bei der Herfahrt hatte ich Gelegenheit, mich kurz in einem Weinladen umzusehen, aber Sie sind nun mal der Experte, Desmond."

Er war überrascht. „Sie trinkt doch nur Bier..."

„Seit sie in ihrer Villa lebt, spielt sie ernsthaft mit dem Gedanken einen Weinkeller anzulegen."

„Das freut mich natürlich. Ich habe oft genug versucht, sie zu bekehren." Er lächelte zufrieden, überflog meine Notizen und lachte. „Da werde ich aber einiges streichen müssen, um die Konkurrenz in Schach zu halten!"

26

Wir aßen und tranken von den hausgemachten Köstlichkeiten und Desmond gab mir Einblick in seine Tätigkeit als Winzer.

Der Mann war Überzeugungstäter, was sein Handwerk anging, und voller Begeisterung bei der Sache. Es machte Spaß, ihm zuzuhören. Er erzählte mir vom Aufschwung der Weinnation Südafrika. Qualität statt Menge war angesagt. Die Dominanz der Massenproduktion in Genossenschaften mit Traubenabnahmegarantien und protektionistischen Quotensystemen wurde Schritt für Schritt überwunden und öffnete Chancen für Individualisten wie ihn und andere Kreative, die mit großer Ambition auf kleineren Weingütern ihrer Leidenschaft nachgingen.

Stellenbosch stand für Pinotage, Paarl für dunklen und kompakten Cabernet und Syrah. Hermanus bot Chardonnay und Pinot Noir auf. Constantia war für Sauvignon Blanc berühmt. Durbanville an der rauen Atlantikküste erschloss als *cool climate area* ganz neue Möglichkeiten. Ich erfuhr auch einiges über die Qualität der Böden am Kap, deren Feuchtigkeitsgehalt mit Neutronensonden überwacht werden konnten. Auch Rebenkrankheiten wie echter und falscher Mehltau oder das Blattrollvirus kamen zur Sprache. Und irgendwann kam die Rede auch auf Desmonds bescheidene Aktivitäten als Kleinhotelier.

„Es ist hier üblich, als Weinbauer auch Gastronomie und ein paar Gästebetten anzubieten. Aber ich will es bewusst klein halten. Die Erzeugung und Vermarktung herausragender Weine hat für mich Priorität. Natürlich sind ein paar Hotelketten scharf auf unsere attraktiven Gemäuer und möchten mich in was Größeres reinziehen, aber ich habe bislang alle Angebote zur Zusammenarbeit abgelehnt, auch wenn das eine oder andere äußerst lukrativ gewesen wäre."

„Mit Hotelketten meinen Sie so etwas wie *Exclusive Retreats*?" erkundigte ich mich betont beiläufig.

„Zum Beispiel. Aber die sind gar nicht an mir interessiert. Denen ist das hier eine Nummer zu klein. Die betreiben spektakuläre Resorts mit einem großen Aktivitätsangebot wie Wassersport oder Safaris. Der übliche Zuschnitt von *B and S* halt."

„B and S...?"

„*Backlands and Seasides*, die Dachgesellschaft, der unter anderem auch *Exclusive Retreats* gehört."

So viel zu Bertrand & Stamm! Was hatte ich auch erwartet? Ein Spiel mit offenen Karten? Selbst einer wie Stan Wishbone hatte sich offenbar gehäutet und seinen Platz im neuen Szenario gefunden.

*

In der klaren, frischen Luft von Paarl, die durch das weit geöffnete Fenster ins Zimmer strömte, schlief ich fest und ohne aufzuwachen bis zum frühen Morgen.

Im Traum organisierte ich eine legendäre Widerstandsbewegung und kämpfte gleichzeitig gegen Buren, Engländer, Zulu und diverse Bantustämme. Ich operierte dabei mit einer berittenen Guerilla-Einheit von Buschmännern. Unsere Reittiere waren Strauße, unsere Bewaffnung bestand aus handgeschmiedeten Tranchiermessern. Vom Feind überwältigt landete ich schließlich in einem Gefangenlager in Holland und war rund um die Uhr damit beschäftigt Kaminholz zu sägen und zu spalten. Ich stapelte die Scheite in Schwindel erregende Höhe, bis sie über mir zusammenbrachen und mich unter sich begruben. „Ich bin nicht im Exil!" brüllte ich wieder und wieder – bis ich aufwachte.

Hatte ich wirklich geschrieen? Ich war nicht einmal in Schweiß gebadet. Doch wenn Laurens van der Post Recht hatte, und nicht wir träumen, sondern geträumt werden, dann gab es Anlass zur Sorge. Ruhig lag ich im aufkommenden Tageslicht, lauschte dem leisen Rascheln, das die Morgenbrise den Reben abrang und versuchte, mir ein paar klare Gedanken zum weiteren Vorgehen zu machen.

Es war nicht meine Aufgabe, Verschwörungen aufzudecken oder Widerstandsbewegungen zu entlarven, sondern einen Gesuchten für meinen Auftraggeber zu finden und ihm Erfolg zu melden. Und wenn Dr. Stamm als Mittler und Ansprechpartner dabei ausfiel, und ich in diesem speziellen Fall ausnahmsweise den tatsächlichen Auftraggeber kannte, dann war letztlich der alte Carsten mein Mann.

Die Sache hatte nur zwei Haken. Erstens kannte ich den genauen Aufenthaltsort von Bertrand im Moment gar nicht und musste ihn erst einmal unter dem gegebenen Zeitdruck aufspüren. Und zweitens konnte ich mich – selbst wenn ich einen Erfolg zu melden hatte – nicht an den alten Herrn wenden, ohne Gefahr zu laufen, dass er sofort mit Stamm Rücksprache nahm und dieser ihm seine Sicht der Dinge erklärte. Wenn er den Senior bislang immer wieder überzeugt hatte, würde es ihm auch in dieser kniffligen Situation gelingen. Wer war ich schon? Wie glaubhaft waren meine Argumente? Also musste ich eine andere Herangehensweise finden – eine völlig eigenständige. Ich musste mich in eine Position bringen, die Carsten überzeugte und ihn dazu bewegte, mein Honorar zu zahlen. Wie er danach mit Tochter, Enkelin und potenziellem Schwiegersohn umging, war seine Privatsache, die mich nichts anging.

Wo also konnte ich Bertrand innerhalb der Frist, die mir Stamm gesetzt hatte, finden? Ich kannte den Weg zu seiner Farm. Das half nicht viel. Es sah nicht so aus, als ob er dort häufiger und für längere Zeit residierte. Zudem würde mich seine Luftüberwachung schon bei der Anfahrt im Visier haben.

Der Held in *Flamingofeder* hatte stets sehr liebevoll von seinem Team, seinen Gefährten, erzählt, die ihm bei seiner schwierigen und gefährlichen Mission zur Seite standen. Oom Pieter, der alte Bure, Said, der Somali, und Tickie, der junge Tekwana. Ich für meinen Teil, operierte wie gehabt alleine. Aber vielleicht musste ich diesmal auch das ändern. Doc kam mir in den Sinn. Mein Problem war nicht in Konfrontation Mann gegen Mann zu lösen. Ich hatte es mit einem Filz aus privaten Interessen und am Gewinn orientierten Geschäftspartnerschaften zu tun. Stamm war – wie ich – im Grunde genommen nur geschäftlich involviert. Im Kern drehte sich alles um die Familie. Um den legitimen Teil, der aus dem alten Carsten, seiner Tochter Rena und deren Tochter Conny bestand. Obwohl das Mädchen schon Grenzgängerin und Bindeglied zum problematischen Teil war: ihrem Vater Marius Bertrand.

Auf diesen Familienverband musste ich mich bei der Lösung konzentrieren. Und je länger ich darüber nachdachte, desto klarer wurde mir, wo der Schlüssel lag.

Es ging um das Kind.

Ich hatte die Adresse, wusste, wo es war. Ein *Save a Child*-Projekt für Doc. Ich konnte sie kontaktieren. Sie kümmerte sich um Conny. Ich konzentrierte mich auf Bertrand und

Rena. Wenn ich Conny als Köder hatte, konnte ich wieder Bewegung in meine verfahrene Sache bringen.

Doch was gab mir das Recht, ein Kind als Köder zu missbrauchen und auch noch Doc mit in die Sache hineinzuziehen? Was sollte ich mir diesmal für ein Märchen ausdenken, um meine alte Freundin zur Komplizin zu machen?

So viel zum Abstand zu den Dingen!

Wollte ich ernsthaft unter die Kidnapper gehen und mich damit auf eine Stufe mit Leuten wie Timothy Butler und Marius Bertrand stellen?

Bevor mir eine ehrliche Antwort auf diese Frage einfiel, hörte ich ein leises Zirpen. Ich spitzte die Ohren und lauschte durchs Fenster in die Natur. Erst beim zweiten Rufzeichen, fiel mir mein gemietetes Handy ein. Wahrscheinlich Stamm mit einer Änderung des Plans. Ich meldete mich.

Es war ein Hilferuf von Rena.

*

Eine halbe Stunde später war ich zur Stelle.

Ihr Mietwagen stand im Schatten einer Baumgruppe am Straßenrand. Ich parkte hinter dem Heck und stieg aus. Es war noch angenehm kühl, und der Himmel fand erst allmählich zu einem tieferen Blau.

Rena hockte mit hängenden Schultern hinter dem Steuer. Wenn ich am Telefon richtig zugehört hatte, dann war ihr die Flucht aus dem goldenen Käfig zwar gelungen, aber kurz vor Franschhoek – wo sie mich zu finden gehofft hatte – war ihr das Benzin ausgegangen. Sie machte einen verwirrten Eindruck. Als habe Sie sich irgendwo unterwegs selbst verloren und sei völlig ahnungslos, wo sie die Suche wieder aufnehmen sollte.

Ich nahm auf dem Beifahrersitz Platz und musterte ihr

müdes Gesicht. Die Ringe unter den Augen waren unübersehbar, die strubbeligen Haare glänzten fettig. Sie blieb apathisch sitzen, beide Hände fest ums Lenkrad geklammert. Kein Wunder, dass sie die Warnleuchte der Treibstoffanzeige zu spät bemerkt hatte. Die ganze Frau lief auf Reserve.

„Was ist passiert?" fragte ich behutsam.

Wie auf Kommando ließ sie das Lenkrad los und umklammerte stattdessen mich. „Ich musste einfach da raus. Es war nicht auszuhalten mit ihm."

„Woher kommen Sie?"

„Aus Knysna – fünfhundert Kilometer von hier am Indischen Ozean."

Das lag im äußersten Osten der Westkap-Provinz, dem Terrain, auf das ich mich für Stamm eingestimmt hatte.

„Marius hat zwischen Knysna und Plettenberg Bay ein riesiges Anwesen. Ich bin seit Mitternacht unterwegs. Immer die N2 entlang. Wie auf der Autobahn. Unterwegs gab es sogar einen Ort, der hieß Heidelberg." Sie löste sich von mir und lächelte mich an, als sei der deutsche Ortsname ein gutes Omen.

„Und er hat Sie einfach so gehen lassen?"

„Na ja..."

Rena Carsten zitterte am ganzen Körper. War sie nur übernächtigt und ausgebrannt oder war es Angst?

Sie musterte mich mit geröteten Augen. „Ich weiß nicht, was der Mann für ein Bild von mir hat..." Sie rang nach Worten. „Ich bin doch keine Trophäe!" Wie abwesend starrte sie ins Leere.

Wahrscheinlich war sie genau *das* für Bertrand. Der Mann dekorierte auch sein Liebesleben im Stil des Großwildjägerzimmers auf seiner Farm. Hatte sie eine Ahnung davon bekommen wie gefährlich er sein konnte? War sie auf der Flucht vor ihm oder auf der Flucht vor sich selbst? Wie auch immer: Ihre romantischen Vorstellungen vom

Vater ihres Kindes mussten auf die harte Realität geprallt sein. Immerhin versuchte sie, sich seinem Einfluss zu entziehen. Blieb zu hoffen, dass die Distanz ihr half, sich Klarheit über die eigenen Gefühle zu verschaffen.

„Und überhaupt – es geht ja nicht nur um mich. Ich kann Conny unmöglich *so* aufwachsen lassen..."

Sie sah mich immer noch nicht an, sprach mehr zu sich selbst und versuchte ihre Erkenntnisse zu sortieren. Ich nutzte die Gelegenheit, um erleichtert zu grinsen. Es musste eine bittere Ernüchterung für sie sein. Ob sie es nun verdiente oder nicht: Rena Carsten tat mir doch ein bisschen Leid. Sie konnte froh sein, sich erst einmal alleine auf das Spiel mit dem Feuer eingelassen zu haben. Wenn sie Bertrand tatsächlich entkommen wollte, war es ohne die Tochter wesentlich einfacher.

„Geh ruhig, hat er zu mir gesagt. Mach einen kleinen Ausflug. Weit wirst du nicht kommen. Glaub nicht, du könntest das Land so einfach wieder verlassen. Denk in Ruhe nach! Ich gebe dir eine Woche Zeit, dann tanzt du wieder hier an – oder..." Sie brach ab und schüttelte den Kopf, als könne sie es immer noch nicht glauben.

Bertrand war bei der Bemessung ihrer Bedenkzeit offenbar ebenso großzügig gewesen, wie Stamm bei der meinen. „Oder was?" hakte ich nach. Auch die angedrohten Konsequenzen interessierten mich.

Sie stieß die Wagentür auf, stieg aus und ging ein paar Schritte. Ein Lastwagen, die Ladefläche voller Landarbeiter, dröhnte vorbei und zog eine dunkle Abgasfahne hinter sich her. Ich ließ Rena ein paar Minuten Zeit, um sich zu sammeln, dann stieg ich ebenfalls aus und ging zu ihr. Der Dieselgestank hing noch in der Morgenluft.

Ihr Blick streifte mich flüchtig, bevor er sich wieder in der Landschaft verlor. „Oder er holt sich mein Kind."

Damit waren wir beim tatsächlichen Ernst der Lage.

Was Entführung anging, hatten wir es mit einem Fachmann zu tun. „Sie haben ihm erzählt, wo Ihre Tochter ist?"

„Natürlich! Schon auf der Farm. Es sah doch alles so gut aus. Ich habe ihm vertraut. Wir müssen ihm zuvorkommen! Er hat gute Verbindungen in London, behauptet er."

„Das glaube ich gerne."

„Und jetzt...?" Sie hob die Arme kraftlos an und ließ sie wieder sinken.

Ihre Verzweiflung war echt, und ich nahm sie tröstend in den Arm. „Lassen Sie uns erst mal was frühstücken. Dann sehen wir weiter. Ich glaube, ich habe da eine Idee."

„Eine Idee?" Hoffnung flackerte auf.

„Kommen Sie!" Ich ging zu meinem Wagen. „Fahren Sie mir einfach nach."

„Aber ich habe doch kein Benzin mehr!"

Ich ignorierte die hysterische Tonlage, öffnete den Kofferraum meines Wagens und zeigte ihr den vollen Kanister.

„Und hör endlich mit diesem unpersönlichen Siezen auf!" schrie sie mich an.

27

„Augenblick – ich sage ihr sofort Bescheid. Sie ist gerade bei Lucy und macht das Gänsehaus sauber", beschied mir Kurti so ruhig und gelassen, als gehörten morgendliche Anrufe aus Südafrika zur gewohnten Alltagsroutine in der Villa.

Die Verbindung war gut. Ich hörte, wie er den Hörer ablegte und vernahm im Hintergrund Edgars geschäftiges Krächzen. Der Graupapagei war offenbar guter Dinge, denn er begleitete den Abgang des Hausherrn mit dem bekannt schrillen Trillern.

„Ist sie nicht zu Hause?"

Renas Gesicht spiegelte Nervosität und Ängstlichkeit

wider. Weit entfernt hörte ich Kurti nach seiner Frau rufen. „Sie ist draußen im Garten."

Rena atmete auf, wandte sich von mir ab und schaute durchs offene Fenster hinaus in die Weinberge. Angeblich sollte die Farbe Grün beruhigende Wirkung haben. Ich hoffte, es möge stimmen. Seit ich ihr beim Frühstück meine Idee unterbreitet hatte, klammerte sie sich an den Vorschlag wie eine Ertrinkende an eine Schwimmweste, die noch nicht aufgeblasen war. Jetzt war Doc gefragt. Renas Zustimmung erleichterte mir die Bitte. Kein Kidnapping. Alles völlig legal. Mein Blick wanderte über die gerahmten Fotos der *ANC*-Ikonen. Zum Glück hatte Rena die Sammlung nicht weiter beachtet. Womöglich hätte sie Wishbone erkannt, und ich hatte keinen weiteren Bedarf an nahe liegenden Fragen, auf die es vorerst keine eindeutigen Antworten gab. Ich hielt mich an Nelson Mandelas weises Lächeln. Der Mann stand für Optimismus und Beharrlichkeit. Vielleicht war es ein gutes Omen.

Lucys gedämpftes Schnattern kündigte mir Docs Kommen an. „Alle Mann an Bord!" krächzte Edgar.

„Hat Kurti dir schon erzählt, dass er endlich seinen Steg bekommt?" kam Doc ohne weitere Floskeln zur Sache.

Da sie auf eine Begrüßung verzichtete, passte ich mich ihrer Stimmungslage an. „Davon hat er kein Wort erwähnt." Wenn sie auf diese Weise loslegte, war es angeraten, auf sie einzugehen und zuzuhören, bis sie den Grund für den Anruf abfragte.

„Wieder mal typisch. Erst nörgelt er ewig herum, und wenn es dann ans Eingemachte geht, ist es ihm nicht mal mehr der Rede wert. Also, hör zu..."

Je mehr Doc ins Detail ging, desto anschaulicher holte mich mein Traum ein, den ich unter dem hohen Dach in Franschhoek geträumt hatte, und in dem ich die Wirren um das Stegprojekt vorausgesehen hatte. Ich sah zu Rena hinüber, die mir nach wie vor den Rücken zuwandte, als habe sie Angst vor dem Ausgang des Telefonats, während Doc mich unbarmherzig mit weiteren technischen Problemen konfrontierte. Es ging jetzt vor allem um die Größe des Stegs.

„Wir werden Kurti noch eine Mahagonijacht kaufen müssen."

„Mahagoni...?" War Doc auch in einen Traum abgedriftet?

„So ein stinkteures Ding mit Segeln, das mindestens so und soviel Meter lang sein muss, damit wir unsere Stegbreite durchkriegen."

„Aha..."

„Tipp von einem befreundeten Architekten! Wenn du diesen Behördenheinis aus Versehen was von einem Ruderboot erzählst, dann darfst du allenfalls auf einem Balken rausbalancieren. Also bekommt Kurti eine Segeljacht. Ich habe ihm schon die *Zweite Hand* für Boote gekauft, damit er sich sachkundig macht."

„Verstehe..."

„Aber deshalb rufst du sicher nicht an, Helm!"

„Da hast du Recht."

„Worum geht es?"

„Wenn du so willst, um ein Rettet das Kind-Projekt."

„Lass hören!"

Ich lieferte ihr die nötigen Fakten als sozialen Notfall. Allein stehende Mutter unter extremem Druck, derzeit abwesend und leider unabkömmlich. Verantwortungsloser und unberechenbarer Kindsvater, dem alles zuzutrauen ist. Momentan mit der Betreuung des Kindes überforderte Freunde der Mutter. Und schließlich das unschuldige Kind, um das sich jemand mit Format für einige Zeit kümmern muss. Doc hörte ruhig zu und stellte präzise Fragen. Nachdem wir uns übers Organisatorische der Operation einig waren, gab ich ihr die Mutter, um weitere Einzelheiten abzuklären.

Rena Carsten machte ihre Sache gut. Kaum ging es konkret um ihre Tochter, war ihre Nervosität verflogen. Sie war konzentriert bei der Sache und wich nicht von der abgesprochenen Version ab. Nun, da wir mit Docs Hilfe rechnen konnten, versprach Rena unverzüglich ihre Freunde in London zu informieren und mit Conny zu sprechen. Als auch die beiden Frauen sich abgestimmt hatten, wollte Doc noch einmal mit mir sprechen.

„Du weißt, ich bin nicht zickig, wenn es brennt, Helm. Mir reicht das erst mal, um Kurierdienst, Begleitschutz und Betreuung in meinem Heim zu übernehmen. Aber wenn du zurück bist, erzählst du mir bitte, was tatsächlich dahinter steckt."

„Okay."

„Du bist doch nicht etwa persönlich involviert?"

„Wo denkst du hin?"

„Pass auf, dass du dir den Schwanz nicht einklemmst!"

„Doc..."

„Schon gut. Grüß Desmond und Elizabeth von mir. Über das Sauwetter hier erzähl ich dir beim nächsten Mal."

„Ruf bitte sofort durch, wenn du wieder zu Hause bist."

„Natürlich!"

„Und Doc..."

„Was gibt es denn noch?"

„Die Sache drängt. Mach, was Frau Carsten gesagt hat. Flieg *First* oder *Businessclass*! Kein Grund zum Knausern. Also tu mir bitte den Gefallen und komm nicht auf die Idee, erst lange nach einem Billigticket zu suchen oder gar mit eurem Bus hinzufahren."

*

Da Desmond bei unserem Eintreffen bereits geschäftlich unterwegs gewesen war, hatte Elizabeth Markham persönlich eines der wenigen Hotelzimmer für Rena abgezweigt.

Zwar hatte die alte Dame meine Begleitung wie eine streunende Katze gemustert, da jedoch alle Beteiligten die Form wahrten, war ihre anfängliche Strenge in Fürsorge umgeschlagen. Gewisse Parallelen zwischen Lady Markham und Doc waren nicht zu übersehen. Ob die gute Liz auch einen Spitznamen hatte? Wenn ja, dann hätte *Countess* gut gepasst.

Das nervende Warten war für Rena nicht leicht zu ertragen. Sie war von der Angst gezeichnet, Bertrand könne sich nicht an die Bedenkzeit halten, die er ihr eingeräumt hatte. Um uns abzulenken, fuhren wir in meinem Wagen nach Paarl hinunter und sahen uns die Stadt an. Die Hitze war enorm, doch der Tag war klar und trocken. Nach all den Weinfarmen, Restaurants und ländlichen Idyllen fielen mir besonders die Bankfilialen ins Auge, die *Eerste Nasionale*, die *New Standard*, die *Volkskas* und *Boland*. Seit Kapstadt hatte ich mich meist am Rande des Alltäglichen bewegt. Doch in diesen Straßen sprach man neben Afrikaans und Englisch auch Xhosa, Zulu und Shona oder irgendeine andere der offiziellen Landessprachen. Und dem Mann auf der Straße war eine Flasche Schnaps der Marke *Golden Mustang* vertrauter als der billigste Massenwein.

*

„Hast du deiner Tochter erzählt, warum du unterwegs bist?" fragte ich Rena, als wir am späten Nachmittag von einem Abstecher zum nahe gelegenen Wellington zurückkamen.

„Nein. Natürlich nicht! Ich konnte doch nicht wissen, ob ich überhaupt erfolgreich bin", antwortete sie leise.

Erfolgreich. Was für ein Wort in Anbetracht der Lage. Aber wenigstens das mit Conny hatte sie richtig gemacht. Ihr Instinkt als Mutter war besser, als der, den sie als Bertrands Geliebte an den Tag legte.

„Conny ist mein Leben. Wirklich! Auch wenn du es vielleicht nicht glaubst."

Ich glaubte ihr.

„Sie ist ein Schatz. Und so hübsch." Rena lächelte mich an, als sei soeben die Sonne aufgegangen.

„Ganz die Mutter."

„Und sie ist clever." Sie schwieg einen Augenblick. „Ich glaube allerdings, das hat sie eher von meinem Vater." Sie versuchte es mit einem Lachen.

Wir setzten uns in eine schattige Ecke hinter dem Haus und sahen den Frauen und Männern zu, die zwischen den Rebstöcken ihrem Tagewerk nachgingen. Lachen und Gesang klangen zu uns herüber.

„Wo wir gerade bei *clever* sind...", sagte ich, „...mir leuchtet nach wie vor nicht ganz ein, warum damals offenbar niemand eine Geburt, die neun Monate nach der Geiselnahme stattfand, in Zusammenhang mit der Tat brachte. Oder war eindeutig bewiesen, dass alle Mitglieder der Bande Schwarze waren?"

„Bewiesen war das nicht. Aber nachdem ich den Anführer zum Schwarzen erklärt hatte, hat man sich auch keine großen Gedanken mehr darüber gemacht, ob Weiße unter seinem Kommando agiert hatten. Außerdem musste ich mich gar nicht auf diese oder jene Schlussfolgerung verlassen..."

„Und wieso?

„Conny war eine heikle Frühgeburt, und ich habe meinem Vater verkauft, schon vor der Entführung schwanger gewesen zu sein. Die Vermutung, der Stress der Geiselnahme habe die komplizierte Entbindung verursacht und das Leben seiner Tochter und seines Enkelkindes zusätzlich in Gefahr gebracht, steigerte den Zorn meines Vaters auf die Täter noch einmal beträchtlich." Sie stand auf. „Komm, lass uns noch ein Stück gehen. Das Licht ist jetzt so schön."

Sie hatte Recht. Die Weinberge dämmerten in matten Pastellfarben dahin, und eine kühle Brise kündete den Abend an.

28

Am darauf folgenden Nachmittag meldete Doc sich aus Sacrow.

Conny spielte bereits mit den Kindern im Garten. Nur vor Lucy hatte sie noch einen Heidenrespekt. Ansonsten keine Komplikationen. Selbst der Nebel in London war Doc nicht in die Quere gekommen. Nur eine kleine Verspätung. Nicht der Rede wert. Übrigens recht ansehnlich dieses Kent. Tunbridge Wells war ganz nach ihrem Geschmack gewesen. Überall endlose Hecken entlang der Straßen. Und dann Emmy und Ted Symons. Nette Leute, die man womöglich mal im Urlaub besuchen konnte.

„Ich habe das Gefühl", fuhr Doc fort, „das Mädchen war meistens unter Erwachsenen, und die waren nicht solche Freaks wie wir. Ich meine: Gänsehaus im Garten, ein sprechender Papagei und all der Schnickschnack. Aber Zirkus ist immer gut für Kinder. Das Wetter spielt Gott sei Dank bei dem Wechsel keine große Rolle. In Kent so beschissen wie hier in Sacrow. Nur trübsinnige Novembersoße. Na ja, was sag ich dir da. Genieße die Sonne am Kap! Jetzt gib mir mal die Mutter. Die Kleine steht neben mir."

Ich reichte den Hörer an Rena weiter, und während sie kurz mit Conny sprach, ging ich zu Nelson Mandela und zeigte ihm ein V für Victory. Ich hörte wie Rena sich bei Doc bedankte. „Ja, er steht noch hier", sagte sie und hielt mir den Hörer wieder hin.

„Ja, Doc?"

„Ich halte jetzt erst mal hier die Stellung. Dürfte nicht

allzu problematisch werden. Mit Kindern kenne ich mich aus. Aber gib Bescheid, sobald sich was tut!"

„Natürlich. Spätestens in einer Woche hörst du wieder von mir."

„Wie war es übrigens in Mosambik?"

„Na ja..."

Ich holte tief Luft, doch Doc kam mir entgegen.

„Lass mal! Das kannst du mir auch in Ruhe bei einem Grog am Kamin erzählen. Stell mich lieber mal zu Desmond oder Elizabeth durch, wo wir schon mal dabei sind. Man verliert ja sonst ganz den Kontakt zueinander."

„Ich versuche es. Und noch mal danke, Doc!"

„Jetzt werde bitte nicht sentimental, Helm!"

Ich warf einen Blick auf der Liste mit den hausinternen Durchwahlnummern, die neben dem Telefonapparat lag, bekam beim ersten Versuch Liz an den Hörer, verband sie mit Doc und legte auf.

Nachdem sie ihre Tochter vorläufig in Sicherheit wusste, war Rena für den Moment glücklich und zufrieden.

„Ich hoffe, das Kind bekommt keinen Gehörschaden", gab ich launig zum Besten.

„Wieso?"

„Doc wird Conny Hardrock beibringen. Du wirst ihr eine Elektrogitarre samt Verstärker kaufen müssen, wenn du wieder in Hamburg bist."

*

Sobald es dunkel war, packte ich einige unserer persönlichen Sachen, eine Tüte mit Proviant und eine große Stablampe in meinen Wagen.

Wir meldeten uns bei unseren Gastgebern für einen mehrtägigen Ausflug ab und ließen Renas Wagen auf dem Parkplatz zurück. Nachdem ich eine Verhandlungsgrundlage hatte, stand die Konfrontation mit Bertrand an. Ich hatte nicht die Absicht, Desmond und Liz Probleme zu bereiten, also benötigte ich einen anderen Unterschlupf.

Rena stellte keine unnötigen Fragen, und ich fuhr zügig nach Paarl hinunter und dann Richtung Franschhoek. Auf den ersten Kilometern sah ich noch ab und zu in den Innenspiegel, aber ernsthaft rechnete ich nicht damit, verfolgt zu werden. Solange Bertrand und Stamm bei Bedarf Helikopter in der Luft hatten und die richtigen Leute für sie an den Flugschaltern und in der Passkontrolle saßen, durfte man sich unbehelligt in ihrem Freigehege bewegen.

Langsam durchquerten wir die verschlafene Hochburg der Hugenotten. Dunkel ragten die Berge vor einem schwarzblauen Himmel auf. Monument und Museum leuchteten hell in der Nacht, als ich zum Pass hinauffuhr. Vorsichtig folgte ich den Lichtbahnen meiner Scheinwerfer durch die engen Serpentinen, bis ich den Scheitelpunkt des Höhenzuges erreichte. Es wurde kalt. Ich schaltete die Heizung an. Rena rollte sich wie eine Katze auf dem Beifahrersitz zusammen und versuchte zu schlafen.

Die finstere Hochebene an der Talsperre ging nahezu nahtlos in den Nachthimmel über, und hätte nicht das Glitzern des gestauten Wassers die Uferlinie markiert, wäre die Vorstellung, in einer Raumkapsel durchs grenzenlose All zu gleiten, nicht falsch gewesen. Unendlich weit entfernt blitzten ein einziges Mal Autoscheinwerfer auf. Es musste ein vorausfahrendes Fahrzeug sein, denn bis Villiersdorp kam mir kein anderer Wagen entgegen.

Bis hierhin war die Orientierung leicht gewesen. Von nun an galt es, sich zu konzentrieren, um nicht in der Weite verloren zu gehen. Dem glatten Band der Landstraße zu folgen, war nicht schwierig, doch die richtige Abfahrt zu erwischen, forderte mir nicht nur Erinnerungsvermögen, sondern auch Instinkt ab. Was bei Tag ein übersichtliches

Panorama war, stellte sich bei Nacht als Irrgarten dar. Die Wellen der hügeligen Felder summierten sich zu einer monotonen und unübersichtlichen Dünung, und die seltenen Gehöfte lagen düster am Wegrand – weit verstreut und als Orientierungsmarken völlig ungeeignet.

„Das Wichtigste ist, dass Conny nichts passiert!"

Renas Stimme riss mich aus meinen Gedanken. „Das Kind ist in Sicherheit!" Ich warf ihr einen kurzen Blick zu. Sie hatte ihre Haltung nicht verändert, starrte jedoch mit wachen Augen durch die Windschutzscheibe voraus auf die Fahrbahn im Scheinwerferlicht.

„Ich will nicht noch eins verlieren."

Es hörte sich müde und resigniert an, und ich versuchte, mir ohne eine dumme Frage einen Reim darauf zu machen. Doch bevor ich spekulieren musste, redete sie weiter.

„Ich habe mein erstes Kind abgetrieben."

„Warum?"

„Ich war jung. Ich war überfordert. Was weiß ich..."

„Was ist mit dem Vater?"

„Er hat mich im Stich gelassen, ist einfach abgehauen."

Was sollte ich dazu sagen? Rena Carsten hatte offenbar kein gutes Händchen bei der Auswahl ihrer Männer. Ich warf ihr einen Blick zu. Doch sie hatte die Augen wieder geschlossen und suchte erneut den Schlaf. Als ich zurück auf die Straße schaute, bemerkte ich ein Licht, das schwach im Innenspiegel aufblitzte. Es war noch weit entfernt, und beim Blick in den Seitenspiegel verschwand es hinter einem Hügel. Wenig später war es wieder da, diesmal näher. Der fremde Wagen holte beständig auf, bis seine Scheinwerfer den Innenraum meines Wagens erhellten. So schnell, wie er mich eingeholt hatte, erwartete ich ein Überholmanöver, aber er hielt sich mit gleich bleibendem Abstand hinter mir.

Hatte ich doch einen Verfolger, den ich bislang übersehen hatte? Es bereitete mir schon genug Mühe, die gesuchte

Abfahrt in der öden Weite nicht zu übersehen. Verpasste ich die Stelle, wurde es schwierig. Ich nahm das Gas etwas zurück, konnte den Fahrer jedoch nicht animieren, vorbeizuziehen. Vielleicht war er auch nur vorsichtig. Die Landstraße war zwar gut ausgebaut, aber nicht sehr breit. Ich hielt mich näher am Seitenrand – ebenfalls ohne Erfolg. Auch das musste keine Bedeutung haben. Womöglich hörte er sich gerade etwas Interessantes im Autoradio an, oder er war froh, sich in meinem Windschatten weniger auf die nächtliche Fahrbahn konzentrieren zu müssen.

Nach einer Viertelstunde nervöser Vermutungen über die Bedeutung des Ganzen, nutzte mein vermeintlicher Verfolger endlich eine lange Steigung, um mich zügig zu überholen und davonzuziehen, bis seine Rücklichter nicht mehr zu erkennen waren.

*

Nur fünf Minuten später erreichte ich die gesuchte Staubpiste, die fast unmerklich vom Asphalt abzweigte.

Ich schaltete die Scheinwerfer aus und öffnete die Seitenscheibe einen Spalt breit. Ich konnte nicht gleichzeitig die holprige Piste im Auge behalten und den Himmel nach Positionslichtern absuchen. Wenn eine Luftpatrouille unterwegs war, wollte ich sie rechtzeitig hören. Behutsam steuerte ich den Wagen durch die flachen Mulden des Geländes, bis sich vor mir die weitläufige Senke im Mondlicht auftat. Baumgruppe und Farmgebäude hoben sich scharf wie ein Scherenschnitt vom Nachthimmel ab, der hier draußen sehr viel heller wirkte.

Wie ich vermutet hatte, war das Anwesen völlig verlassen und nur von den abweisenden Dornbüschen und den stacheligen Akazienbäumen bewacht. Ich fuhr zum Wirtschaftshof hinter dem Hauptgebäude, stellte den Motor ab und stieg aus. Rena blieb wie benommen auf dem Beifahrersitz hocken.

War es auf der Passhöhe von Franschhoek noch eisig kalt gewesen, so herrschte hier im Farmland nur noch angenehme Kühle. Die allumfassende Ruhe, die über dem Land lag, beeindruckte mich zunehmend. Das Geräusch meiner Schritte war unnötiger Lärm, mit dem ich gegen den Kodex einer Welt verstieß, in der ich unerwünscht zu sein schien. Der sperrige Schrott von Dreschmaschine, Trecker, Pflug und Egge im Halbschatten zwischen Ställen und Scheune erinnerte an ein ausgebranntes Panzerwrack aus einem Bürgerkrieg.

Ich rüttelte an der Tür zum Küchentrakt – nicht, weil ich erwartete, sie unverschlossen vorzufinden, sondern um ein Gefühl für den Aufwand zu bekommen, mit dem man sie aufbrechen musste. Sie war robust und saß fest in Schloss und Angeln. Ich musterte die Hausfront. Fenster und alle intakten Läden waren geschlossen. Ich ging um das Gebäude zum Haupteingang und suchte mir eines der Fenster zum Großwildjägerzimmer aus. Der Fensterladen hing bereits weit offen in den Scharnieren, und ein locker sitzender Ziegel aus dem Hofbelag half mir, die Scheibe einzuschlagen.

Das laute Splittern des Glases lockte Rena an. Sie blieb neben mir stehen, umarmte sich fröstelnd und sah zu, wie ich die Zacken aus dem Rahmen entfernte, den Griff umdrehte und die Fensterflügel aufstieß. Mit einer auffordernden Geste verschränkte ich die Hände in Tritthöhe und half ihr beim Einstieg. Dann zog ich mich selber aufs Fensterbrett.

29

Es war, als seien wir in ein obskures Heimatmuseum eingedrungen.

Im Zwielicht wirkte die Ausstattung noch unwirklicher. Die Augen brauchten nicht lange, um sich an die Lichtverhältnisse im Haus zu gewöhnen, denn es war nicht wirklich dunkel. Dafür waren die Vorhänge zu nachlässig zugezogen und zu viele der Fensterläden defekt. Selbst im Flur war die Orientierung nicht schwer, denn die Küchentür stand weit offen, und durch die Küchenfenster fiel genug Mondlicht. Neben der Tür zum Hof hing ein altmodischer Bartschlüssel an einem Haken. Vermutlich der Zweitschlüssel. Ich steckte ihn ins Schloss. Er passte.

Wieder auf dem Hof, öffnete ich das Scheunentor. Ich parkte meinen Wagen neben dem Unfall-Kombi, nahm unsere persönlichen Sachen, die Tüte mit Proviant und die Stablampe an mich und schob das Tor wieder zu. Auf dem Rückweg ins Haus musterte ich noch einmal den Nachthimmel, doch es war weit und breit kein Hubschrauber zu sehen oder zu hören. Trotzdem war es sinnvoll, sparsam mit Licht umzugehen. Da der Generator nicht in Betrieb war, sollte uns das nicht allzu schwer fallen. Ich stellte die Verpflegung in der Küche ab, und Rena holte uns zwei Flaschen Bier aus dem Keller.

„Willst du noch ein Sandwich essen?" fragte ich sie. Ich selbst hatte keinen Hunger.

„Nein danke. Ich bin müde." Sie öffnete die Kronkorken mit den Zähnen.

Ich konnte kaum hinsehen. „Wo hast du das denn gelernt?"

„Da staunst du, was?" Sie stieß mit mir an.

„Bring es bitte nicht deiner Tochter bei."

Wir tranken durstig.

„Wenn ich die Flasche leer habe, schlafe ich sowieso sofort ein." Sie kicherte. „Am besten richten wir uns gleich oben ein. In diesem Panoptikum halte ich es auf keinen Fall aus."

Auch ich verspürte keine Lust, die Nacht inmitten der unsäglichen Jagdtrophäen zu verbringen. Trotzdem bot ich Rena an: „Mach du es dir oben im Schlafzimmer bequem. Ich kann hier unten auf dem Sofa schlafen."

„Blödsinn!" Sie nahm unsere Sachen und stieg die Treppe hoch.

Ich folgte ihr.

Im oberen Flur checkte Rena das Badezimmer und meldete: „Dem Himmel sei Dank. Der Spülungskasten der Toilette ist voll und der Reserveeimer auch. Ich sah mich schon wie eine Afrikanerin mit dem Eimer zum Brunnen ziehen."

Wir betraten den großen Raum, in dem die wuchtige Schlafstelle im dunklen Schattenriss aufragte. Bett und Moskitonetz sahen im Mondlicht aus wie eine Insel, auf dem ein Wigwam stand.

Rena legte unsere Sachen ab, platzierte die Bierflasche neben dem Bett und zog sich bis auf Slip und T-Shirt aus. „Eine warme Dusche wäre jetzt trotzdem nicht zu verachten. Aber was nicht ist, ist nicht." Sie schlüpfte unter das Moskitonetz.

„Ich könnte die Handpumpe am Brunnen für dich betätigen, während du nackt im Mondlicht badest." Ich zog mein Hemd aus und öffnete den Gürtel.

„Und mir dabei meinen süßen Arsch abfriere. Nein Danke." Sie hob die Decke an. „Jetzt komm endlich ins Bett!"

„Ich hoffe, es ist frisch bezogen."

*

Der Gazekegel über uns filterte das Mondlicht. Schweigend lagen wir nebeneinander und tranken unser Bier.

„Bevor ich ganz betrunken bin, solltest du mir noch etwas genauer erzählen, was du vorhast", sagte Rena.

„Du nimmst morgen früh mein Handy, rufst ihn an und bestellst ihn her."

„Meinst du das ernst?" Ihre Stimme zitterte. „Wozu?"

„Um zu verhandeln."

„Worüber?"

„Freies Geleit für dich."

„Er wird mich nicht gehen lassen. Und er wird Conny verlangen."

„Er hat keine legale Chance, das Mädchen in seine Hände zu bekommen. Und wohl auch kaum eine illegale. Er weiß nicht einmal mehr, wo deine Tochter ist. Aber allein das wird ihn herlocken, und er wird zuhören, denn er hat seinen Stolz. Ich glaube, er hat eine ganze Menge davon. Wenn wir Glück haben, zu seinem Nachteil."

„Wenn wir Glück haben...?" Rena machte keinen Hehl aus ihrer Empörung. „Du benutzt Conny und mich als Köder, um ihn endlich zu kriegen, nichts weiter."

„Du bist also trotz allem noch auf seiner Seite?"

„Nein!"

„Bist du ganz sicher?"

Sie schwieg.

„Bist du wirklich fertig mit ihm? Ich kann es nur mit deiner Hilfe schaffen. Bist du dazu bereit?" Ich sah sie an.

Im Schutz des Halbdunkels rang sie sich ein kraftloses Nicken ab.

Konnte ich ihr glauben? Konnte ich mich auf Rena verlassen? Natürlich nicht! Nur wenn ich Glück hatte, wurde sie nicht erneut rückfällig. Mir blieb keine andere Wahl. Ich musste sie motivieren. Mit ihren Gefühlsschwankungen war sie eine tickende Zeitbombe. Solange sie klaren Kopf bewahrte, war sie stabil, doch wenn Bertrand ins Spiel kam, sahen die Dinge ganz anders aus. Ich konnte nicht ausschließen, dass sie quer schlug und mir im entscheidenden Moment in den Rücken fiel. Aber so, wie die Dinge nun einmal lagen, musste ich damit leben. Weitere Motivationsarbeit war also angebracht.

„Mach dir keine Sorgen, Rena. Nehmen wir mal an, nicht nur deine Tochter ist in guten Händen, sondern auch alle Informationen über die Machenschaften eines gewissen Marius Bertrand. Welche Garantie hat er schon, dass dem nicht so ist? Er wird es nicht darauf ankommen lassen. Ganz abgesehen davon, wollen er und Stamm sowieso einen Deal mit mir machen. Der sieht jetzt nur ein bisschen anders aus – ohne dich und deine Tochter auf der Rechnung.

Sie schwieg beharrlich.

„Ich könnte Bertrand laufen lassen, vergesse alles und halte den Mund, wenn er dich und Conny in Ruhe lässt. Es geht ihm letztlich doch nur um seine Haut und darum, endlich Ruhe von dieser Geschichte in Hamburg zu haben, um hier seiner geschäftlichen Erfolgsstory nachzugehen. Er wird sich aufplustern, drohen, nichts erreichen – und dann wird er Stamm um Rat fragen. Und Stamm wird ihm gut zureden, alles beim Alten zu lassen, als wären wir gar nicht in Südafrika gewesen."

„Glaubst du wirklich, das funktioniert? Mit Sicherheit?"

„Sicher ist nichts."

„Er wird uns umbringen."

„Das glaube ich nicht. Sonst hätte er es in meinem Fall schon lange getan. Er strebt nach Seriosität. Er zieht einen Deal vor. Stamm erst recht. Und Bertrand hört auf Stamm. Soviel ist sicher. Er hält den Mann für ein Genie!"

„Warum soll Marius dann alleine kommen? Wäre es nicht besser, wenn Stamm auch dabei ist?"

„Nein. Eins nach dem anderen."

Die Wahrheit war: Ich traute mir eine Konfrontation mit beiden Männern gleichzeitig nicht zu. Erst musste ich Bertrand weich kochen. Sollte er ruhig seine Macho-Nummer abziehen und sich dabei ohne konkretes Ergebnis verfransen. Erst dann kam Stamm als kluger und rettender Engel ins Spiel. Es war genau die Rolle, die er liebte, und die Bertrand letztlich akzeptierte.

„Und mein Vater? Was ist mit ihm?"

„Wir könnten ihm Timothy Butler als Lösung verkaufen. Gefällt mir zwar nicht besonders, aber Stamm wird es wahrscheinlich selber vorschlagen, wie ich ihn kenne."

Rena schien ein wenig beruhigter zu sein. Sie suchte meine Hand und hielt sie fest. Ich bildete mir ein, sie überzeugt zu haben.

Doch nur wenig später ließ sie meine Hand los und sagte leise: „Vielleicht sollte ich ihm doch noch eine Chance geben..."

Genau das hatte ich befürchtet. „Rede dir nichts ein! Denkst du tatsächlich, er ändert dir zuliebe sein Leben?"

„Sei nicht so bösartig. Du tust ja, als ob ich an allem Schuld hätte."

Wenn ich bösartig war, was war Bertrand dann? Es missfiel mir zunehmend, mich im selben Goldsatin zu räkeln wie er. Aber bevor ich meinem Unmut Luft machen konnte, tastete Rena erneut nach meiner Hand und suchte entschlossen meine Nähe.

30

Das Erste, was ich im Halbschlaf vernahm, war Motorengeräusch.

Ich dachte sofort an den Hubschrauber. Doch nur wenige Sekunden später war mir klar: Es waren Automotoren.

Rena schlief fest. Behutsam schlüpfte ich unter dem Moskitonetz hervor, schlich vom Bett zu einem der Fenster an der Frontseite des Hauses und schob vorsichtig den Vorhang auf.

Zunächst nahm ich nichts außer dem Morgenrot wahr, das blutig am Himmel stand. Dann konnte ich im Frühnebel, der schwer über der hügeligen Landschaft hing, eine lange Bahn aus aufgewirbeltem Staub erkennen. Und schließlich war auch der Konvoi auszumachen, der langsam auf die Farm zuhielt. Er bestand aus fünf Limousinen und drei kleineren Lastern, die wie Auslieferungswagen einer Kurierfirma aussahen. Die Motorengeräusche wurden stetig lauter. Die Fahrzeuge hielten auf das Hauptgebäude zu, wurden langsamer und fuhren hinter das Haus. Zum dumpfen Schlagen der ersten Wagentüren huschte ich zur anderen Schlafzimmerseite und warf einen vorsichtigen Blick in den Hof.

Zu meiner Überraschung sah ich Stan Wishbone. Er stand neben dem Brunnen und wartete geduldig, bis auch seine zahlreichen Begleiter ausgestiegen waren. Er trug eine hüftlange Jacke aus speckigem Leder, die einmal gelbbraun gewesen sein mochte, dazu ausgewaschene Jeans und Schnürstiefel mit dicker Profilsohle. Die sportliche Aufmachung verstärkte seine athletische Erscheinung, und die dunkelblaue Anglermütze, deren extra langen Schirm er tief über die Nickelbrille gezogen hatte, trug das ihre dazu bei. Gelassen zwirbelte er seinen Bart, bis sich alle um ihn geschart hatten.

Leise Lacher und gedämpfte Worte drangen zu mir herauf. Ich zählte fünfundzwanzig Personen. Weder Marius Bertrand noch einer der anderen Männer, die ich bei ihm gesehen hatte, gehörten dazu. Die Mehrzahl waren Schwarze, darunter auch einige Frauen. Vier weiße Männer, keiner davon älter als Dreißig, bildeten die Minderheit. Etwa die Hälfte der Personen trug Freizeitkleidung, die anderen blaue

Uniformen, die ich keiner mir bekannten Gruppierung zuordnen konnte. Wishbone war eindeutig der Anführer. Eine der Frauen, um die Dreißig und in Zivil, hielt sich eng an seiner Seite – als sei sie seine Assistentin. Mit sparsamen Gesten gab Wishbone Anweisungen, die wie die Fragen, die ihm gestellt wurden, nur leise und unverständlich bei mir ankamen.

Was ging hier vor? Der ganze Auftrieb konnte unmöglich Rena und mir gelten.

Nach wenigen Minuten löste sich die Versammlung auf. Einige gingen zum Generator, um ihn in Betrieb zu nehmen. Die Mehrzahl beriet sich noch beim Brunnen, während die Fahrer die hinteren Flügeltüren der Kleinlaster öffneten. Noch bevor ich mitbekommen konnte, was sich in den Laderäumen befand, bemerkte ich direkt unter mir Wishbone, der in Begleitung der Frau auf die Tür zum Küchentrakt zukam. Er knöpfte seine Lederjacke auf und zückte einen Schlüssel.

Zwar hatte ich gestern Abend wieder hinter mir abgeschlossen, aber auch ohne Vorwarnung durch eine unverriegelte Tür, würde Wishbone mir in Kürze unweigerlich gegenüberstehen. Ich entschloss mich, ihm offen entgegenzutreten. Selber gefunden zu werden, entsprach nicht meiner Berufsauffassung.

Hastig zog ich mich an, bemüht, Rena, die noch tief schlief, nicht zu wecken. Leise zog ich die Schlafzimmertür hinter mir ins Schloss und trat auf den Flur. Den Stimmen nach, befanden sich Wishbone und die Frau bereits in der Küche. Das Knarren der Treppe war unvermeidbar. Kaum hatte ich die ersten Stufen hinter mich gebracht, stand Wishbone auch schon auf dem Flur.

Ich rührte mich nicht vom Fleck. Meine Situation war nicht die Angenehmste. Doch angesichts der konsternierten Miene, mit der er mich ansah, musste ich grinsen.

Mit lautem Husten sprang der Generator an und nahm brummend seinen Dienst auf.

Wishbone schüttelte den Kopf. „Ich bin ziemlich neugierig, was Sie mir jetzt erzählen." Er winkte mich in die Küche und stellte mir die Frau vor. „Das ist Lynda Luphondo."

Sie musterte mich kurz, beließ es bei einem „Hallo" und ging zur Spüle.

„Und das ist Helm Tempow", sagte Wishbone zu ihr. „Er ist inzwischen so etwas wie ein guter Bekannter."

Lynda öffnete den Hahn. Auch die Pumpe funktionierte. Prustend und röchelnd spritzte schmutzig-braunes Wasser aus dem Rohr und ging allmählich in einen klaren Strahl über. Lynda drehte den Hahn wieder zu und wollte auch den Kühlschrank in Betrieb nehmen.

„Ich mache das schon", sagte Wishbone zu ihr. „Sieh bitte nach, ob draußen alles glatt läuft."

Mit einem knappen „Okay!" verließ sie die Küche.

Wishbone füllte in aller Ruhe die Eiswürfelbehälter mit Wasser auf und bat mich mit einem kurzen Blick über die Schulter zum Rapport. Während ich zusah, wie er die Behälter ins Tiefkühlfach schob, den Regler im Kühlraum einstellte, beide Türen des bulligen Kühlschranks schloss und den Stecker in die Dose stieß, erzählte ich ihm in knappen Sätzen, warum ich hier war, und was ich vorhatte. Was hatte ich schon zu verbergen? Meine Absicht blieb dieselbe. Nur das Überraschungsmoment war dahin.

Wishbone nickte meinen Bericht zufrieden ab. „Wo ist Rena?"

„Oben. Sie schläft noch."

„Sie wollen Bertrand anrufen. Da es hier kein funktionierendes Telefon gibt, haben Sie wohl ein mobiles dabei."

Ich nickte.

„Dann holen Sie es bitte, bevor Rena aufwacht, einen

Schreck bekommt und ihn womöglich kontaktiert. Das käme jetzt weder Ihnen noch mir gelegen. Und sollte sie ebenfalls so ein Ding bei sich haben, bringen Sie es bitte auch gleich mit."

„Es gibt nur ein Telefon, und das liegt im Handschuhfach meines Wagens."

„Ich habe keinen gesehen."

„Er steht in der Scheune."

„Na gut." Er wischte sich die Hände an den Hosenbeinen ab. „Dann erzähle ich Ihnen jetzt mal, worum es hier geht. Es wäre gar nicht gut, wenn wir uns in die Quere kämen." Er lüftete kurz seine Mütze, kratzte sich am Schädel und zog den Schirm wieder tief ins Gesicht. „Kommen Sie!"

Als wir aus der Küche kamen, stand Rena in Slip und T-Shirt am oberen Ende der Treppe, sah irritiert auf uns herab und fragte: „Kann mir bitte mal jemand sagen, was hier vorgeht?"

„Es gibt Strom und Wasser. Ich schlage vor, Sie nehmen erst mal ein Bad und machen sich in Ruhe fertig." Wishbone warf einen Blick auf seine Uhr. „Punkt acht gibt es Frühstück."

Rena biss sich auf die Lippe und schaute mich an.

„Tu einfach was er sagt", bat ich.

Abrupt wandte sie sich von uns ab und verschwand wieder im Schlafzimmer.

*

Mein Wagen und der Kombi standen mittlerweile auf dem Hof. Die Truppe hatte dazu keine Zündschlüssel benötigt. Sie räumte alles, was nicht niet- und nagelfest war, aus der Scheune und lud aus einem der Laster Spaten, Schaufeln und Hacken aus. Einige der Männer und Frauen musterten mich erstaunt, als ich mit Wishbone aus dem Haus trat, und gingen dann weiter ihrer Arbeit nach.

„Stan...?" Lynda winkte. Sie stand mit den Weißen neben einer heruntergeklappten Alutreppe am offenen Heck des zweiten Lastwagens, der eine Laboreinrichtung beherbergte.

Mit einem knappen „Augenblick..." ließ Wishbone mich stehen und eilte zu ihr, um sich kurz mit ihr zu besprechen.

Was zum Teufel, spielte sich hier ab?

Die Unterbrechung gab mir genügend Zeit, mich weiter auf dem Hof umzusehen, der inzwischen einem gut besetzten Parkplatz glich. Der dritte Kleinlaster war eine Feldküche, in der sich Frauen und Männer schwatzend und lachend zu schaffen machten. Geschirrklappern und Kaffeeduft bekräftigten das Frühstücksversprechen.

Wishbone kam zurück, packte mich am Arm, und ich folgte ihm hinter die Scheune. Wir befreiten einige verwitterte Gartenmöbel von der Plane, mit der sie abgedeckt waren, und setzten uns unter das vorspringende Dach. Die gelbbraunen Felder, die sich vor uns bis zum fernen Bergmassiv erstreckten, lagen schon lange brach und waren mit Unkraut überwuchert.

„Im Moment kann ich nicht viel tun, außer den Wachhund zu spielen", sagte Wishbone. „Jetzt müssen die Profis ran. Und Lynda ist sowieso die offizielle Anführerin unserer Landpartie."

Erneut lag dieses unmerkliche Vibrieren in der Luft, das langsam vom vertrauten Flattergeräusch überlagert wurde. Der Helikopter drehte eine weite Runde über dem Farmgelände und zog wieder davon.

Sobald der Lärm abschwoll, sagte ich: „Damit hat sich wohl mein Telefonat erledigt."

Wishbone lächelte. „Keine Angst. Der fliegt nur noch im offiziellen Auftrag. Bertrands Handlanger wurden erst mal vom Dienst suspendiert."

Eine der Uniformierten brachte Rena zu uns und meldete, sichtlich auf Ärger gefasst: „Sie weigert sich, alleine im Haus zu bleiben."

„Ist schon in Ordnung." Mit einem Wink entließ Wishbone die Polizistin. Er stand auf und schob Rena einen der Stühle zurecht. „Nehmen Sie bitte Platz. Der Hubschrauber hat Sie sicher aufgeschreckt. Machen Sie sich keine Gedanken. Sie sind hier sicher!"

Zögernd setzte sie sich. Ihre Anspannung war spürbar, die Haare noch nass.

„Hören Sie sich einfach an, was ich zu sagen habe, Rena", fuhr Wishbone fort. „Falls Sie insgeheim doch noch mit dem Gedanken spielen sollten, wieder zu Bertrand zurückzukehren, kann ich womöglich dazu beitragen, Sie ein für alle Mal davon abzuhalten."

Er bedachte erst sie, dann mich, mit einem souveränen Lächeln.

„Betrachten Sie sich bitte als unsere Gäste, bis die Dinge geklärt sind. Es muss nicht lange dauern."

31

„Sie sind ja recht vielseitig. Was machen Sie sonst noch so", fragte ich Wishbone, „Außer Schlagzeug, Oberkellner und Mädchen für alles für Bertrand zu spielen?"

„Die beiden letztgenannten Rollen können Sie ab sofort streichen. Der Musik bleibe ich treu, so wie ich wohl auch in Zukunft weiter für mein Land arbeiten werde – um Ihre Frage ganz genau zu beantworten, Helm."

Was hatte Desmond über Wishbone gesagt?

Ein guter Kamerad. Er war einer unserer Besten, ein guter Kämpfer für die Sache – und ein hervorragender Musiker. Immer bescheiden. Stand nie gerne im Mittelpunkt. Leider hat er sich wohl zurückgezogen. Man hört und sieht nichts mehr von ihm...

So war das mit den ehemaligen Freiheitskämpfern. Der eine ging unter Menschen und wurde Winzer, der andere arbeitete *undercover* weiter für die Sache.

Eine der Frauen aus der fahrenden Kombüse brachte uns dampfenden Kaffee. Alles im kleinen Kampfgeschirr aus Metall. Der Duft des Gebräus war verführerisch. Sie schenkte uns ein und zog sich wieder zurück.

„Wenn Sie also im Einklang mit Ihrer Regierung handeln, Stan – und wenn das, was ich mir bislang zusammenreimen kann, richtig ist, Sie Bertrand also im Fadenkreuz haben – warum haben Sie ihn dann als international gesuchten Geiselnehmer und Lösegelderpresser nicht schon längst hochgehen lassen?"

„Wir haben etwas für uns sehr viel Wichtigeres im Auge!" Er sah Rena an. „Entschuldigen Sie bitte, wenn ich es auf diese Weise formuliere. Ich will gar nicht herunterspielen, was man Ihnen angetan hat – aber wenn es einen Interessenkonflikt zwischen einem südafrikanischen und einem deutschen Fall gibt, müssen wir den deutschen leider zurückstellen."

Rena nahm Wishbones Erklärung kommentarlos zur Kenntnis und trank einen Schluck Kaffee. Aus der Scheune waren seit geraumer Zeit gedämpfte Stimmen und Geräusche behutsamer Erdarbeiten zu vernehmen.

„Sagen Sie, Stan", hakte ich nach. „Wenn die Geiselnahme wirklich nur zweitrangig war, warum hat Timothy Butler dann überhaupt sterben müssen? Womit hat er tatsächlich Druck auf Bertrand ausgeübt? Welche Drohung war derart wirkungsvoll, dass Butler getötet wurde, bevor er sie wahr machen konnte?"

„Er *hat* sie wahr gemacht."

Ich wartete, bis Wishbone mehr zur Lösung des Rätsels anbot.

„Sonst wären wir heute nicht hier. Bertrand ist sich zwar noch nicht über seinen Fehler im Klaren, aber er hat Tim zu spät ausgeschaltet. Und ich...", Wishbone strich sich bedächtig über die grau melierten Barthaare, „...ich habe Timothy nur einen Moment aus den Augen gelassen, und..." Er riss sich zusammen. „Man darf Bertrand eben nie unterschätzen."

„Was hatte Butler gegen Bertrand in der Hand? Es wollte mir nie ganz einleuchten, es ginge dabei um die Sache in Hamburg. Hätte er ihn deswegen angeschwärzt, hätte er sich als Komplize mit ans Messer geliefert. Gut, er hat mir gegenüber damit kokettiert, lieber in Deutschland ins Gefängnis zu wandern, als hier zu Lande umgebracht zu werden – aber Sinn hat das für mich nicht gemacht."

Wishbone schnüffelte an seinem Kaffee. „Die Lösung liegt hier, in der Republik Südafrika, so, wie sie leider einmal war und so, wie sie inzwischen glücklicherweise geworden ist."

„Und wie lautet diese Lösung?"

„Bertrand hat es zum gegebenen Zeitpunkt versäumt, einen Antrag auf Amnestie zu stellen und vor der *Truth and Reconciliation Commission* auszusagen, um für seine Untaten gerade zu stehen..."

„Welche Untaten?" fiel Rena ihm ins Wort.

„Systematische Verstöße gegen die Menschenrechte und politische Morde. Trotzdem: Hätte er sich rechtzeitig um eine Begnadigung durch die Kommission bemüht, wäre er mit hoher Wahrscheinlichkeit straffrei ausgegangen – vorausgesetzt, seine Taten wären vom zuständigen Komitee als politisch motiviert anerkannt worden, und er hätte alle relevanten Fakten offen gelegt."

Wishbones Blick verlor sich für einen Moment in der weiten Ebene vor den Bergen.

„Wie dem auch sei", fuhr er fort. „Seine Chancen standen nicht schlecht. Wahrheit und Aussöhnung! So lauteten die Spielregeln der Kommission – auch wenn sie mir persönlich nicht passten. Aber Marius Bertrand hat sich ja schon immer eingebildet, er stehe über den Dingen. Vielleicht hat er auch den Mut nicht gehabt, oder den dazu nötigen Anstand."

Er wandte sich Rena zu.

Sie wich Wishbones forschendem Blick aus, und er schaute mich an.

„Der Sachverhalt machte Bertrand jedenfalls erpressbar für Timothy Butler. Tim war der einzige Mitwisser aus jenen Tagen, der ihm noch hätte schaden können. Er hätte ihn jederzeit vor ein ordentliches Gericht bringen können. Und was viel wichtiger ist: Tim war bereit dazu! Deshalb war er so wichtig für uns."

„Und er war tatsächlich der einzige Zeuge?"

„Die meisten Gefolterten wollen nicht daran erinnert werden, Sie möchten nicht aussagen, geschweige denn, Anklage erheben. Sie wollen ihre Ruhe haben, anstatt sich noch einmal in aller Öffentlichkeit durch ihr Trauma zu quälen. Die Wenigen, die dazu bereit gewesen wären, hat Bertrand ruhig gestellt. Er hat sie gekauft oder umbringen lassen. Wie Sie wissen, Helm, hat er eine Vorliebe für Unfälle."

Hatten auch Jabu und Betty als potenzielle Zeugen weit mehr zu bieten gehabt, als mir bislang klar gewesen war?

„Etwas versöhnt mich allerdings mit den Spielregeln der Kommission", stellte Wishbone zufrieden fest. „Es besteht zwar die einmalige Chance zu beichten und milde davonzukommen, nimmt man sie jedoch nicht wahr, setzt man sich dem Risiko einer Strafverfolgung nach herkömmlicher Gesetzgebung aus. Und wenn es zu einer Anklage kommt, gibt es einen ordentlichen Prozess – und eine angemessene Strafe."

Wishbone war zutiefst befriedigt über diese Rechtslage. Er vibrierte förmlich vor Genugtuung, stand auf und streckte sich.

„Die Götter mögen Tim freundlich gesinnt sein – denn er hat mir kurz vor seinem Tod noch den entscheidenden Hinweis geben können."

Er deutete auf die Scheune.

„Wenn ich seinen Tipp richtig interpretiere, dann befinden wir uns direkt neben einem Massengrab!"

*

Nachdem Wishbone das gesagt hatte, schwiegen wir eine ganze Weile.

Der Ort war nicht mehr derselbe. Nicht, dass die Farm mich bislang bezaubert hätte, aber auf ihre bizarre Art war sie mir durchaus faszinierend erschienen. Nun wirkte sie bedrückend wie ein Mahnmal auf mich.

Rena war fassungslos. Sie starrte Wishbone an, als hoffe sie inständig, er möge sich irren. Er blieb ungerührt. Sie sah mich an. Auch ich konnte ihr keinen Mut machen.

Wishbone setzte sich wieder. „Drüben im Haus wurden die Opfer verhört, gequält und gefoltert. Verhört und gequält wurde so gut wie in jedem Raum. Die größeren waren in *Büros* unterteilt. Richtig gefoltert wurde im Keller. Diejenigen, die dabei draufgegangen sind, haben sie gleich hier verscharrt. Und Marius Bertrand war der Chef!"

„Nein", flüsterte Rena.

„Doch!" widersprach Wishbone unerbittlich. „Ich fürchte, Sie werden es früher oder später akzeptieren müssen."

Rena presste die Lippen fest zusammen und schaute wie hypnotisiert zu den Bergen hinüber, als erwarte sie Bertrand und seine Männer ein zweites Mal. Doch die Ebene war leer. Weit und breit waren keine Reiter zu sehen. Und da die Luft noch nicht vor Hitze flirrte, war eine optische Täuschung ausgeschlossen.

„Was passiert, wenn doch etwas zu Marius durchsickert?“ fragte sie. „Wenn er erfährt, wo wir sind und was hier vorgeht? Was geschieht, wenn er es darauf ankommen lässt?“

„Das wird er bleiben lassen!“

Wishbone war die Ruhe in Person.

„Sobald er von den aktuellen Vorgängen auf seiner Farm erfährt, weiß Bertrand genau, worum es dabei geht. Er kann dann nur noch in eine Richtung marschieren. Vermutlich wird er alles abstreiten und so tun, als habe er damit nichts zu schaffen. Er wird alles tun, um es der Anklage so schwer wie möglich zu machen und versuchen, erneut Zeugen einzuschüchtern. Er wird sich die besten Anwälte kaufen. Kein Zweifel, er muss aktiv werden, aber hier vor Ort wird er sich bestimmt nicht blicken lassen.“

Rena schwieg, war nicht überzeugt.

„Jeder Versuch einzugreifen, wäre ein Eingeständnis seiner Schuld. Diese Blöße kann einer wie er sich nicht geben. Glauben Sie mir! Er wird nicht zurück, sondern nach vorne schauen und so laut und eindrucksvoll wie möglich behaupten: Ich bin unschuldig! Und dabei insgeheim hoffen, uns möge doch noch ein Fehler bei der Beweisführung unterlaufen.“

Er ließ von Rena, die unter den Argumenten in sich zusammengesunken war, ab und sah mich an.

„Aber mir wird kein Fehler unterlaufen. Seien Sie unbesorgt!“

Die Verbissenheit, mit der Wishbone sich die Verantwortung auf die Schultern lud, hatte etwas vom einsamen Rächer. Das Gesetz bin ich!

„Und wer hilft Ihnen dabei?“ fragte ich.

Er sah sich ertappt und lächelte müde. „Lynda ist ganz

offiziell in Amt und Würden. Sie hat das Team zusammengetrommelt. Ermittelnde Polizeibeamte und Zuständige der Staatsanwaltschaft. Spezialisten wie Anthropologen und Pathologen, dazu uniformierte Hilfskräfte der Polizei. Von den Dingen, die im Augenblick wichtig sind, habe ich persönlich die wenigste Ahnung. Das ist Sache der Ausgrabungsexperten und Gerichtsmediziner. Und das kann dauern, denn die arbeiten nicht mit Presslufthämmern, sondern eher wie Archäologen – mit Schäufelchen und Bürsten und Pinseln. Ich bin zwar der Spürhund, der den Ort gefunden hat, an dem der Knochen vergraben ist, aber ich darf ihn nicht selber ausbuddeln."

„Wer sind die vier weißen Männer?"

„Einer gehört zu unserem Anthropologenteam, die andern drei sind neutrale Beobachter aus Europa – in Sachen Menschenrechte."

„Sie halten es also so transparent wie möglich."

„Ich habe darauf bestanden. Das politische Klima schlägt manchmal schneller um, als man denkt, und plötzlich steht man wieder alleine im Regen. Meinungen ändern sich. Leute verlieren ihren Biss. Dinge, die alle gewollt haben, sind plötzlich nicht mehr opportun. Wer weiß schon, was morgen ist? Vor allem Politiker haben die unangenehme Angewohnheit, ihre Haltung zu ändern."

Seine Stimme wurde mit jedem Satz leiser, und sein Blick war für einen Moment abwesend und leer, als habe ihn große Müdigkeit übermannt. Mit einem Schulterzucken fand er zur alten Selbstsicherheit zurück.

„Ich habe es oft genug erlebt. In diesem Fall passiert mir das nicht noch einmal!"

Ich glaubte ihm jedes Wort. Ein Winzer namens Desmond Mathabane war sein Zeuge. Der Erzbischof wahrscheinlich auch.

„Zu oft ist das Gesetz auf der Seite der Macht", sagte

Wishbone und erhob sich, „Und nicht auf der Seite der Wahrheit.“

Noch während er einen Blick auf die Uhr warf, erklang das Scheppern einer Triangel, und eine weibliche Megaphonstimme verkündete: *„Breakfast is ready!“*

32

Obwohl uns der verheißungsvolle Geruch nach Rührei mit Speck über den Hof lockte, blieb ich mit Wishbone und Rena neben dem Volvo stehen und musterte den Unfallwagen, als könnten mir der kaputte Scheinwerfer, die demolierte Stoßstange und die verbeulte Motorhaube beim zweiten Hinsehen Aufschluss über den Zusammenstoß geben.

Jemand hatte mit dem Finger *REST IN PEACE* in die dicke Staubschicht über dem Lack geschrieben. Ob dieser letzte Gruß dem alten Jabu galt oder den Opfern, die auf der Farm ungebracht worden waren, blieb offen.

„Ist das der Wagen, der Jabu erwischt hat?“ fragte ich Wishbone.

„Richtig.“

„Mord oder Unfall?“

„Mord!“

„Noch ein Verbrechen, bei dem die Suche nach dem Verantwortlichen vorerst zurückgestellt wurde?“ Auch Bettys Schicksal ging mir durch den Kopf.

„Ich habe Ihnen bereits erklärt, warum. Es wird nicht ungesühnt bleiben.“

Als wir weitergehen wollten, zögerte Rena. „Ich glaube, ich esse doch nur etwas Obst.“ Sie ließ uns stehen und ging rasch ins Haus.

Wishbone sah ihr nach. „Sie weiß wohl nicht mehr so genau, was und wem sie glauben soll.“

„Ich kümmere mich um sie." Auch ich verspürte plötzlich keinen Hunger mehr. Der Kaffee stand mir sauer im Magen. Mit einer fahrigen Handbewegung kämmte ich mir durchs Haar. "Zähneputzen und eine Dusche wären auch nicht schlecht."

Mit einer verständnisvollen Geste entließ er mich. „Nehmen Sie sich ruhig Zeit. Unsere Kombüse bleibt für sie offen."

Als ich ins Haus kam, stand Rena in der Küche und weinte. Ich ging zu ihr und nahm sie in den Arm.

„Wo ist der verdammte Beutel mit unserem Proviant geblieben?" schluchzte sie.

Wenigstens bei der Verpflegung unabhängig zu bleiben, schien ihr unter den gegebenen Umständen sehr wichtig zu sein. Es waren die kleinen Dinge, die Rena in Krisenzeiten aus der Bahn warfen. Ein leerer Tank. Ein unauffindbares Butterbrot. Ich sah mich erfolglos in der Küche um, bevor ich zum Eisschrank ging und die Tüte im Kühlfach fand. Ich packte Sandwichs, Obst und Schokolade aus.

„Wir haben es mit ordentlichen Menschen zu tun. Sie servieren einem frühmorgens frischen Kaffee und räumen heimlich hinter einem auf."

Rena hatte keinen Sinn für meinen Humor. „Ich wollte, sie wären nie hier aufgetaucht." Sie biss in ein Sandwich, kaute und schlang, biss erneut zu und aß vehement weiter.

Es war ein Akt der Vernichtung und Befreiung. Wenigstens das konnte sie im Augenblick aus eigener Kraft erledigen und wegschaffen. Ich sah ihr dabei zu, war insgeheim froh darüber, dass sie Wishbones Worte ertragen hatte, ohne sein Gesicht mit ihren Fingernägeln zu bearbeiten oder ihm ein Ohr abzubeißen.

„Ich komme schon alleine zurecht", sagte sie barsch. „Du kannst ruhig das Frühstücksbuffet nehmen!"

Ihr Trotz überraschte mich. War *ich* jetzt an allem Schuld?

Doch wahrscheinlich ging es ihr nur schlecht, und sie versuchte krampfhaft mit sich ins Reine zu kommen, ohne dabei allzu hilfsbedürftig zu erscheinen.

„Wie du willst“, lenkte ich ein und begab mich auf den Weg unter die Dusche, um mir den ganzen Dreck einfach abzuwaschen.

*

Der Fußboden der Scheune bestand aus fest gewalzter Erde, die trocken und hart wie Terrakotta war. Das Team kam nur langsam voran, und kurz nach dem Mittagessen verspürte ich einen ersten Hauch von Nervosität bei Wishbone.

„Wie steht es?“, erkundigte er sich bei dem weißen Anthropologen.

„Bisher noch nichts. Entweder haben sie ihre Opfer äußerst tief vergraben, oder sie haben es in einem Winkel der Scheune getan, den wir uns noch nicht vorgenommen haben.“ Der Mann wandte sich wieder seiner Arbeit zu.

„Wenn das so weiter geht, können Sie mir langsam die Daumen drücken, Helm!“

Wishbone wandte sich von der Ausgrabungsstätte ab und ging mit mir zum Haus, um der Hitze zu entfliehen. Der Tag war klar und trocken, und das große Thermometer, das an der Hecktür des Laborwagens hing, zeigte 34 Grad Celsius. Zu Mittag hatte es gegrillte *Boerewors* mit gekochten Kartoffeln und Mohrrüben gegeben. Die deftige Wurst lag mir schwer im Magen. Zu unserer aller Überraschung war sogar Rena kurz aufgetaucht. Wortkarg hatte sie ihren Hunger gestillt, um sich danach wieder ins obere Stockwerk zurückzuziehen.

Noch bevor ich mit Wishbone das Haus betreten konnte, kam hinter uns Unruhe auf. Ich hörte aufgeregte Rufe, die ich nicht verstand, Wishbone jedoch sofort anlockten. Ein

Pathologe, der auf der Treppe zum mobilen Labor gehockt hatte, war bereits auf dem Weg in die Scheune und streifte sich eilig Latexhandschuhe über. Kaum hatte er die Scheune erreicht, richtete sich einer der Anthropologen auf und rief ihm etwas zu. Auch das wieder in Xhosa, Shona oder Zulu und für mich nicht zu verstehen. Es musste jedoch etwas wie Entwarnung bedeuten, denn der Pathologe verlor seinen Elan, und auch Wishbone hatte auf einmal keine Eile mehr, blieb stehen und schüttelte frustriert den Kopf.

„Was ist passiert?"

Er atmete tief ein und aus, um seinen Ärger zu zügeln. „Es war nur ein Hund." Er nahm die fragile Nickelbrille ab und putzte sie energisch mit einem Taschentuch. „Sie haben den verdammten Kadaver eines Köters entdeckt!"

Ich hatte Angst um die Brille.

„Wer kommt denn auch auf die Idee, seinen Hund in einer Scheune zu beerdigen?" Er musterte mich, als verlange er eine sofortige Erklärung für ein solch abartiges Verhalten.

„Wahrscheinlich dieselbe Sorte Mensch, die so was auch zum Friedhof für Menschen macht."

Er widersprach nicht, denn meine Antwort gab ihm Hoffnung, mit etwas Geduld doch noch die entscheidenden Beweise bei der Ausgrabung zu finden. „Kommen Sie!"

Ich folgte ihm ins Haus und in den kühlen Keller. Diesmal brauchte er die Coleman-Lampe nicht anzuzünden. Dank des Generators genügte der Druck auf den Lichtschalter.

„Hier unten ist es bei der Hitze am angenehmsten. Nehmen Sie sich ruhig ein Bier." Er selbst nahm sich eine Flasche Mineralwasser aus einem der Kästen. „Ich bin leider im Dienst." Er lachte. „Undercover ging es beim Trinken etwas lockerer zu. Es konnte sogar eine Pflicht sein!"

Ich nahm mir ein Castle und wartete, bis er die Zahlenkombination in die Tasten des Schlosses getippt hatte und die Stahltür öffnete.

Wishbone blockierte die Tür wieder mit einem Getränkekasten und sagte: „Ich bevorzuge offene Zellen."

Im harten Licht der Deckenbeleuchtung wirkte das Waffenarsenal noch kälter und bedrohlicher. Wir setzten uns an ein Kopfende des langen Tisches.

„Wie lange waren Sie im Untergrund?" fragte ich.

„Da kommen ein paar Jahre zusammen. Wenn man sich in eine heimlich zu überwachende Gruppe einschleust, dauert es eine ganze Weile, bis man genug Glaubwürdigkeit und Vertrauen gewinnt, um vorsichtig für den echten Auftrag agieren zu können. Aber es ist mir wohl gelungen."

Wie wahr! Ich trank einen Schluck. Wenn Marius Bertrand einen wie ihn dazu abkommandierte, mir die politische Geschichte ihrer gemeinsamen Interessen zu erklären, dann war der Glaube an Wishbones Loyalität Grundlage dafür. Und wenn ein so kluger Kopf wie Dr. Dietrich Stamm mit großem Respekt von Stan redete, ihn als einen ganz Treuen bezeichnete, dann war das zweifellos der Beweis für eine rundherum gelungene Integration im feindlichen Lager.

„Ja, es war eine lange Zeit, aber ich darf mich nicht beschweren", sagte Wishbone. „Schließlich habe ich die Aufgabe auf eigenen Wunsch hin übernommen. Ich bin sicher nicht der einzige Ermittler der Kommission, der unzufrieden mit ihren Ergebnissen ist und mit Polizei und Staatsanwaltschaft zusammenarbeitet, um wenigstens einige der immer noch offenen Rechnungen zu begleichen. Aber ich glaube, so viel Aufwand hat sich noch keiner geleistet."

Es war typisch für ihn, von Aufwand zu sprechen – und nicht von persönlichem Risiko.

„Und nun muss ich wohl bald wieder an den Schreibtisch, ganz egal, ob ich in dieser Sache nun endlich erfolgreich bin oder nicht, denn meine Tarnung ist mit der heutigen Aktion endgültig aufgeflogen."

„Sie sind Polizeibeamter?"

„Nein." Er schüttelte den Kopf. „Das musste man nicht sein, um Ermittler für die *TRC* zu werden."

Im künstlichen Licht waren die feinen Tätowierungen auf seinen Wangen besonders gut zu erkennen. War er Rechtsanwalt – wie Stamm, der dem Musiker und Oberkellner voll auf den Leim gegangen war? Ganz zu schweigen vom düpierten Bertrand. Wie gerne hätte ich ihre Gesichter in jenem nicht allzu fernen Moment gesehen, in dem ihnen endgültig klar werden würde, wie perfekt Wishbone sie an der Nase herumgeführt hatte.

33

Der Tag ging zur Neige, und das Team hatte jeden Quadratzentimeter der Scheune umgegraben, ohne fündig zu werden.

Wishbones angestauter Frust eskalierte in der Drohung, er werde das ganze Farmgelände umackern und absuchen lassen – auch wenn es Tage dauerte. „Sie müssen hier irgendwo sein!" bekräftigte er stur und trommelte mit Lynda das Team zur Lagebesprechung bei den Lastern zusammen.

Ich nutzte die Gelegenheit, ging ins Haus und sah nach Rena. Sie stand am Schlafzimmerfenster und beobachtete das Geschehen im Hof.

„Was geht da unten vor?" fragte sie.

„Sie haben nichts gefunden."

„Ich wusste gleich, dass es eine Lüge ist!"

Ich ließ ihr den Glauben. Wenn sie sich zum wiederholten Mal etwas zu Bertrand einreden wollte, war das ihre Privatsache. So lange Wishbones Beweise ausblieben, konnte sie sich noch an ihre Sicht der Dinge klammern. Es war ein unsicherer Halt. Aber wie hieß es so schön? Im Zweifel für den Angeklagten – also auch für Marius Bertrand!

„Wie lange will man uns noch gefangen halten?"

„Keine Ahnung." Ich fühlte mich nicht als Gefangener. Was konnte mir besseres passieren, als am Brennpunkt des Geschehens dabei zu sein? „Wie lange willst du dich noch hier oben verkriechen, Rena?"

„Bis sie endlich Beweise vorlegen oder mich freilassen!"

Ihre Tonlage war mir inzwischen nur zu vertraut. Es war sinnlos zu argumentieren, also verzog ich mich wieder nach unten.

Wishbone kam ins Haus und verschwand hastig auf der Toilette. Ich ging in die Küche und nahm mir eine Tafel Schokolade aus unserem Verpflegungsbeutel. Als Wishbone zurück in den Hof eilte, stand ich in der Küchentür und brach mir einen Riegel ab. Stans Blick streifte mich nur flüchtig. Der Mann machte einen äußerst angespannten Eindruck auf mich. Noch waren die Würfel offenbar nicht gefallen. Wahrscheinlich hatte das Team wenig Lust, ziellos weiter zu graben, und er musste harte Überzeugungsarbeit leisten, um alle bei der Stange zu halten.

„Was ist, wenn die Leichenreste ohne Tims Wissen an einen anderen Ort gebracht worden sind?" rief ich ihm nach und steckte mir ein Stück Schokolade in den Mund.

Er blieb in der Tür zum Hof stehen und drehte sich langsam zu mir um. „Glauben Sie im Ernst, Bertrand hat hier alles ausgebuddelt und es durch die Landschaft gekarrt, um es woanders wieder zu vergraben? Das wäre viel zu riskant für ihn gewesen." Er wandte sich ab, wollte zurück zu seinen Leuten.

„Was ist, wenn er es hier vor Ort nur besser versteckt hat?"

Diesmal musterte er mich wie einen Nachhilfeschüler. „Von nichts anderem versuche ich die Leute da draußen zu überzeugen." Er lächelte müde. „Aber vielleicht haben Sie ja einen Vorschlag, wo genau hier auf dem Gelände wir suchen sollen, Helm." Er wartete meine Antwort nicht ab und ging in den Hof.

Ich lutschte das Stück Schokolade klein und starrte dabei wie abwesend auf die Kellertreppe. *Wie* hatte ich meine Erkenntnisse über die Militanten beider Lager gedanklich zusammengefasst, als Wishbone mich in Bertrands Auftrag gebrieft hatte?

Sie hatten alle, auf die eine oder andere Weise, ihre Leichen im Keller!

Wie ein Schlafwandler bewegte ich mich abwärts, bis ich wieder im Kühlen stand, direkt vor den Getränkekästen. Minutenlang musterte ich die Tasten des Safeschlosses neben der Stahltür. Dann war ich mir sicher über die Gewinnzahl. Ich eilte wieder nach oben und in den Hof.

Es sah ganz danach aus, als gäbe das Team auf und bereite bereits den Rückzug vor. Lynda machte ein betrübtes Gesicht und zuckte resigniert die Schulter, und Wishbone fluchte lauthals, als ich ihn erreichte. Er sah mich an, als hätte ich mir den ungünstigsten Zeitpunkt von allen ausgesucht und wolle mich womöglich an seiner Niederlage weiden.

„Was ist?"

„Finden Sie es nicht auch seltsam, dass Bertrand sich so viele Jahre nach dem Machtwechsel noch eine derartige Waffenkammer im Keller leistet?"

Wishbone blieb mir die Antwort schuldig.

„Wofür braucht ein aufstrebender Geschäftsmann, der sich dem kapitalistischen Zeitgeist verschrieben hat, noch ein solches Arsenal? Bertrand will schon seit geraumer Zeit als ernsthaft seriös gelten. Er mag mit Wirtschaftskriminalität kokettieren, aber doch nicht mit einem politischen Umsturz. Der Mann ist lernfähig und hat sich mit den jetzigen Verhältnissen in Südafrika arrangiert."

Noch schwieg er.

Ich deutete Richtung Haus. „Ein so eindeutiges Indiz für ein potenzielles Widerstandsnest ist völlig überflüssig. Es kann ihm nur unnötige Probleme machen, wenn die falschen Leute hier rumschnüffeln und aus Versehen draufkommen – oder?“

„Wenn es die Falschen sind, würde er tatsächlich eine Menge Ärger bekommen“, gab er zu.

„Vermutlich will Bertrand genau das. Was ist, wenn er mit dem Geheimbunker gezielt von etwas ablenken wollte, das noch mehr Brisanz hat – falls es mal brenzlig wird und sich jemand ohne Einladung in den Keller verirrt...?“

Wishbone sparte sich eine Antwort und sah Lynda an.

*

Sie hatten auch einen Presslufthammer.

Bevor er losbellte und den Betonboden aufstemmte, packten alle mit an und räumten den Kommandostand leer. Munitionskisten, Gewehre, Flinten, Pistolen und Revolver, sowie Tisch, Stühle und Regale wurden in der Scheune deponiert, und nur die Stahlhalterungen und Landkarten an den beiden Längswänden des Kellerraums blieben zurück. Das mechanische Hämmern erschütterte das Gebäude in den Grundfesten und lockte sogar Rena aus ihrer Klause. In ihrer inneren Unruhe hielt sie sich instinktiv an Lynda.

Nachdem der Beton beseitigt war, kehrte eine tödliche Stille ein, in der die Spezialisten erneut mit Bedacht ihrer Arbeit nachgingen. Es dauerte nicht lange, bis sie auf die ersten, teilweise in Plastiksäcke gehüllten, Knochen und Schädel stießen. Voller Erwartung sah Wishbone dem leitenden Anthropologen entgegen und erhob sich von dem leeren Getränkekasten, auf dem er ausgeharrt hatte.

„Und?“

„Zweifelsfrei menschliche Überreste. Bislang sechs Personen. Vermutlich sind es noch viel mehr. Es ist zu früh, um mich präziser festlegen zu können. Jedenfalls nichts Prähistorisches, denn die Knochen werden teilweise noch von vertrockneten Bändern zusammengehalten, und vier Schädel weisen Einschusslöcher auf." Der Anthropologe lächelte Wishbone ermunternd zu. „Es sieht ganz nach einem Volltreffer aus, Stan."

Wishbone schlug dem Mann auf die Schulter und überließ ihn wieder seiner Arbeit. Dann umarmte er Lynda. Das Team hatte den entscheidenden Punkt gemacht. Schließlich kam er näher zu mir und sah mir eine Weile ruhig in die Augen. Er sagte kein Wort, und doch kam ich mir wie der Entdecker eines unbekannten Kontinents vor, der von seinem Herrscher stumme Anerkennung für die Großtat erfährt. Manche Monarchen trugen Kronen, als Zeichen ihrer Würde, andere Tätowierungen.

Zwei Teammitglieder machten Video- und Fotokamera und die dazugehörige Beleuchtung klar und verschwanden im Bunkerraum, um die Ausgrabung Schritt für Schritt zu dokumentieren. Langsam wurde es eng im Keller.

„Kommen Sie, Helm. Wir stehen hier unten nur den Profis im Weg rum."

Ich folgte Wishbone und Lynda nach oben und in den Hof. Lynda ging zu ihrem Wagen und forderte per Funk Ablösung für die Polizeikräfte an, um die Bewachung der Farm auch weiterhin sicherzustellen. Hinter der fernen Bergkette ging die Sonne so blutrot unter, wie sie an diesem denkwürdigen Tag aufgegangen war. Im Küchenwagen wurde das Abendessen vorbereitet. Ich schnupperte, doch die Wohlgerüche gaben mir keinen Aufschluss über die Zusammensetzung des Menüs. Trotz der traurigen Funde schienen alle Teammitglieder ihrer jeweiligen Arbeit mit gesteigertem Wohlbefinden nachzugehen. Die Stimmung war gut. Der

Einsatz hatte sich gelohnt. Von jetzt ab stand Marius Bertrand mit dem Rücken zur Wand.

„Nun, da wir die Knochen haben, werden doch noch ein paar Leute den Mund aufmachen." Wishbone sah zu, wie die Sonne hinter den Bergen verglühte. „Die Knochen ihrer Angehörigen sind meinen afrikanischen Landsleuten nicht gleichgültig. Sie werden sie zurückfordern, und sie werden dafür ihr Schweigen brechen."

„Und wenn Bertrand abhaut und sich dem drohenden Verfahren entzieht?"

Wishbone lehnte sich gemütlich gegen seinen Wagen. „Ich werde ihn noch heute Abend den Medien zum Fraß vorwerfen."

„Ist das nicht ein wenig voreilig?" Ich machte eine Kopfbewegung in Richtung ambulantes Labor. „Müssen die Funde nicht erst mal eingehend untersucht werden und so etwas wie eine Identifikation stattfinden?"

„Natürlich. Die Knochen werden nicht nur hier provisorisch, sondern auch noch eingehend in Kapstadt untersucht, wo die entsprechenden Spezialeinrichtungen vorhanden sind. Es wird also noch ein wenig dauern, bis die Unterlagen für die Anklage komplett sind. Lynda und ihre Leute halten sich selbstverständlich strikt an die Verfahrensregeln."

Seine Miene hellte sich auf. War das ein Verschwörerlächeln?

„Aber *ich* arbeite Polizei und Staatsanwaltschaft nur zu und habe meine eigenen bescheidenen Möglichkeiten. Ein Tipp hier an einen Zeitungsmann, ein Hinweis da an eine Fernsehfrau, und die Hunde sind los und bringen Bertrand zum Schwitzen."

„Ist es nicht ein bisschen riskant, das Trommelfeuer zu eröffnen, bevor man die Munitionsbestände kennt?"

„Was ist schon ohne Risiko?"

Wieso sollte gerade ich eine Antwort darauf haben?

„In diesem Spiel ist die Taktik entscheidend. Und Öffentlichkeit ist von jetzt an der einzig gangbare Weg. Das erhöht auch den Druck auf uns, aber wir sind unserer Sache sicher. Wenn Bertrand keinen Druck spürt, mauschelt er im Verborgenen und hat die besseren Karten. Jeder, der jetzt noch mit ihm dealt, muss wissen, dass er direkt neben Bertrand auf dem Präsentierteller liegt, wenn es schief geht."

Mir wurde klar, worauf Wishbone hinaus wollte.

„Ich muss ihn ins Rampenlicht zerren, um seinen Spielraum zur Manipulation einzuengen. Deshalb werden der Verdacht und die Vorwürfe gegen ihn morgen früh auf den Titelseiten aller wichtigen Tageszeitungen stehen und in den Nachrichtensendungen aller Radio- und Fernsehsender die Topmeldung sein. Natürlich wird er das vorläufig als üble Verdächtigungen abtun können, aber er steht damit im Blickpunkt.

„Könnte funktionieren..."

„Es *wird* funktionieren!"

Hoffentlich würde er Recht behalten.

„Marius Bertrand wird für einige Zeit berühmter in diesem Land sein, als ihm lieb ist. Er kann nicht mehr zurück. Ich kenne ihn gut genug. Wenn er dem Kampf nicht ausweichen kann, nimmt er ihn an, auch wenn er ihn verlieren muss."

Stany, der Mann, der laut Desmond Mathabane nicht gerne im Mittelpunkt stand, hatte vor, sich der Öffentlichkeit zu bedienen.

*

Wenig später sah Wishbone auf seine Uhr.

„Der Helikopter ist in zwanzig Minuten hier. Er bringt mich nach Kapstadt. Ich kümmere mich dort um die Medien, und Lynda hält hier die Stellung. Wenn Sie wollen, Helm, kann ich Sie und Rena unterwegs bei Paarl absetzen."

„Dann wusste Desmond Mathabane also doch, wo Sie damals abgeblieben sind." Ich lachte. *„Man sieht und hört nichts mehr von ihm!* hat er behauptet."

„Desmond hat Sie nicht angelogen. Ich habe Sie nur im Auge behalten, Helm. Und ehrlich gesagt, hat es mich ein wenig nervös gemacht, als Sie sich gerade seine Weinfarm als neue Herberge ausgesucht haben. Ich dachte: Was bedeutet das nun wieder? Wie sind Sie übrigens ausgerechnet auf ihn gekommen?"

„Es hatte nichts mit unseren jeweiligen Aufträgen zu tun, war nur ein Tipp von einer alten Freundin."

„Die Frauen..."

Wishbone verstummte nachdenklich. Er nahm die Brille ab und musterte mich mit Augen, die klar und hell leuchteten, als herrsche noch Tageslicht.

„Kümmern Sie sich um Rena, damit sie keinen Unsinn macht, Helm. Aber – wenn ich Ihnen einen Rat geben darf – lassen Sie ansonsten die Finger von der Frau."

Er setzte die Brille wieder auf und sah erneut zum Horizont, über dem der letzte Streifen Licht allmählich schmaler wurde.

„Diese Frau wirft keinen Schatten!"

Welche Xhosa-Weisheit mochte sich hinter dieser Feststellung verbergen?

„Wenn wir von einer Frau sagen, sie werfe einen Schatten, so ist dies das größte Kompliment, welches wir ihr machen können, denn es spricht sowohl für ihre Schönheit als auch für ihren Charakter."

„Und welche dieser beiden Eigenschaften fehlt Rena Ihrer Meinung nach, Stan?"

„Das zu erkennen – oder einzusehen – überlasse ich Ihnen."

„Ich werde mir Mühe geben."

„Wenn Sie unbedingt eine Freundin in Südafrika suchen, dann besuchen Sie lieber noch mal Betty. Die hat das Herz auf dem rechten Fleck. Und da sie Tim nun los ist, kann es nur noch aufwärts mit ihr gehen."

„Betty...?" Wollte Wishbone mich auf den Arm nehmen? „Ich denke, sie ist aus dem Fenster geworfen worden..."

„Haben Sie was darüber in der Zeitung gelesen?"

„Nein", gab ich zu.

„Es gab weder einen Unfall noch einen Mord. Ich habe das vor Marius und Tim auf meine Kappe genommen. Tot war sie in Sicherheit."

„Was ist mit Jabu?"

„Der ist leider tatsächlich nicht mehr am leben. Wir konnten Bertrand nicht immer zuvorkommen. Aber von nun an bin ich ihm immer einen Schritt voraus."

Entfernter Lärm kündigte den Hubschrauber an.

„Ich glaube, wir fahren doch lieber mit dem Auto zurück", sagte ich.

„Immer auf den persönlichen Spielraum bedacht!" Er lachte trocken. „Ist es nicht so, Helm? Aber ganz wie Sie wollen..." Er gab mir eine Visitenkarte.

Auf der Karte stand nur eine Telefonnummer.

„Für alle Fälle. Ich melde mich aber, sobald ich in Kapstadt das Dringendste auf die Schiene gesetzt habe – sagen wir morgen Abend bei Desmond." Wishbone lächelte. „Er wird sowieso bald erfahren, was ich in der Zwischenzeit getrieben habe."

Der Hubschrauber setzte zur Landung an. Er hatte nichts Bedrohliches mehr.

34

Auf der Rückfahrt durch die Nacht drehten sich meine Gedanken wie in einer Endlosschleife um Lebende und Leichen.

Stan Wishbone und Marius Bertrand. Jeder auf seine Weise ein Herr über Leben und Tod. Jabu war schon beerdigt. Und Betty war nie gestorben. Die Erinnerung an sie holte mich wieder ein. Ich schob die Roy Orbison-Kassette in den Recorder und spulte vor, bis ich die ersten Basstakte des Songs hörte, den ich auf meiner Fahrt von Kapstadt in Richtung Paarl gehört hatte.

I feel so bad – I got a worried mind...

Die erste Textzeile, die Orbison düster anstimmte, erinnerte eher an das Ableben. Doch nach verhaltener Einleitung steigerte er sich mit seinem hohen, modulationssicheren Tenor zu einer emotionsgeladenen Wiederauferstehung.

I'm going back some day – come what may – to Blue Bayou...

Der Meister des spektakulären Finales fand nach Verzicht und Enttäuschung immer wieder zur Hoffnung. Das hätte auch dem alten Jabu gefallen. Und vielleicht war ja auch Bettys Stützpunkt Green Point in Kapstadt trotz des antarktischen Benguela-Stroms so etwas wie ein Blue Bayou.

Bevor meine Gedanken weiter davon treiben konnten, meldete sich Rena zu Wort.

„Kannst du nicht mal diese nervige Musik ausmachen!"

Ich drehte die Lautstärke zurück.

„Glaubst du, Marius hat das wirklich getan?"

Ich schwieg vorerst und konzentrierte mich auf den Mittelstreifen, der den Kurs über Villiersdorp nach Franschhoek und Paarl vorgab. Die Rückfahrt forderte mir trotz erneuter Dunkelheit weit weniger Aufmerksamkeit ab, als die Anfahrt ins Unbekannte. Keine vermuteten Verfolger. Keine

Ungewissheit. Trotzdem war die Lage nicht einfacher geworden, wie Renas Frage zeigte. Bevor ich mir eine passende Antwort zurechtlegen konnte, überflog uns der Hubschrauber. Seine Positionslampen wanderten wie bunte Sterne über den Nachthimmel, und ich konnte mir Wishbone nur zu gut vorstellen. Er saß zufrieden neben dem Piloten und freute sich darauf, seine Bahn brechenden Informationen gezielt zu verabreichen, wie ein Arzt, der das entscheidende Gegengift injiziert.

Rena starrte mit zusammengepressten Lippen in die Nacht und wartete auf die Beantwortung ihrer Frage.

„Ich fürchte, es spricht mehr dafür als dagegen."

Es war nicht das, was sie von mir hören wollte. Ihre Ablehnung war spürbar, und ich unternahm keine weiteren Anstrengungen, sie zu überzeugen, widmete meine ganze Aufmerksamkeit der Fahrbahn und drehte die Musik wieder lauter.

Kaum hatte Roy Orbison sich richtig in *A Love So Beautiful* hineingesteigert, drückte Rena die Stopp-Taste und brachte die Musik ganz zum Verstummen. Es war wohl nicht das richtige Thema, um endgültige Klarheit über ihre Gefühle für Marius Bertrand zu finden.

Villiersdorp.

Ich bog von der R43 nach links ab, und wenig später führte mich die R45 am Ufer des Stausees entlang. Diesmal lagen die Fluten linkerhand. Der Himmel war klar, und die Sterne spiegelten sich nahezu regungslos im stillen Wasser wider. Es wurde kühler, und ich schaltete das Gebläse aus. Wieder waren wir so gut wie alleine unterwegs. Nur einmal hatte ich einen Lastwagen überholt, doch das war bereits eine halbe Stunde her.

*

Der Stausee lag gerade hinter uns, und die Steigung, die in engen Kurven durch die kargen Berghänge zum Pass hinaufführte, begann, als ich weiter voraus die ruhig flackernden Warnlichter eines geparkten Streifenwagens erkennen konnte.

Die nächste Kurve nahm mir wieder die Sicht. Ich dachte an einen Unfall und fuhr langsamer. Während ich mich dem Polizeifahrzeug vorsichtig näherte, stiegen zwei Uniformierte aus und bauten eine provisorische Straßensperre auf.

„Was ist los?" fragte Rena mich eher teilnahmslos.

„Scheint irgendwo weiter oben ein Unfall passiert zu sein, der die Strecke blockiert."

Einer der Uniformierten winkte uns mit dem Strahl seiner Taschenlampe von der Hauptstraße auf eine schmale Asphaltpiste weiter, auf die das Umleitungsschild verwies. Ich hielt an und öffnete das Seitenfenster. Bevor ich fragen konnte, gab mir der Polizist freundlich, aber bestimmt Auskunft.

„Der Franschhoek-Pass ist gesperrt. Folgen Sie diesem Weg. Er führt Sie zur R321 und dann zur N2."

„Ich muss nach Paarl."

„Nehmen Sie die N2 Richtung Somerset West, dann sehen Sie schon bald die Wegweiser nach Stellenbosch und weiter nach Paarl."

Was blieb mir anderes übrig, als mich bei ihm zu bedanken und der Umleitung zu folgen. Sie führte zwischen den Ausläufern des Stausees und der Bergkette nach Südwesten. Schon nach einem halben Kilometer ging die schmale Asphaltdecke in eine Staubpiste über, die mir ein noch langsameres Tempo aufzwang. Schlaglöcher brachten die Scheinwerferstrahlen zum Tanzen. Es dauerte keinen weiteren Kilometer, und der Weg endete auf einem Ausflugsrastplatz über dem See. Eine Umleitung ins Nichts. Über uns nur Mond und Sterne. Um uns herum vereinzelte Bäume und Sträucher.

„Du hast wohl unterwegs ein Schild übersehen", sagte Rena.

„Da war kein Schild."

„Bist du sicher?"

„Ganz sicher. So langsam wie wir durch die Landschaft geschlichen sind, hätte ich es nicht verpassen können."

Ich schaltete Licht und Zündung aus. Der Motor verstummte, und ich stieg aus. Rena öffnete die Beifahrertür einen Spalt breit, blieb jedoch sitzen, während ich mich umsah. Eine Feuerstelle zum Grillen, ein mit Ried gedecktes Schutzdach auf Holzstelzen über einem rustikalen Tisch mit klobigen Sitzbänken, mehrere Abfallkörbe – und die Kontur eines großen Mannes, der regungslos am Ufer stand. Er sah mir entgegen, war aber trotz des hellen Mondlichts nicht zu erkennen.

„Genießen Sie die Landschaft!" rief er mir gut gelaunt zu. „Wir befinden uns hier am Rande des Hottentots-Holland-Naturreservates."

Kaum hatte ich Bertrands Stimme erkannt, stand Rena auch schon neben dem Wagen und rief von Zweifeln geplagt:

„Marius...?"

Er blieb regungslos stehen.

Entschlossen ging ich auf ihn zu. Rena folgte mir, und sobald sein Gesicht eindeutig zu erkennen war, überholte sie mich, lief zu ihm und umarmte ihn, als müsse sie ihn in Schutz nehmen.

Erst jetzt bemerkte ich, dass das Ufer einige Meter über dem See aufragte. Die Böschung fiel steil ab. Auf dem Wasser dümpelte ein offenes Boot. Neben dem Außenborder hockten zwei von Bertrands Männern. Soweit ich erkennen konnte, handelte es sich um den Buschmann und einen der athletischen Schwarzen, der eine Pumpgun auf den Oberschenkeln liegen hatte. Die Männer im Boot trugen, wie ihr Boss, dunkles Ölzeug und Gummistiefel.

Bertrand löste sich aus Renas Umarmung und hielt mir zur Begrüßung die Hand hin. Ich sah keinen Grund, ihm den Handschlag zu verweigern. Noch war der Mann nicht endgültig überführt und verurteilt.

„Sie haben Ihre Leute wohl überall“, sagte ich in Anspielung auf die getürkte Umleitung.

„Wenn die Luftwaffe ausfällt, müssen die Landstreitkräfte ran.“

Bertrands Jungenlächeln kam im Mondlicht besonders gut zur Geltung. Und so, wie er da stand – mit seiner Eins neunzig Statur, Rena beschützend den Arm um die Schulter gelegt – nahm er sich wie ein Leuchtturm aus. Auch mir hatte er den falschen Weg gewiesen. Die Signale, die er aussandte, waren die eines Piraten, der Schiffe aufs Riff lockt, um Beute zu machen.

Wie zur Bestätigung verdüsterte sich seine Miene. Scharf hob sich sein Profil gegen See und Himmel ab, als er einen sichernden Blick über die Schulter zu seinen Leuten im Boot warf und mich fragte: „Wie kommen unsere Grabschänder voran?“

Ob Wishbone den Mann nicht doch unterschätzte?

Da ich Bertrand die Antwort schuldig blieb, zog er Rena enger an sich und wandte sich an sie. „Sagst du es mir...?“

„Hast du das wirklich getan, Marius?“ Sie bemühte sich redlich, mit der Frage Druck auf ihn auszuüben, aber es gelang ihr nicht.

„Was getan?“

Es passte mir nicht, wie er mit Rena spielte. „Ich glaube, sie will wissen, ob Sie die armen Schweine gefoltert und liquidiert haben.“

„Die armen Schweine...“, wiederholte er hämisch und schüttelte den Kopf. „Sie meinen doch wohl die *Opfer*.“

Es gefiel ihm, den politisch Korrekten zu geben, aber ich ließ mich nicht provozieren.

„Und ob sie so arm waren...“, er zog Rena noch enger an sich und sah ihr in die Augen, „...da bin ich mir nicht so sicher.“

Sie suchte Abstand zu ihm. Was Bertrand für eine Demonstration seiner ungebrochenen Stärke hielt, irritierte Rena. Sie wand sich aus seinem Arm.

Er gab sie milde lächelnd frei. „Eigentlich wollte ich dich ja gleich mitnehmen, aber wie ich sehe, bist du noch nicht so weit.“ Das Grinsen, mit dem er sich mir widmete, war eher von der dreckigen Sorte. „Sie besorgen es ihr wohl zu gut.“

Wenn er sich einbildete, mich mit dieser billigen Nummer aus der Reserve zu locken, lag er voll daneben. Ich hatte schon als Junge nicht mitgemacht, wenn es darum ging, wer am weitesten pinkeln konnte.

Bertrand beließ es nicht bei Worten. Er packte mich an der Nase, zog daran und schüttelte sie kurz, bevor er wieder losließ.

„Machen Sie das nicht noch mal.“

Abrupt stieß er mir die flache Hand gegen die Nasenspitze und drückte.

Der Schmerz stach mir in die Stirn. Wasser stieg mir in die Augen, und diesmal war es nicht der Kopf, der mir die Antwort diktierte. Mein Faustschlag erwischte ihn seitlich im Gesicht. Nur im Unterbewusstsein nahm ich Renas Aufschrei wahr, hoffte, Bertrand den Schnabel gebrochen zu haben, sah, wie er einen Schritt zurückwich und auf den Hacken schwankte. Um ihn ganz aus dem Gleichgewicht zu bringen und ihn die Böschung hinabzuschicken, nahm ich Maß auf sein Kinn.

Doch Bertrand hatte sich bereits gefangen. Er blockte den Schlag ab und erwischte mich mit einem schmerzhaften Körperhaken, unter dem ich mich zusammenkrümmte. Bevor ich ganz zusammenklappen konnte, rammte er mir sein

Knie unter das Kinn und schickte mich mit einem krachenden Schwinger gegen das Ohr über die Böschung ins Wasser.

*

Noch im Fallen verlor ich die Orientierung in Raum und Zeit.

Ich war ein Hubschrauber mit Rotorenschaden, der wie ein Stein vom Himmel fällt. Wenn du wieder aufsteigen willst, musst du Leistung zuführen, schoss es mir durch den Kopf. Doch ich war nicht der Pilot. Ich saß nicht am Steuerknüppel, hatte es nicht in der Hand, war nicht einmal aus eigener Kraft gestartet. Marius Bertrand hatte mich abgeschossen, und es ging nur noch um eine Bruchlandung.

Als ich aufschlug und eintauchte, bewahrte mich das eiskalte Wasser vor der Bewusstlosigkeit. Ich fand wieder Bodenkontakt und kroch auf Händen und Knien über den schmalen Streifen aus Sand und Kiesel zur Böschung. Bevor ich den Kopf heben, geschweige denn, mich aufrichten konnte, sah ich unmittelbar vor mir ein Paar Gummistiefel, hörte direkt über mir ein mechanisches Ladegeräusch und spürte die Mündung der Pumpgun an der Schläfe.

„Lass ihn in Ruhe, Dave!“ rief Bertrand – so weit weg, als befände er sich auf einem anderen Stern.

Der Druck gegen meine Schläfe ließ nach und die Gummistiefel verschwanden aus meinem Gesichtsfeld. Mit einem lauten Stöhnen rollte ich mich auf den Rücken und sah mir den Himmel an. Der Mond glänzte matt. Die Sterne jedoch funkelten eiskalt, und die nasse Kleidung lag plötzlich wie Raureif auf meiner Haut und ließ mich vor Kälte zittern. Ein Schatten schob sich zwischen mich und das Firmament. Es war Rena. Ihr besorgtes Gesicht. Ihre warmen Hände an meinen Wangen.

„Helm...?“

Ich wollte antworten aber meine Zunge hinderte mich daran. Sie war geschwollen und füllte meinen Mund zum Bersten aus.

„Helm... bist du okay?"

Ich spürte ihre sanften Ohrfeigen und genoss jede einzelne. Es gab mir das Gefühl, nicht ganz abgestorben zu sein. Es gelang mir, die Lippen zu öffnen.

„Alles in Ordnung."

Es war nicht mehr als ein Lallen, brachte Rena jedoch zu einem erleichterten Lachen. „Komm!" Sie half mir beim Aufstehen.

Kaum stand ich schwankend auf den Beinen, kam Bertrand näher. Er steckte das Taschentuch, das er sich unter die Nase gedrückt hatte, weg und lächelte mich kalt an. Er blutete nicht einmal mehr. Es war nur zu klar, wer bei dem kurzen Schlagabtausch mehr eingesteckt hatte. Das schien auch der Buschmann so zu sehen, denn er hielt sich an Bertrands Seite und musterte mich mit dem Interesse eines Medizinmannes, der zu gerne seine Naturheilmittel an mir ausprobiert hätte.

„Wenn man mich angreift, laufe ich nicht weg – ich stelle mich und kämpfe", sagte Marius Bertrand zu mir. „Richten Sie das ruhig auch Stany aus. Denn es gilt ganz besonders für Verräter."

Alle meine Zweifel an Wishbones korrekter Einschätzung seines Kontrahenten waren mit einem Schlag beseitigt.

Bertrand wandte sich an Rena. „Du kannst jetzt mitkommen."

Sie trat einen Schritt zurück und mobilisierte ihre ganze Widerstandskraft. „Marius, ich weiß nicht, ob..." Sie verstummte.

Eine Weile starrte er sie nur an. „Na gut. Wie du willst. Macht euch noch ein paar schöne Tage. Du weißt ja, wann deine Bedenkzeit abläuft."

Rena nahm es regungslos zur Kenntnis.

Mit einer Kopfbewegung schickte Bertrand den Buschmann zum Boot. Dann schaute er mich an. „Wenn ich etwas versprochen habe, halte ich mich daran, Helm. Erst wenn die Frist abgelaufen ist, gelten neue Spielregeln. So wie bei Ihnen und Stamm.“

Er ließ uns stehen und begab sich zu seinen Männern. Dass der Außenborder im ersten Versuch bockte und Bertrand damit ein Fluchen abrang, welches laut über das Wasser hallte, versöhnte mich irgendwie. Bevor der Motor im zweiten Versuch ansprang, brüllte er uns noch etwas zu.

„Einfach den Weg zurückfahren! Der Pass nach Franschhoek ist jetzt wieder offen!“

35

Es kam genau so, wie Stan Wishbone vorausgesagt hatte.

Am nächsten Tag zierte Marius Bertrand die Titelseiten aller wichtigen Tageszeitungen. Abends war er bereits Gast in einer Fernsehsendung, um Rede und Antwort zu stehen und seine Gegenoffensive zu eröffnen. Man konnte wirklich nicht behaupten, er knicke unter den ersten schweren Salven ein. Er duckte sich nicht einmal, sondern gab sich aufrecht, locker, souverän und aufgeschlossen. Ein wenig verletzt war er schon ob der offensichtlichen Verleumdungen, wie er zerknirscht einräumte. Aber so, wie er da saß und treuherzig auf jede noch so unangenehme Frage einging, hatte er alles im Griff. Der Mann war ein Kämpfer.

„Diese Dreistigkeit ist unglaublich“, rief Desmond, sprang empört aus dem Sessel und wandte dem Fernseher den Rücken zu. „Ich kann dieses Schmierentheater nicht mehr ertragen!“

„Was regst du dich auf?“, besänftigte Elizabeth Markham

ihn, ohne den Blick vom Bildschirm zu nehmen. „So waren sie doch schon immer. Du solltest dir bei nächster Gelegenheit noch mal ‚Das Urteil von Nürnberg' anschauen."

Bertrand sagte ein Desaster für die Anklage voraus.

„Fuck you!" kommentierte Desmond.

„Aber mein Junge!" rief ihn die Lady zur Ordnung.

Wir saßen im Büro des Weinguts und warteten auf Wishbone. Nachdem sein Nachrichtencoup vorerst gelungen war, hatte er eine Stippvisite angekündigt. Deshalb ging Desmonds Gemütszustand nur zum Teil auf Bertrands kaltschnäuzigen TV-Auftritt zurück. Auch die Aussicht, den verschollen geglaubten Kameraden aus alten *ANC*-Tagen nach all den Jahren wieder zu sehen, wühlte Desmond Mathabane gehörig auf.

Rena hingegen war ruhig und still. Fast wie in Trance. Sie ignorierte die Kommentare unserer Gastgeber und war völlig gebannt von Bertrands gewiefter Vorstellung. Der Scharlatan schien erneut bei ihr zu punkten. Hatte sie sich auf der nächtlichen Rückfahrt noch rührend um mich gekümmert, damit ich mir keine Erkältung holen konnte und mir das langärmelige Hemd, das sie über dem T-Shirt trug, angeboten, um durch milde Taten die negativen Erinnerungen an Bertrands Auftritt am Stausee zu verdrängen, so war sie inzwischen schon wieder die Gefangene seines Charmes. Selbst Desmond setzte sich wieder in seinen Sessel und sah dem Schmierentheater weiter zu.

„Er kann kläffen und winseln wie er will. Am Ende wird er verlieren!"

Wishbones Worte degradierten Bertrand in Sekundenbruchteilen zum Nebendarsteller. Der Ankläger stand in der Tür und zog alle Aufmerksamkeit auf sich. Sogar Rena konnte sich ihm nicht entziehen. Stan wusste, was sich gehörte. Er steuerte Lady Markham an, küsste ihr zur Begrüßung die Hand und sagte: „Schalten Sie ruhig ab, Liz. Er macht nur Propaganda für sich! Da kommt nichts Wichtiges mehr."

Liz Markham lächelte, griff zur Fernbedienung und bereitete Bertrands Auftritt ein Ende.

Wishbone begrüßte Rena und mich per Handschlag, bevor er und Desmond sich herzlich umarmten und ein paar Worte in ihrer Muttersprache wechselten. Obwohl wir in der Überzahl waren, kam ich mir als Weißer für den Moment etwas verloren vor.

„Er wird in Kürze festgenommen und innerhalb von achtundvierzig Stunden dem Richter vorgeführt. Obwohl Fluchtgefahr und die Beeinflussung von Zeugen der Anklage nicht ganz auszuschließen sind, wird er bei seinem Geld, seinen Anwälten und seinem geschäftlichen und politischen Einfluss vermutlich gegen eine hohe Kaution und weitere Auflagen auf freien Fuß kommen – aber nur vorübergehend. Zu guter Letzt wird er ganz hinter Gittern landen!"

Wishbones Feststellung erklärte das Thema für vorläufig beendet, und das Treffen geriet Dank des Weins zu einer geselligen Angelegenheit, in der vor allem die südafrikanischen Vertreter in Erinnerungen an die guten alten Zeiten schwelgten.

*

Was der gute Stan als Stippvisite angekündigt hatte, dauerte bis tief in die Nacht.

Nach dem Essen zog sich Elizabeth Markham zurück, und auch Desmond musste kurz bei seinen Angestellten in der Küche nach dem Rechten sehen. Ich nutzte die Gelegenheit und fragte Wishbone: „Was ist mit Bertrands Rolle als Geiselnehmer im Fall Carsten?"

Er lächelte erst Rena, dann mich an. „Soll das nicht ein gewisser Timothy Butler gewesen sein?"

Wie ich Wishbone inzwischen kannte, hatte er den Leichnam für alle Fälle in einem Kühlhaus deponiert. Und obwohl ich die Lösung mit Butler schon selbst in Erwägung gezogen hatte, gab ich zu bedenken: „Es ist nicht ganz fair, alles an Tim kleben zu lassen."

„Wem sagen Sie das, Helm? Sicherlich hat unser Hauptzeuge etwas Besseres verdient. Aber er ist nun mal tot, und Sie kennen meine Prioritäten. Warum also die Dinge unnötig verkomplizieren?"

Ob mir sein Pragmatismus schmeckte oder nicht: Es war wohl besser so für alle Beteiligten – ganz besonders für jene, die den Namen Carsten trugen, allen voran die kleine Conny. Ich schaute Rena an, um ihre Meinung einzuholen.

Sie zeigte keinerlei Regung, erhob sich, nickte uns zum Abschied zu und ging auf ihr Zimmer.

Wishbone sah ihr nach – vermutlich auf der Suche nach ihrem Schatten.

Desmond kam zurück, und brachte Wein mit.

„Wann hängst du endlich diese verdammten Buren-Bilder im Flur ab?" wollte Wishbone von ihm wissen.

„Wenn Liz nicht mehr da ist."

„Die alte Dame hat doch damit gar nichts am Hut. Sie hat uns immer unterstützt, so gut sie konnte. Wieso dann der ganze *Voortrekker*-Kult?"

„Ich habe genau so viel Respekt vor ihr wie du – und wenn Liz meint, sie müsse die Sachen abhängen, dann wird sie es schon tun. Ich tue es jedenfalls nicht, so lange sie lebt – es sei denn, sie bittet mich persönlich darum."

„Ist ja schon gut, Bruder." Wishbone schlug Desmond auf die Schulter und zwinkerte mir zu. „Ein kluger Mann hat den Unterschied zwischen einem Weißen und einem Schwarzen in Afrika wie folgt beschreiben: Der Weiße *hat* – und der Schwarze *ist*. Und nun, da Desmond diese Weinfarm *hat*, kann man den Eindruck gewinnen, ihm ginge heimlich der eine oder andere weiße Gedanke durch den Kopf." Er legte Desmond den Arm um die Schulter und lachte herzlich.

„Beide Seiten müssen dazulernen", sagte Desmond.

„Sicher."

Wishbone wollte das Thema nicht weiter mit Desmond vertiefen und nahm sich stattdessen mich vor. „Woher kommt Ihre Skepsis, was Bertrand und seine Verurteilung angeht, Helm? Der alte Hang zur germanischen Mythologie? Es soll, wie ich gelernt habe, die einzige sein, in der die Macht des Bösen am Ende triumphiert."

Der Mann mit den Tätowierungen überraschte mich immer wieder. Was wusste einer wie ich über *seine* Wurzeln? Ich kannte nicht mal den Volksstamm, dem er angehörte – geschweige denn, dessen Mythologie.

„Im Fall Bertrand wird es keine Götterdämmerung geben, in der die Mächte des Finsteren über die Regenbogenbrücke stürmen, um die Götter des Lichts und ihre Gefolgsleute zu vernichten, mein Freund."

„Ganz so düster sind meine Zweifel dann doch nicht." Ich prostete ihm zu und trank einen Schluck.

„Oder hat es womöglich etwas mit dem *Haben* zu tun? Wenn Sie ihn mir überlassen, zahlt Ihr Auftraggeber wahrscheinlich nicht. Ist doch so...?"

„Da bin ich mir gar nicht so sicher, Stan. Aber es geht nicht nur ums Geld. Ich habe nun mal einen Auftrag. Und wenn Sie ihn für mich zu Ende bringen – dazu noch mit einem anderen Ziel – bleibt ein bitterer Nachgeschmack zurück. Es gibt auch so etwas wie eine professionelle Würde. Das muss ich Ihnen doch nicht erklären."

Er nahm seine Nickelbrille ab und putzte sie. Diesmal mit Vorsicht. „Ich weiß genau, was Sie meinen." Er setzte die Brille wieder auf und sah mich eindringlich an. „Deshalb bin ich auch so dankbar für Ihr Verständnis."

36

Gleich nach dem Frühstück rief ich Stamm an.

Wir verloren kein Wort über die neusten Ereignisse. Trotzdem war klar: Die Karten waren neu gemischt. Das wurde deutlich, als er mir entgegenkommend anbot, mich aufzusuchen. Da ich nicht daran dachte, Desmonds Anwesen zur Drehscheibe für alle beteiligten Konfliktparteien zu machen, einigten wir uns auf ein Treffen in Simon's Town, wo Stamm um die Mittagszeit eine Hotelanlage besichtigen wollte, die zum Verkauf stand.

Ich genoss die Fahrt durch das Weinland. Sie führte mich bei strahlend blauem Himmel zur False Bay. Die „Historical Mile", die Hauptstraße von Simon's Town mit ihren attraktiven Häusern aus dem 19. Jahrhundert, war mir bereits durch den Ausflug mit Rena vertraut. Seitdem waren nur zehn Tage vergangen. Tage, die die Lage gravierend verändert hatten. Damals war ich nur einem gewissen Timothy Butler auf der Spur gewesen und hatte vom Schatten Bertrands noch nichts geahnt.

Ich fuhr weiter in Richtung Boulders Beach mit seinen riesigen Felsblöcken und der Pinguin-Kolonie. Das Hotel, das Stamm erwähnt hatte, lag im Schatten der Swartkopberge. Es mochte einmal eine Nobelherberge gewesen sein, war aber nicht mehr in Betrieb. Es sah heruntergekommen aus und reihte sich nahtlos in Stamms Sammlung obskurer Treffpunkte ein.

Auf dem Parkplatz vor dem Hauptgebäude standen nur zwei Wagen. Ein schwarzer Mercedes-Geländewagen und ein kleiner roter Japaner. Als ich vorfuhr, kam eine junge Weiße mit sehr langen Beinen aus dem Gebäude gestöckelt. Sie trug einen schmalen Aktenkoffer, und ihr Kostüm war die typische Uniform der jungdynamischen Geschäftsfrau. Ich stieg aus und sah zu, wie sie in das kleine rote Auto stieg.

Dabei bemerkte ich, dass sie weinte. Sie ignorierte mich und würgte den Motor im ersten Versuch ab. Als er wieder ansprang, gab sie zuviel Gas. Das Tempo, mit dem sie auf die Küstenstraße fuhr, kam einer Flucht gleich. Was auch immer im Hotel passiert sein mochte – es war ihr an die Nieren gegangen.

Das Logo des alten Schuppens war einmal in großen Lettern über den Eingang gemalt worden, aber die salzige Seeluft hatte beharrlich daran genagt, und so war der Schriftzug auf den ersten Blick nicht mehr zu entziffern. Ich spazierte durch die leere Empfangshalle in den Innenhof. Stamm saß unter einem schmutzigen Sonnenschirm neben dem ausgetrockneten Pool und packte seine Geschäftspapiere in eine Ledermappe. Er trug einen hellen Sommeranzug, Sonnenbrille und einen Panamahut.

„So eine Zicke!" sagte er zur Begrüßung und bot mir einen der angerosteten Drahtstühle an. „Ich nehme an, Sie sind der Dame noch begegnet."

„Sie war in Tränen aufgelöst." Ich setzte mich.

„Unprofessionelles Ding. War völlig unvorbereitet und erzählte mir nur Unsinn über das Objekt." Er zerrte den Knoten seiner Krawatte auf und öffnete den Kragenknopf. „Wackelt mit ihrem Hintern rum und denkt, ich bin senil und habe keine Ahnung."

So hatte ich Stamm noch nicht erlebt. Er war regelrecht aufgebracht.

„Schauen Sie sich den Kasten hier doch mal an!" Mit einer weit ausholenden Armbewegung lud er mich dazu ein. „Alles völlig heruntergewirtschaftet und voller Kacke."

Erst jetzt bemerkte ich die hellen Kotspuren.

„Wahrscheinlich haben sie die Viecher erst heute Morgen verscheucht, um mir was vorzumachen. Dabei weiß hier jeder, dass diese Pinguine schon halb Simon's Town besetzt haben. Es ist eine Plage. Und wenn die Bande erst mal hier drin brütet – und das ist vorzugsweise im November, Dezember, also jetzt, der Fall – haben Sie sofort die Rettet die Brillenpinguine-Fraktion am Hals und können allenfalls noch ein Naturschutzprojekt aus der Anlage machen. Die Jungs in Kapstadt, die mir das eingebrockt haben, werde ich mir zu Brust nehmen."

Ich konnte mir nur zu gut vorstellen, wie Pitbull Stamm das erledigen würde. Er war jetzt schon in bester Beißlaune.

„Sehen Sie – da", er zeigte quer über den Innenhof, „Was habe ich Ihnen gesagt?"

Ein halbes Dutzend Frackträger watschelten über den Hof und verschwanden hinter dem Gebäude.

„Die Invasion hat offenbar schon stattgefunden", gab ich zu.

Stamm atmete tief durch, bemüht sich zu beherrschen.

Ich wollte das Thema wechseln. „Wie ich sehe, gehen Ihre Geschäfte ungebrochen weiter. Rückflug verschoben?"

„Sie haben Recht, Helm. Mein Zeitplan ist im Eimer, und wir haben weiß Gott über wichtigere Dinge zu reden. Aber nicht hier. Lassen Sie uns rüber nach Muizenberg fahren. Ich habe dort einen Tisch zum Mittagessen reserviert. Ist immerhin der Ort, an dem der Afrika-Pionier Cecil Rhodes die letzten Jahre seines Lebens verbrachte. Scheint mir ein angemessener Platz für ein Gespräch unter Männern zu sein."

„Warum bringen wir es nicht gleich hier hinter uns?"

„Hier?" Er musterte mich misstrauisch.

„Es muss nicht lange dauern."

„Wollen Sie denn nichts essen, Helm?"

Mit einer fahrigen Handbewegung strich er sich die Krawatte glatt. Es tat mir gut, Stamm irritiert zu sehen.

„Ich habe keinen Hunger."

„Wie Sie meinen..."

Stamm zupfte sich am Ohrläppchen, versuchte sich zu

konzentrieren und räusperte sich. Bevor er loslegen konnte, kam ich zur Sache.

„Sie werden verstehen, dass ich wegen der neuesten Vorwürfe gegen Marius Bertrand, an einer Zusammenarbeit mit ihm nicht mehr interessiert sein kann."

„Wie nett von Ihnen, mich auszunehmen, Helm."

„Sie verkaufen dem Auftraggeber Carsten folgende Lösung des Entführungsfalles: Timothy Butler war tatsächlich der Kopf der Geiselnehmer. Ich habe ihn auftragsgemäß gefunden. Leider ist er jedoch tot. Sie können das ausschmücken wie Sie wollen. Am besten Selbstmord in aussichtsloser Situation. Damit können alle Beteiligten in Deutschland leben, auch die Behörden, denn es entspricht ganz dem Täterprofil, das sie erwarten. Und diese Version würden auch die hiesigen Stellen mittragen – obwohl sie mehr wissen."

„Ich nehme an, dafür steht der gute alte Wishbone mit seinen Beziehungen gerade?" Stamm schüttelte den Kopf, als könne er es auch jetzt noch nicht glauben. „Und ich singe auch noch das Loblied auf diesen edlen Wilden. Sein Verrat ist unfassbar – für uns alle. Aber vor allem Marius hat er tief verletzt."

Mein Mitleid hielt sich trotz Stamms Pathos in Grenzen. „Sie lassen mein Honorar unverzüglich auf eines der Ihnen bekannten Konten überweisen."

Er lächelte, ganz der Mitwisser. „Luxemburg oder Zürich?"

„Zürich. Sobald ich die Eingangsbestätigung habe, ist der Fall für mich erledigt und vergessen, und ich reise ab."

Stamm musterte mich noch einige Sekunden lang, als könne er damit seine unausbleibliche Zustimmung aufwerten. Dann sagte er: „Genau so machen wir es!"

„Werden Sie sich von ihm trennen oder seine Verteidigung aufziehen?" Ich lehnte mich bequem zurück.

„Ich bin sein Berater und Partner. Und daran wird sich auch nichts ändern. Ich habe mir in diesem Land weder politisch noch kriminell etwas zu Schulden kommen lassen. Womöglich werde ich mich etwas mehr im Hintergrund halten als bislang, aber die Geschäfte müssen weiterlaufen."

Die Geschäfte. Sie stabilisierten alles und jeden in Stamms Welt. Wahrscheinlich fragte er deshalb auch nicht nach Rena. Für ihn war sie kontrollierbarer Bestandteil eines Deals. Er vertraute da im Notfall ganz auf sich selbst. Ich nahm an, er hatte schon alle möglichen Varianten durchdacht. Mit und ohne Bertrand. Mit und ohne Kind. In Stamms Planspielen war Conny weniger die Tochter Renas als vielmehr die Enkelin des alten Carsten.

Ich spürte die Hitze, die sich unter dem Sonnenschirm staute, wischte mir den Schweiß von der Stirn und fing mir dafür ein Schmunzeln von Stamm ein.

„Sehen Sie, das haben Sie nun davon. In Muizenberg wäre es gemütlicher gewesen. Hier gibt es nicht mal was zu trinken. Sie können Ihre Meinung noch ändern. Auch nach einem getätigten Geschäft kann man gut essen gehen."

„Bleiben wir bei der abgespeckten Version."

Erneut traten Pinguine auf. Diesmal waren es mehr als ein Dutzend. Sie watschelten zum Hauptgebäude und betraten es, einer nach dem anderen, durch die Tür, die ich hatte offen stehen lassen.

„Jetzt sauen sie auch da drinnen alles ein und bauen ihre Nester", stellte Stamm resigniert fest. „Aber es kann mir egal sein. Die Bruchbude soll renovieren, wer will. Sie wird niemals zur *B&S Company* gehören."

„Passt wirklich nicht ganz zu *Exclusive Retreats.*" Ich bemerkte den nächsten Pulk Pinguine, der zielstrebig Kurs auf das Haupthaus nahm. „Warum übrigens *Backlands and Seasides* und nicht gleich *Bertrand and Stamm*?"

Er erlaubte sich ein feines Lächeln. „Eitelkeit ist in solchen Angelegenheiten oft ein unnötiger Stolperstein, mein Freund."

Die Gewissheit, die vertrauliche Anrede als rein geschäftsmäßig abbuchen zu können, beruhigte mich.

Stamms Handy klingelte.

Er meldete sich, hörte aufmerksam zu und warf dabei einen Blick auf seine goldene Armbanduhr. „Das lässt sich noch machen. Bin schon unterwegs!" Er verabschiedete sich von seinem Gesprächspartner und trennte die Verbindung. Mit einem Griff nach der Ledermappe erhob er sich. „Jetzt bin ich Ihnen geradezu dankbar, Helm, dass wir nicht noch nach Muizenberg gefahren sind."

„Eilige Geschäfte?" Ich blieb bequem sitzen.

„So ist es." Er gab mir flüchtig die Hand. „Sorry, so davon zu hetzen, aber..."

„Ich finde schon alleine raus."

Er war schon unterwegs, winkte mir noch mal zu und rief: „Das mit dem Geld geht klar."

Es ging bei unserer Abmachung nicht nur ums Geld. Aber es war typisch für Stamm, alle Punkte unter diesem Begriff zusammenzufassen. Geduldig wartete ich ab, bis der nächste Trupp Pinguine den Hof überquert hatte. So selbstverständlich, wie die Tiere hier ein- und ausgingen, war es klug, ihnen nicht die Vorfahrt zu nehmen.

Beim Verlassen des Gebäudes sah ich wie Stamm sich mit seinem Mercedes in den Verkehr einfädelte. Ich drehte mich noch einmal um und schaute mir das verblichene Firmenzeichen des Hotels etwas genauer an. Es sah verdächtig nach einem Pinguin aus. Und nachdem ich die noch lesbaren Lettern durchbuchstabiert und die fehlenden in Gedanken ergänzt hatte, wusste ich, wie die Herberge hieß.

THE PENGUIN RETREAT

Was, zum Teufel, hatte Stamm bei diesem Motto erwartet?

37

Nachdem das Geld auf meinem Konto eingegangen war, sah ich meinen Job am Kap als beendet an.

Doch vor der Abreise wollte ich noch einen privaten Termin wahrnehmen. Die *Stan Wishbone Messengers* gaben ihr Abschiedskonzert in der Region, bevor ihr Schlagzeuger seine Zelte in Franschhoek endgültig abbrach. Wishbone nutzte den Abend zu einer Einladung an Team und Freunde, um das erfolgreiche Ende seiner Existenz als Undercoveragent zu feiern.

Desmond Mathabane und Elizabeth Markham begleiteten mich nach Paarl. Rena brachte kein Interesse auf, mit Bertrands Häschern zu feiern. Sie war immer noch auf der Suche nach einer persönlichen Entscheidung und bis zum Zerreißen angespannt. Wie Stamm und ich den Fall Timothy Butler mit ihrem Vater geregelt hatten, war ganz in ihrem Sinne. Wie sie sich jedoch zu Marius Bertrand verhalten würde, stand weiter in den Sternen. Inzwischen war ich froh, dass er ihr eine Frist gesetzt hatte. Spätestens mit deren Ablauf musste sie sich zwischen Eigenständigkeit und Hörigkeit entscheiden und damit auch die Frage beantworten, auf die ich Doc noch eine Antwort schuldig war: Was sollte mit dem Kind geschehen?

Timothy Butlers Urteil „Die *Stan Wishbone Messengers* spielen Capetown Jazz vom Feinsten!“ wurde an diesem Mittwochabend voll bestätigt. Die Band trat in einem historischen Weinkeller auf, dessen rustikales Ambiente im krassen Gegensatz zur Eleganz der Messengers stand. Das galt sowohl für ihre Musik als auch für ihr gediegenes Outfit, das jeden Herrenausstatter in Londons Bond Street entzückt hätte. Wishbone formte mit seinen Männern ein Sextett aus Schlagzeug, Piano, Tenorsaxophon, Flügelhorn, Bass und Gitarre. Der Gitarrist spielte eine Les Pauls der Marke Gibson, an der Doc ihre helle Freude gehabt hätte.

Der erste Teil des Abends bestand aus dem öffentlich angekündigten Abschiedskonzert der Band, und da bereits zwei der sonst üblichen Montagstermine ausgefallen waren, war der Besucherandrang groß. Erst nach mehreren Zugaben brach das zahlende Publikum langsam auf, und der Abend ging nahtlos in eine private Party über, bei der zunächst weniger die Musik als Trinken und Reden im Mittelpunkt stand. Doch gegen Mitternacht war mehr Rock und Blues und dazu Tanz angesagt. Auf der Bühne ging es drunter und drüber. Einige Amateure nutzten die Gelegenheit, um bei kurzen Gastauftritten mit der Band ihr Können vorzuführen. Lynda Luphondo spielte erstaunlich gut Piano, und der weinselige Desmond schnorchelte eine Ballade ins Saxophon, die sich hören lassen konnte.

Auch mich juckte es in den Fingern, aber ich verkniff mir, mich mit meiner Holzhackertechnik zum Affen zu machen. Ich sah mir das Ganze von meinem Barhocker aus an. Das war klug, denn nach einer Weile stimmte Wishbone mit seinen Leuten ein feinfühliges Requiem für Jabu Mahlangu und Timothy Butler an. Dem alten Jabu gaben sie mit einer Instrumentalversion von *How Do You Stop* die Ehre. Der Mann am Flügelhorn übernahm den Solopart und machte seine Sache gut. Trotz der coolen Version, die sie boten, hatte ich Jabus Fingerschnippen und seinen, eines James Brown würdigen, Gesang im Ohr.

How do you stop – before it's tooooo late...?

Ich starrte in die Schwaden aus Tabakqualm, die schwer über der Tanzfläche hingen und die eng aneinander geklammerten Paare einhüllten. Dabei erkannte ich im Nebel eine Gestalt. Sie lehnte neben der Eingangstür an der Wand, als sei sie eben erst eingetroffen.

Jabu war nur für den Moment wieder auferstanden – aber Betty lebte tatsächlich.

Da stand sie und schaute der Band zu. Die blauschwarzen Haare extrem kurz, die dunklen Augen sehr groß. Der Hosenanzug war schwarz, und die hohen Absätze ihrer Sandalen machten sie noch größer. Sie nahm keine Rücksicht mehr auf kleine Männer. Langsam ging sie näher zur Bühne, ohne sich dabei nach der aufreizenden Choreografie zu bewegen, die sie mir in ihrem Apartment in Green Point vorgeführt hatte. Sie schritt lediglich stolz und selbstbewusst durch den Saal, ganz sie selbst. Suzi hatte sie zu Hause gelassen. Oder war sie die Frau inzwischen ganz losgeworden?

Betty setzte sich an einen Tisch, ohne das Geschehen auf der Bühne auch nur eine Sekunde aus den Augen zu verlieren. Wishbone thronte hinter seiner Schießbude und streichelte das Fell der flachen Trommel mit den Besen. Das Grinsen, das er zur Bar rüberschickte, verriet mir, wer Betty eingeladen hatte. Ganz der Bandleader, leitete er behutsam den Übergang zu einem anderen Stück ein. Das Thema, das er Timothy Butler widmete, lag auf der Hand, und er beließ es nicht bei einer Instrumentalversion. Er sang selbst.

Ain't no sunshine when she's gone...

Für einen Mann seiner Statur, klang die Stimme erstaunlich hell und hoch. Betty schaute ihm fasziniert bei der Arbeit an Schlagzeug und Mikro zu. Was mochte in ihrem Kopf vorgehen? War sie in diesem Augenblick wieder die malaiische Barfrau im „Ref & Whistle", deren Tim seine bewährte Nummer zur Gitarre vortrug?

Als wolle sie mir eine Antwort geben, wandte sie sich mir unvermittelt zu und schaute mich an. Ich hielt ihrem forschenden Blick stand. Sie lächelte. Dann schenkte sie ihre ganze Aufmerksamkeit erneut der Band.

Die Musiker ließen die Andacht für Jabu und Tim ganz allmählich ausklingen und legten eine Pause ein. Im Saal erklang zunächst verhaltener, dann stürmischer Applaus. Wishbone stieg von der Bühne und begrüßte Betty. Ich war schon auf dem Weg zu den Beiden, als ich Renas hellen Blondschopf bemerkte. Sie verharrte neben Desmond und Elizabeth am Tisch und schaute sich suchend um – bis sie mich entdeckte und mir aufgeregt zuwinkte. Auch Wishbone hatte sie bemerkt, und als ich mich mit einem Nicken bei ihm entschuldigte, um mich um Rena zu kümmern, entließ er mich mit düsterer Miene.

Rena erwartete mich neben dem Tisch. Sie machte keine Anstalten Platz zu nehmen. „Ich muss unbedingt mit dir sprechen, Helm!"

Ich lächelte Desmond und Liz höflich zu, lotste Rena zur Bar und bestellte uns etwas zu trinken. Der Großteil des Tresens war von Frauen und Männern belagert, die wir auf Bertrands Farm bei der Arbeit gesehen hatten. Der Alkohol zeigte bei allen Wirkung, doch die Stimmung war fröhlich und ausgelassen.

„Du bist also doch noch gekommen..." Ich sah dem Bar-Keeper bei der Arbeit zu.

„Ich habe mich entschieden."

Sie sagte es unsicher und leise, und da sie sich offenbar selber nicht ganz über den Weg traute, lächelte ich sie an und ermunterte sie.

„Das ist gut, Rena!"

Sie presste die Lippen zusammen und nickte heftig.

Rena Carsten musste sich selber Mut machen. Zweifel stand ihr ins Gesicht geschrieben, und ein Rückzieher war jederzeit zu befürchten. Sie hatte große Mühe, Kurs zu halten.

38

„Ich kann ihn nicht im Stich lassen!“

Der Satz platzte förmlich aus ihr heraus. Deutlicher konnte Renas innere Zerrissenheit nicht zu Tage treten. Es war keine gute Nachricht – aber überrascht war ich nicht. Ich hielt die Entscheidung für falsch, verzichtete jedoch darauf, sie ihr wieder auszureden. Es war sinnlos. So viel hatte ich gelernt.

Rena warf einen misstrauischen Blick in die Runde, um unerbetene Mithörer auszumachen, die ihren Ausbruch registriert haben mochten.

„Keine Angst“, beruhigte ich sie. Der geräuschvolle Mix aus fremden Sprachen bot den gleichen Schutz wie ein abhörsicherer Raum.

Sie trank ihr Glas zügig leer und signalisierte dem Keeper die Bitte um Nachschub.

„Was ist mit deiner Tochter?“

„Conny soll erst mal bei deiner Familie bleiben.“

Meine Familie!

„Meinst du, das geht?“

„Was heißt *erst mal*? Was genau hast du vor?“

„Ich möchte den Prozess hier in Südafrika verfolgen. Ich will jedes Wort der Anklage und der Verteidigung selbst hören, um mir ein eigenes Urteil bilden zu können.“

„Das kann ich verstehen. Aber dazu musst du doch nicht zu ihm zurückkehren.“

„Doch. Solange er nicht verurteilt ist, hat er ein Recht auf meine Solidarität.“

Was sollte ich dazu sagen? Wo lag die Logik? Hatte sich Bertrand ihr gegenüber etwa solidarisch verhalten? War mir was entgangen? Der Barkeeper brachte ihr ein frisches Glas, und ich verbot mir fürs erste den Mund, um nicht zynisch zu werden.

„Es soll nicht am Geld liegen. Du weißt, ich werde für alles aufkommen. Conny hat es so gut dort. Mit all den Tieren und Kindern."

Sie hatte verdammt noch mal Recht. Am Geld lag es wirklich nicht. Familie Carsten hatte genug davon, Doc und Kurti hatten schwer geerbt, und auch ich war sogar noch zu meinem Honorar gekommen. Was wollte man mehr? Am Finanziellen lag es ganz sicher nicht. Aber wer garantierte mir, dass Doc bei dem ganzen Deal keinen Ärger bekam? Und auch ich wollte endlich zu einem klaren Abschluss kommen. Wishbone und seine Leute gaben uns freies Geleit, und das galt es zu nutzen, bevor alles wieder von vorne losgehen konnte. Rena war fähig, Bertrand zu erzählen, wo Conny sich befand, bevor sie selber herausgefunden hatte, wer der Mann wirklich war.

„Lass mich den Prozess abwarten."

Ich konnte das Gefühl nicht loswerden, sie hoffe allen Ernstes auf einen Freispruch. Eine Hoffnung, so absurd wie alle, die sie zuvor in Sachen Bertrand gepflegt hatte. Doch ich enthielt mich eines erneuten Kommentars.

Mein Drink kam.

Ich prostete Rena zu. „Wir telefonieren morgen mit Doc und besprechen es mit ihr."

„Danke." Sie leerte ihr Glas.

„Willst du auch noch was trinken?" erkundigte ich mich höflichkeitshalber.

„Nein, ich glaube, ich fahre mit unseren Gastgebern zurück."

Ich bemerkte Desmond und Liz, die sich auf den Heimweg begaben. Sie winkten uns zum Abschied zu, und ich hob matt die Hand, um den Gruß zu erwidern.

Rena rief nach dem Keeper, wollte zahlen.

„Lass mal. Ich mach das schon."

Sie hauchte mir zum Abschied einen Kuss auf die Wange

und eilte Desmond und Liz nach, um sich ihnen anzuschließen. Ich widmete mich ganz dem Alkohol und war froh, dass Rena nicht noch mal Danke gesagt hatte. Erneut erklang Musik. Die *Stan Wishbone Messengers* spielten zum Kehraus. Ich wandte mich der Bühne zu. Der Boss saß wieder hinter dem Schlagzeug. Das sah nach einer guten Gelegenheit aus, das Gespräch mit Betty zu suchen oder sie gar um einen Tanz zu bitten. Doch ich konnte sie nirgendwo entdecken.

Ich wartete noch eine Viertelstunde, in der Hoffnung, sie pudere sich nur die Nase, dann gab ich es auf und machte mich ebenfalls auf den Heimweg.

*

Als ich am nächsten Morgen aufwachte und die Augen öffnete, lächelten Erzbischof Desmond Tutu, Desmond Mathabane und Stan Wishbone von der gegenüberliegenden Wand des *Memorial Room* auf mich herab.

Bei allem gebotenen Respekt: Mit seiner wuchtigen Sonnenbrille sah der Friedensnobelpreisträger auch beim wiederholten Hinsehen aus, als sei er persönlich für die dunklen Aktivitäten der Kirche zuständig. Der Weinbauer hingegen strahlte auf dem Schnappschuss so glücklich und erleuchtet in die Kamera, als stehe er kurz vor der Priesterweihe. Nur Stany Wishbone war absolut gelassen und ganz er selbst und bestätigte die alte Weisheit, nach der stille Wasser oft sehr tief sind.

Die verlassene Farm mit ihrem Geheimnis holte mich wieder ein. Das Massengrab im Keller. Der zerpflügte Innenraum der Scheune mit dem Hundeskelett. Die apokalyptischen Reiter, die durch die flimmernde Weite vor den dunklen Bergen auf uns zuhielten. Wenn man einmal angefangen hatte, darüber nachzudenken, kam alles zurück, sogar die Hitze und das unmerkliche Vibrieren, das die Luft erfüllte und langsam von einem schwachen Flattern überlagert wurde, bis das scharfe Schnappen der Rotorenblätter die Luft zerpeitschte.

Ich flüchtete unter die Dusche.

Der letzte Tag in den Winelands lag vor mir. Noch ein klärendes Telefonat mit Doc, danach der unvermeidliche Abschied von Rena, ein Dankeschön an Desmond und Elizabeth – und schon war ich auf dem Weg nach Kapstadt, um dort noch ein, zwei Tage in der warmen Sonne an der Waterfront zu sitzen, nebenbei meinen Rückflug zu buchen und einen Abschiedsbesuch in dem Büro zu machen, in das Wishbone nach all den Jahren im Untergrund wieder eingezogen war.

An das scheußliche Novemberwetter in Berlin wollte ich noch gar nicht denken.

Nachsuche
Yellowwood, November 2003

39

Beim Anziehen hörte ich ein schwaches Klopfen an der Tür und öffnete.

„Helm – ich hatte schon befürchtet, du schläfst noch. Ich habe bereits gefrühstückt. Wir müssen doch noch wegen Conny anrufen."

Rena sah schlecht aus. Vermutlich hatte sie die ganze Nacht kein Auge zugetan. Die dunklen Schatten waren kein Make-up.

„Komm rein, ich bin sofort fertig."

„Ich habe heute noch fünfhundert Kilometer Autofahrt vor mir." Sie setzte sich – erschöpft, als läge der Tag bereits hinter ihr.

Die Bemerkung sollte ihr Drängen entschuldigen, doch ich hörte nur Resignation heraus. „Lass mich noch schnell einen Kaffee trinken, dann rufen wir an", munterte ich sie auf. „Komm!" Ich nahm sie bei der Hand und zog sie wieder hoch.

Im Frühstücksraum sagte sie: „Ich habe schon gepackt." Auch dies war kein Aufbruchsignal. Sie trat eher auf der Stelle. Während ich zwei Tassen Kaffee trank und dabei ein Croissant mit Marmelade mümmelte, schluckte sie Tabletten.

„Was nimmst du da?"

„Valium."

Ich schnappte mir den Beipackzettel.

„Es hilft mir. Ich kann damit umgehen", versuchte sie, mich zu beruhigen.

Was ich las, hörte sich weniger harmlos an. Ich wollte gar nicht wissen, wie lange Rena das Zeug schon nahm – weder im Hinblick auf eine mögliche Sucht noch angesichts der fünfhundert Kilometer, die noch vor ihr lagen.

„Können wir jetzt bitte anrufen?"

„Natürlich!“ Plötzlich befiel mich die Sorge, Doc könne gar nicht zu Hause sein, und es würde womöglich den ganzen Tag dauern, sie zu erreichen.

Doch Doc war – wie immer, wenn sie gebraucht wurde – zur Stelle und dabei die Ruhe selber. Es war alles kein Problem. Tiere und Kinder waren wohlauf, verstanden sich prächtig. Und warum sollte das nicht noch eine Weile halten? War doch gar kein Thema! Nur dieses Mistwetter. Schon zehn Uhr am Morgen und noch stockdunkel draußen. Na ja! Und der Ärger mit dem Steg. Mein Gott. Aber darum musste sich Kurti jetzt alleine kümmern.

Die wichtigsten Einzelheiten besprach Doc direkt mit Rena. Mich ermahnte sie lediglich noch mal, die Weinliste nicht zu vergessen. Damit traf sie exakt den Nerv, denn ich hätte es glatt vergessen. Während Rena mit Conny telefonierte, machte ich mich unverzüglich auf, um Desmond wegen der Liste zu konsultieren. Ich fand ihn jedoch weder im Haus noch auf dem Gelände, und da auch Elizabeth nicht zu sehen war, konnte mir niemand etwas Verbindliches zu seinem Verbleib sagen.

Als ich zurückkam, hockte Rena teilnahmslos neben dem aufgelegten Telefonhörer und nahm bereits die nächste Ration Tabletten.

„Alles in Ordnung?“ fragte ich.

„Conny geht es gut. Sie fühlt sich wohl dort. Vor allem diese Ente, die Lucy heißt, hat sie sehr ins Herz geschlossen.“

„Lucy ist eine Gans.“ Ich lächelte. „Genau genommen eine Steinbacher Kampfgans!“

Besorgt zog Rena die Stirn in Falten.

„Keine Angst. Lucy ist zwar eine gnadenlose Wächterin, aber alle, die zum Haus gehören, sind ihrer Zuneigung sicher.“

Sie hörte teilnahmslos zu.

Ich setzte mich zu ihr. „Ist es nicht besser, wenn du dich

erst mal hinlegst und versuchst, ein paar Stunden zu schlafen, bevor du losfährst?“

Sie versuchte, sich zusammenzureißen. „Ich muss spätestens heute um Mitternacht dort sein.“

Die Frist. Sie wollte sie unbedingt einhalten, damit Bertrand bei Laune blieb. Ich konnte nur hilflos den Kopf schütteln.

„Verstehst du das nicht?“

Ihr eindringlicher Blick ging mir bis ins Mark. Er sagte: Lass mich jetzt bitte nicht hängen!

„Fährst du mich?“

Ich hatte es kommen sehen.

Zwar hatte ich so gut wie kein Verständnis mehr für sie, aber ihre Bitte um Hilfe zu ignorieren, und sie im Stich zu lassen, war etwas ganz anderes. Bevor ich Rena Carsten getroffen hatte, war ich mal ziemlich gut darin gewesen, mich nicht auf Dinge einzulassen, die mit meinem Job kollidierten. Aber im Stich gelassen hatte ich noch niemand.

*

Wir kamen gut voran.

Bereits nach zwei Stunden lagen Caledon und Swellendamm hinter uns. Die N2 zog sich in lang gezogenen Geraden und Schwüngen durch weite Ebenen und über sanfte Höhenzüge. Der Verkehr hielt sich in Grenzen, und es war mit keiner besonderen Anstrengung verbunden, den Wagen über den Highway zu steuern. Rena lag auf den Rücksitz und schlief. Der Tag war klar, und die Sonne brannte wie mit Laserstrahlen auf die Windschutzscheibe. Nur die Klimaanlage bewahrte uns davor, geröstet zu werden.

Eigentlich hatte ich um diese Zeit in Kapstadt sein wollen. Nun fuhr ich genau in die andere Richtung: zur Ostgrenze der Provinz Western Cape. Ich fühlte mich frisch und wach und genoss jede neue Variante, die mir die südafrikanische Landschaft in ihrer überbordenden Vielfalt bot. Und doch war ich im Kopf von einer eigentümlichen Apathie befallen, die jeden klaren Gedankenfluss bremste. Womöglich war Renas Zustand ansteckend. Oder ich war inzwischen resistent gegen tief schürfende Grübeleien, die mich kurzfristig nicht weiterbrachten. Wenn Distanz und Planung erst mal den Bach runter sind, gilt die banale Einsicht: Nicht was dir zustößt zählt, sondern wie du damit fertig wirst!

Ich hatte ein klares geografisches Ziel vor Augen. Und nachdem ich mich einmal darauf eingelassen hatte, es anzusteuern, musste ich nur noch Kurs halten, um es rechtzeitig zu erreichen – und mich gleich wieder auf den Rückweg begeben zu können. Und zwar alleine. Das Ganze war nichts weiter als ein kleiner Umweg, den ich für Rena absolvierte. Sie mochte der Typ Frau sein, dem man gerne ab und zu in die Arme sank, aber man musste ihr nicht unbedingt für länger in die Hände fallen. Wenn sie auf Teufel komm raus die weibliche Hauptrolle in einem Film mit dem Titel „Sucht und Erfüllung" spielen wollte, war das ihr Problem. Die männliche Hauptrolle war schon seit langem vom einzig tauglichen Star besetzt: Marius Bertrand. Renas Welt war nicht meine Welt. Eine Einsicht, die so simpel wie die Erkenntnis war, dass ein Teil der Grünflächen auf unserer Erde aus Friedhöfen besteht.

Der Körperkontakt kam wie aus heiterem Himmel und traf mich wie ein kleiner Elektroschock.

„Rena – was soll das?"

Unter ihrer spontanen Umarmung verriss ich das Lenkrad und driftete ungewollt auf die rechte Spur. Da meilenweit kein anderes Fahrzeug unterwegs war, blieb der Schlenker ohne Folgen. Behutsam orientierte ich mich wieder zum linken Fahrbahnrand und warf einen Blick in den Innenspiegel. Rena saß direkt hinter mir, die Arme fest um mich geschlungen. Ihre Augen waren klar und wach, und sie lächelte aufgekratzt. Es schien ihr sehr viel besser zu gehen.

Sie drückte mich noch mal herzhaft, ließ mich frei und fragte: „Wo sind wir jetzt?"

„Vor einer Weile sind wir an Swellendamm vorbei, und bald müsste Heidelberg kommen."

„Heidelberg..." wiederholte sie versonnen. „Dann haben wir die Hälfte des Weges schon hinter uns." Sie baute sich mit den Armen eine Brücke zwischen den Rücklehnen der Vordersitze, legte das Kinn auf und schaute mit mir auf die Fahrbahn.

Dann kicherte sie.

„Was ist denn jetzt los?"

„Schau mal auf dein Armaturenbrett!"

Ich nahm das Gas leicht zurück und sah auf den Tacho. „Alles im legalen Bereich."

„Nicht das Tempo – die Tankuhr!"

Rena hatte Recht. Die Nadel hing sehr tief, und die Reserve-Anzeige flackerte rot auf.

„Muss dir aber nicht peinlich sein."

Die Warnung übersehen zu haben, war kein gutes Zeichen. Ich schwieg mich aus.

„Gut, zu wissen, dass es spätestens in Heidelberg eine Tankstelle gibt, Helm."

„Ich darf dich an den vollen Reservekanister im Kofferraum erinnern."

„Oh, natürlich." Sie lachte. „Wie konnte ich das nur vergessen. Das macht eben den Unterschied zwischen uns aus."

Nicht nur das!

„Ich habe meist gar keinen Kanister dabei", stellte sie fröhlich fest. „Und wenn, dann ist er bestimmt leer. Ich wusste schon, warum ich dich als Fahrer angeheuert habe."

Angeheuert! Auch unsere Wahrnehmung war nicht dieselbe. Welche Pillen nahm sie sonst noch? Hatte sie das Valium nur geschluckt, um mich als Fahrer anwerben zu können? Allmählich bereute ich, mich auf die Rolle des Chauffeurs eingelassen zu haben. Sie wandte sich ab und ich hörte, wie sie in ihrer Tasche herumkramte.

„Hier. Habe ich uns in Paarl besorgt."

Sie tauchte wieder neben meiner Schulter auf und hielt mir eine Musikkassette hin. Ich nahm sie und warf einen flüchtigen Blick auf das Cover. Aaron Neville lächelte mir entgegen, das große Muttermal über der rechten Augenbraue.

„Wie kommst du denn auf den?"

„Das farbige Kontrastprogramm zu deinem bleichen Freund. Du magst doch Männer mit hohen Stimmen."

„Hört sich ja an, als hätte ich es mit Kastraten."

„Leg auf!"

Gleich das erste Stück war typisch für Aarons Gesangstechnik. Was er aus *Louisiana 1927* von Randy Newman herausholte, war hörenswert, und Newmans Text passte nirgendwo besser hin, als in das Land, durch das wir fuhren.

What has happened down here is the winds have changed...

„Du überraschst mich immer wieder, Rena." Ich musterte sie im Innenspiegel.

„Deswegen kommen wir auch so gut miteinander aus."

Wir hörten dem Song zu.

Clouds roll in from the north and it starts to rain...

Ein Schild kündigte Heidelberg an.

40

Nachdem ich den Wagen betankt und Rena die Rechnung beglichen hatte, saßen wir eine Weile bei geöffneten Seitenfenstern nebeneinander und teilten uns ein Sandwich und eine kalte Dose Coca Cola.

Die Mittagshitze hing sengend über dem Land und hatte die angenehme Kühle im Wageninneren schon mit dem ersten erdrückenden Schwall zunichte gemacht. Die Luft war hier feuchter als im Weinland. Am Horizont hing eine dunkle Gewitterfront – ganz wie Wetterfrosch Aaron Neville es vorausgesehen hatte. Zwar regnete es noch nicht, aber es war absehbar.

„Lass uns Freunde bleiben", sagte Rena und legte mir die Hand auf den Oberschenkel.

Auf halber Strecke unserer gemeinsamen Reise saßen wir in der brütenden Hitze und sahen dem Unwetter entgegen. Über dem Horizont zuckte ein Blitz, wenig später gefolgt von einem fernen Grummeln. Ich nahm noch einen Schluck und gab Rena die beschlagene Dose zurück. Sie trank. Wie hypnotisiert stierten wir durch die Windschutzscheibe. Es wurde noch einen Tick dunkler, und eine Neonreklame flackerte auf.

REST IN A DREAM MOTEL

Rosarot vor schwarzen Regenwolken.

Renas Hand versengte meinen Oberschenkel.

„Wir brauchen noch was zu trinken für unterwegs", sagte ich, stieg aus und eilte zum Kassenhäuschen.

Während ich zwei Flaschen Mineralwasser bezahlte, fiel mein Blick auf den kleinen Fernseher, der den Tankwart unterhielt. Über den Bildschirm lief eine Nachrichtensendung in Afrikaans.

Bertrand.

Er schaute siegesgewiss in die Kamera, befand sich offensichtlich auf freiem Fuß. Noch immer? Oder schon wieder? War er bereits verhaftet gewesen und inzwischen gegen Kaution freigelassen worden? Ich verstand kein Wort. Und es war mir auch gleichgültig. Was auch bei der Sache herauskommen mochte, es hatte nichts mehr mit meinem Auftrag zu tun – der war abgeschlossen.

Zurück am Wagen, warf ich die Wasserflaschen auf den Rücksitz und setzte mich wieder hinters Steuer.

„Willst du wirklich in diesem Wolkenbruch weiterfahren?“ fragte Rena.

„Noch ist er nicht da.“

„Aber er kommt mit Sicherheit.“

Das war richtig. Blitz und Donner folgten rascher aufeinander und kamen unaufhaltsam näher. Ich wischte mir den Schweiß aus dem Gesicht, startete den Motor. Die Kassette sprang an, und zu den ersten Regentropfen, die von den Scheibenwischern weggeputzt wurden, erklang *It Feels Like Rain.*

*

Das Unwetter kostete uns eine Menge Zeit.

Auch Riversdale und Mossel Bay passierten wir noch bei bedecktem Himmel und mussten den einen oder anderen Schauer über uns ergehen lassen. Doch dann klarte es langsam auf.

Schon auf dem Weg nach Mossel Bay hatte sich die N2 allmählich der Küste angenähert, doch erst hinter George fand der jetzt dichter befahrene Highway Kontakt zum Indischen Ozean. Die graue Wolkendecke riss auf und überließ der Spätnachmittagssonne nach und nach das Kommando. Die Luft war klar und sauber. Ich schaltete die Klimaanlage ab, und wir öffneten die Seitenfenster.

„Fahr bitte etwas langsamer, damit wir die Stelle nicht verpassen“, bat Rena eine Viertelstunde nachdem wir Knysna hinter uns gelassen hatten.

Ich nahm das Gas zurück.

„Da vorne ist es.“ Sie deutet auf die Mündung einer

schmalen Piste, die rechterhand in den dichten Wald abbog, also in Richtung Ozean. „Wir befinden uns hier ganz in der Nähe von Hakerville."

Ich hatte kein Schild entdecken können und musste mich ganz auf ihr Orientierungsvermögen verlassen. In besseren Tagen musste die Piste einmal ganz asphaltiert gewesen sein, aber mittlerweile waren die geteerten Reststücke mit ihren tiefen Schlaglöchern schlechter zu befahren als die fest gewalzte Mischung aus rotem Laterit und schwarzem Splitt. Eine Gruppe Touristen auf Mountainbikes kam uns entgegen.

Langsam ging es weiter durch Wald und Wiesen. Die Sonne stand schon tief. Die Luft roch würzig. Frischer Nadelholzduft mischte sich mit einer von Jod und Salz geschwängerten Meeresbrise. Schmetterlinge taumelten über den schattigen Weg, und auf einer Koppel grasten Pferde. Alles in allem ein stressfreies Stückchen Erde, auf dem sich Marius Bertrand niedergelassen hatte.

„Da vorne müssen wir noch mal nach rechts."

Der Weg gabelte sich – diesmal mit Wegweiser.

YELLOWWOOD PRIVATE RESERVE 2 km

Nach der Gabelung war die einspurige Piste besser in Schuss. Alle Schlaglöcher waren ausgebessert, und nach etwa einem Kilometer begann eine völlig intakte Asphaltdecke. Ein Kleinbus kam uns entgegen. Ich wich an einer passenden Stelle aus. Der Fahrer bedankte sich mit einem kurzen Hupen. Während er vorbeizog, konnte ich den Schriftzug, der die Längsseite des Fahrzeuges zierte, lesen.

WILDEBEEST CATERING

„Sieht aus, als ob man eine Begrüßungsparty für dich schmeißt." Ich nahm wieder Fahrt auf.

„Sehr witzig."

Der Wald wurde lichter und gab den Blick auf einen hohen Sicherheitszaun frei, der sich durchs Gelände zog. Ein

Wachmann im Safari-Outfit ging Streife und sprach in ein Walkie-Talkie. Ein Schäferhund begleitete ihn auf seiner Patrouille. Der Schlagbaum, der einige hundert Meter weiter die Piste sperrte, fügte sich mit seiner Rinde gut in die Natur ein. Ganz wie die kleine Blockhütte, die als Wachhäuschen diente. Auch die geschnitzte Begrüßungstafel passte dazu.

WELCOME TO YELLOWWOOD PRIVATE RESERVE!

YOU ARE SAVE HERE!

Langsam fuhr ich bis zur Barriere und hielt an.

*

Der Posten, der aus dem Blockhaus kam, war nicht der größte. Er trug ebenfalls Safari-Khaki und hatte keine Mühe, Rena und mich zu identifizieren.

Es war der Buschmann.

„Willkommen zu Hause", sagte er lächelnd zu Rena. „Wir haben Sie erwartet, Madame."

Madame!

Doch auch bei bösester Absicht konnte ich keine Spur von Zweideutigkeit aus den höflichen Worten des zierlichen Mannes heraushören. In Bertrands Refugium herrschten schlicht und einfach nur Manieren. Und so ließ der Buschmann auch mich an seinem Lächeln teilhaben.

„Es freut mich, Sie wieder gesund zu sehen, Sir!"

Auch das kam bei mir ohne jede Spur von Ironie oder Sarkasmus an, und ich sagte: „Danke." Ich brachte es kaum heraus – als sei meine Zunge noch dick geschwollen.

Er öffnete den Schlagbaum und winkte uns durch.

Ich gab vorsichtig Gas. So weit ich erkennen konnte, war der Mann unbewaffnet. Trotzdem gab ich mich keinen Illusionen hin. So schmal er auch war, er hatte alles drauf, was für seinen Job erforderlich war. Er tötete und beerdigte. Er brach Knochen und heilte sie wieder. Je nachdem wie

Bertrands Befehl lautete. Er war Killer und Medizinmann in einer Person – und im Moment gab er den friedlichen Wachmann, der freundlich zu Touristen ist.

Ein weiterer Kleinbus kam uns entgegen, voll besetzt mit Zivilisten, die offenbar bester Stimmung waren. Diesmal bekam ich Vorfahrt. Der Fahrer machte mir Platz und winkte mich vorbei. Ich hob die Hand zum Dank, und auch bei dieser Gelegenheit konnte ich im Vorbeiziehen einen Schriftzug lesen.

WHALE ROCK PICTURES

Ich traute meinen Augen nicht, sah über die Schulter zurück, um ganz sicher zu sein. Was hatte Gunter Gormanns Filmproduktion gerade hier verloren? Bevor ich weiter darüber nachdenken konnte, führte die Piste in einer schwungvollen Kurve auf eine Anhöhe, die den Blick über den Indischen Ozean frei gab.

Ich hielt an, stellte den Motor ab, und wir genossen für den Augenblick das Rauschen der Brandung. Es war laut und doch beruhigend. Hatte sich der Tag im Halbdunkel des Waldes schon so gut wie verabschiedet, so lebte er hier draußen am Wasser noch einmal auf. Grünblaue Wellen mit weißen Gischtkämmen rollten auf einen Strand zu, dessen Sand fast ebenso hell wie der Schaum des Salzwassers war. Doch nicht nur die Natur bot einen überwältigenden Anblick – auch was der Mensch hineingestellt hatte, war beachtlich.

In den Dünen lag ein fein verschachtelter Gebäudekomplex. Er bestand aus einem Haupthaus und einem Dutzend Bungalows unterschiedlichster Größe, die alle mit überdachten Gängen und Hallen verbunden waren. Dunkles Tropenholz fügte sich mit geweißten Lehmwänden zu einer Art subtropischem Fachwerk zusammen. Alle Dächer waren mit Naturfasern gedeckt. Aus der Ferne war nicht zu erkennen, ob es sich um Palmwedel, Ried oder einfaches Stroh handelte.

Noch während ich das Anwesen betrachtet hatte, war Rena ausgestiegen. Sie stand hoch über dem Strand, schaute auf den Ozean hinaus und hielt sich mit beiden Armen fest umschlungen – vermutlich, um sich vor dem Wind zu schützen. Für mich sah es aus, als stecke ihr Oberkörper in einer unsichtbaren Zwangsjacke. Hatte sie Angst vor der eigenen Courage bekommen? Wollte sie doch noch im allerletzten Moment umkehren? Oder genoss sie nur die letzten Minuten in Freiheit, bevor sie sich erneut in die Fänge Bertrands begab?

Minuten später stieg sie wieder ein. Ohne mich anzusehen sagte sie: „Jetzt haben wir es so gut wie geschafft!"

41

In der Zufahrt zum Hauptgebäude parkten drei weitere Kleinbusse der Produktionsfirma.

Die Dreharbeiten, die anscheinend auf dem Gelände stattgefunden hatten, waren wohl beendet, denn Gormanns Leute beschäftigten sich mit dem Abbau des Sets. Männer und Frauen des Filmteams luden ihre Gerätschaften für Ton, Licht und Kamera ein und rollten nicht wenige Meter Kabel zusammen. Der Mann mit dem silbernen Vollbart und dem pechschwarzen Haar überragte alle. Aber auch hier, als Fels in der Brandung, wirkte Gunter Gormann trotz seiner Körpergröße eher unauffällig. Mimik und Gestik, die seine Anweisungen an die Mitarbeiter begleiteten, entsprachen ganz dem verbindlichen Tonfall, den ich bereits kannte.

Ortskundig dirigierte Rena mich am Filmtross vorbei bis zu einer überdachten Parkbucht für Gäste, in der ich den Wagen abstellte. Schon im Vorbeifahren hatte Gormann mich erkannt. Die irritierte Miene, mit der er uns nachsah, war mir im Seitenspiegel nicht entgangen. Kaum waren wir ausgestiegen, kam er zu uns geeilt.

„So sieht man sich wieder“, begrüßte er mich.

Ich schüttelte ihm die Hand und stellte Rena vor, bevor sie sich entschuldigte und im Haus verschwand.

„Immer noch auf der Suche nach Tim?“

Wenn es noch eines Beweises für Wishbones diskreten Umgang mit dem Schicksal des Somali bedurfte, so war er mit dieser Frage erbracht.

„Wenn Sie so wollen...“

„Tut mir übrigens Leid wegen der nächtlichen Störung, als die Sache mit Jabu passierte. Ich hätte Ihnen nicht hinterher telefoniert, wenn ich mir nicht echt Sorgen gemacht hätte, Helm.“

„Ist schon gut. Mittlerweile wissen Sie ja, dass die Polizei nicht hinter *mir* her war.“

Er quälte sich durch etwas, das offenbar ein Lächeln werden sollte.

Es zog mich nicht ins Haus, und so wandte ich mich Gormanns Team zu. „Und welchen Streifen drehen Sie hier, Gunter?“ Langsam spazierte ich mit ihm zu den Bussen.

„Einen Dokumentarfilm über den Hausherrn.“

„Reales oder Doku-Soap?“

„Fakten! Eine Art persönliches Porträt. Ein bewegtes Leben, dessen abenteuerlicher Verlauf die Nation heutzutage mehr den je interessieren dürfte.“

Ich schwieg verblüfft.

„Na ja...“ Er kratzte sich am Kopf. „Auch Sie haben sicher die Zeitungen gelesen oder sich sogar die Nachrichten im Fernsehen angeschaut.“

„War ja nicht zu übersehen.“

Wir verharrten außerhalb des Aktionsradius des Teams und sahen zu, wie die Beleuchter Reflektionsschirme verluden, die mit Alufolie beschichtet waren.

„Er hat das Projekt selbst angeregt."

Gormann nannte den Mann, um den sich unser Gespräch drehte, nie beim Namen. Was immer das auch bedeuten mochte – fest stand: Bertrand ging in die Vollen. Wishbone hatte ihn wie geplant den Medien zum Fraß vorgeworfen und ihm damit mehr Öffentlichkeit verschafft, als ihm lieb sein konnte. Doch da man ihn nun einmal geoutet hatte, gab sich Bertrand nicht mehr damit zufrieden, den Medien Rede und Antwort zu stehen. Die passive Rolle gefiel ihm nicht. Es war nicht sein Kampfstil. Er wurde aktiv und steuerte seine eigene Propaganda zum Thema bei, entschlossen Antworten auf Fragen zu geben, die ihm niemand stellte.

„Ich nehme an, er schreibt auch das Drehbuch", sagte ich.

„Nicht selbst – aber es kommt wohl auf das Gleiche raus. Es ist halt sein Leben."

„Und für wen produzieren Sie so etwas, Gunter? Es ist doch sicher kein deutscher Auftraggeber."

Gormann schüttelte den Kopf und machte sich mit einem kurzen Lacher Luft. "Für ihn."

„Der Hauptdarsteller als Auftraggeber?"

„So ist es. Er ist Mehrheitseigner unserer Firma."

Whale Rock Pictures war also ebenfalls eine *B&S Company.* So viel zur Vielfalt der Unternehmensgruppe von Bertrand und Stamm und zur geschäftlichen Unabhängigkeit eines Gunter Gormann. Die Ladearbeiten waren inzwischen so gut wie beendet, und ich sagte zu ihm: „Wie man sieht, haben Ihre Leute wohl schon alles im Kasten."

„Das mag so aussehen, aber wir haben gerade mal angefangen. Es sollen drei Teile werden. Jeder sechzig Minuten lang."

Ich fragte mich, in welchem Teil die Vorgänge auf der Farm abgehandelt wurden.

„Das ist eine Menge Holz", klagte Gormann. Und als

könne er meine Gedanken lesen, fügte er hinzu: „Trotzdem können wir natürlich nicht alles dokumentieren, was für das Leben des Mannes relevant ist."

Daran zweifelte ich keine Sekunde. Für die nötigen Kürzungen im Skript würde Bertrand schon selber sorgen. Bustüren wurden zugeschlagen. Der erste Dieselmotor sprang an, und ein Paar Autoscheinwerfer blitzte auf. Die Dämmerung war bereits angebrochen. Nur am Horizont glühte noch ein Hauch Sonne nach. Ich erwartete, Gormann möge sich von mir verabschieden und einsteigen, doch er winkte seinen Leuten lediglich nach, als sie langsam davonfuhren.

„Kommen Sie!" Er packte mich am Arm und spazierte mit mir zum Haus zurück. „Ich wohne in einem der Gäste-Bungalows. Das Team hat morgen einen Tag frei. Übermorgen geht es hier mit den Dreharbeiten weiter, und bis dahin muss ich noch mit ihm am Drehbuch feilen." Er seufzte. „Jetzt könnte ich einen Assistenten wie Tim gut gebrauchen."

Als wolle er sich genau an diesem Punkt des Gesprächs als Co-Autor nachdrücklich in Erinnerung bringen, ertönte Bertrands Stimme.

„Willkommen auf Yellowwood, Helm!"

Er stand auf der Schwelle seines Hauses, den Arm um Rena gelegt. Im Licht der Abendröte konnte man den Eindruck gewinnen, das Paar warte im Feuerschein vor dem Eingang zur Hölle auf uns. Doch noch während Gormann und ich uns näherten, reagierte die Sensorschaltung auf den Einbruch der Dunkelheit, aktivierte die Außenbeleuchtung des Anwesens und bereitete dem makaberen Spuk ein Ende. Der Teufel trug weiße Freizeitkluft und hielt mir zur Begrüßung die Hand entgegen.

Ich wahrte die Umgangsform.

„Helm, ich habe mich bei Ihnen zu bedanken. Dass Sie Rena hergebracht haben, rechne ich Ihnen hoch an."

Ich nahm sein Wohlwollen stumm entgegen, auch wenn ich keinen Wert darauf legte.

„Und Ihr Deal mit Stamm gefällt mir übrigens auch. Ein echtes Gentlemen's Agreement."

Bertrand zwinkerte mir zu, als teilten wir ein wichtiges Geheimnis miteinander, das Rena und Gormann zu ahnungslosen Statisten degradierte. Das Grün seiner Augen kam mir im dezenten Licht der Eingangsbeleuchtung eine Spur dunkler vor, smaragdfarben, wie der Indische Ozean in der Sonne. Ich schaute Rena an, und sie löste sich von Bertrands Seite und ging zum Wagen, um ihr Gepäck zu holen. Als sie die Kofferraumklappe öffnete, beeilte Gormann sich, ihr zu helfen.

„Wozu haben wir denn Personal?" rief Bertrand ihnen nach.

„Ist doch nicht viel", meinte Rena, und auch Gormann wiegelte ab: „Das schaffen wir locker alleine."

Bertrand ließ es auf sich beruhen.

„Dann werde ich mich mal wieder auf den Weg machen", sagte ich.

„Quatsch!" Bertrands Ton duldete keinen Widerspruch mehr. Mit ihrem Hang zur freiwilligen Dienstleistung hatten Rena und Gormann seine Geduldsreserven spürbar ausgeschöpft. „Hier ist genug Platz für alle, und morgen ist auch noch ein Tag!"

„Die Bungalows werden Ihnen gefallen", beeilte sich Gormann, ihm beizupflichten und verschwand mit Renas Gepäck im Haus. Und auch Rena insistierte: „Helm, bitte. Ich möchte nicht, dass du heute Nacht noch zurückfährst!" Sie hielt bereits meinen kleinen Koffer in der Hand.

Ich fühlte mich mürbe und wusste nicht, was mir lieber war: Im Dunkeln zurück auf die Piste zu müssen, oder Gast an einem Ort zu sein, den ich nur widerwillig angesteuert hatte. „Sollte ich müde werden, kann ich unterwegs übernachten“, sagte ich zu ihr. „Es gibt ja genug Motels auf dem Weg.“

Meine Antwort trieb Rena ins Haus – mit meinem Gepäck.

„Sie sind gerade überstimmt worden.“ Bertrand schlug mir auf die Schulter und gab sich leutselig. „Nun kommen Sie schon rein.“ Mit einer Geste überließ er mir den Vortritt.

42

„Wie Sie sehen“, tönte Marius Bertrand, als er uns auf die weitläufige Veranda mit dem großen Pool führte, „Stehe ich nicht einmal unter Hausarrest.“

Ich musste an Wishbone denken.

„Die Herrschaften haben mich verhaftet und brav dem Richter vorgeführt. Und der hat mich wieder auf Kaution freigelassen. So einfach ist das. Man muss eben genug Geld und gute Anwälte haben. Unschuldig zu sein reicht nicht.“

„Wie hoch war das Kopfgeld, das Ihre Anwälte für Sie hinterlegen mussten?“

„Von mir werden Sie das nicht erfahren, Helm, denn ich bin mehr wert, als die Summe ausdrücken kann. Aber *Kopfgeld* ist gut! Das gefällt mir!“

„Keine sonstigen Auflagen?“

„Sie haben alle meine Pässe kassiert, damit ich mich nicht aus dem Staub mache.“ Er schnaubte verächtlich. „Als ob ich in den letzten Tagen nicht hinreichend klar gemacht hätte, dass ich vor niemandem und nichts weglaufe. Ich bleibe hier, in meinem Land, bis die Sache vom Tisch ist. Ach ja, und alle vierundzwanzig Stunden soll ich mich beim lokalen Polizeiposten melden, damit sie wissen, ob ich noch da bin. Die Jungs wussten aber nicht mal genau, ob das nun in Knysna oder in Plettenberg Bay stattfinden soll. Dabei müssen sie nur den Fernseher einschalten, um mich im Auge zu behalten. Was soll man dazu noch sagen? Das Ganze kommt mir ziemlich irreal vor."

Real war hingegen der Braten, der über dem Grill hing. Das Fleisch brutzelte noch nicht lange über der Holzkohle. Noch tropfte kein Fett in die Glut. Der Braten war bleich und wies nur an wenigen Stellen einen Hauch Rosa auf. Es handelte sich um eine Echse. Kopf und Tatzen waren nicht gehäutet und ermöglichten die exakte Identifizierung. Es war ein Krokodil.

„Unser Abendessen", sagte Bertrand, nachdem er unsere skeptischen Mienen bemerkt hatte. „Das dauert aber noch eine ganze Weile. Es ist gar nicht leicht, so ein Biest à point zu grillen. Aber wenn es gelingt, ist es eine Delikatesse – und eine Eiweißbombe erster Güte." Er lachte zufrieden.

Rena hatte bereits beim ersten Anblick des Reptils meinen Koffer neben mir abgestellt und sich mit gerümpfter Nase in die Küche verzogen, um sich mit Hilfe der Bantuköchin alternative Verpflegungsmöglichkeiten zu erschließen. Dave, der dunkelhäutige Athlet, mit dem ich bereits am Ufer des Stausees nähere Bekanntschaft gemacht hatte, betreute den Grill. Er trug zur Abwechslung keine Gummistiefel, sondern bequeme Basketballtreter, und anstatt einer Pumpgun hielt er einen Schürhaken in der Hand, mit dem er gelangweilt in der Glut herumbohrte. Er tat es dem Buschmann gleich und lächelte mich freundlich an, als sei nichts gewesen.

Bertrand nahm dem Mann das Eisen aus der Hand und betätigte sich selbst als Grillmeister. „Ein anständiges *Braai* – oder Barbecue, wie Sie es wohl nennen würden, Helm – ist für einen echten Afrikaander ein nahezu heiliges Ritual." Er sah Gormann an. „Nicht wahr, Gunter? Dir altem Germanen ist das doch auch schon in Fleisch und Blut übergegangen."

„*Fleisch und Blut* ist gut." Gormann wagte es nicht zu widersprechen und legte vorsichtshalber noch etwas drauf. „In Mengen! Und Bier gehört natürlich auch dazu!" Er wandte sich hastig an mich, als müsse er sich unverzüglich für seine Worte entschuldigen. „Das ist hier zu Lande nun mal Kult."

„Ich gebe zu", sagte Bertrand zu mir, „Das mit dem Kult gilt vor allem für die Buren. Womöglich isst ein Großteil von uns auch deshalb so besonders gerne weißes Fleisch." Versonnen starrte er auf die bleiche Echse. „In Zeiten wie diesen ist das wie eine Frischzellentherapie." Er stieß die Eisenstange tief in die Glut, ließ sie stecken und rieb sich die Hände. „Und zwar für den Geist und für den Körper!"

Gormann überspielte seine Verlegenheit mit einem Räuspern und starrte auf das Wasser im Schwimmbecken.

„Nur keine Angst, Gunter", Bertrand schlug ihm mit der flachen Hand auf den Rücken. „Ich fange nicht wieder damit an."

Beide waren groß gewachsene Männer. Doch neben Bertrand schien Gormann zu schrumpfen.

Bertrand wandte sich an mich. „Gunter und ich hatten so manche Unterhaltung über die Wende – hier in Südafrika und in Deutschland – und über die Folgen. Wussten Sie, dass das Südafrika der Buren so sehr ein *Vaderland* war, wie Deutschland ein Vaterland war und ist?"

„Das war mir so nicht klar."

„Während des Zweiten Weltkriegs entschieden sich die Südafrikaner übrigens nur mit knapper Mehrheit gegen Deutschland als Alliierte."

Langsam bereute ich, mich nicht sofort auf den Rückweg gemacht zu haben. Mir drohte eine Art Heimatabend.

*

„Denken Sie mal darüber nach, Helm!“

Damit kam Bertrand zum Ende seines Monologs zur nationalen Identität. Er starrte mich aus seinen kleinen Augen an, als könne er mir mit einem einzigen Schnabelhieb das Herz herausreißen und damit meine Seele retten. „Es gibt einen harten mythischen Kern in der deutschen Psyche, der mich schon seit Ewigkeiten fasziniert hat. Ein uraltes Zentrum der Dinge, das den Kräften, die es beherrschen wollen, stets erbitterten Widerstand geleistet hat.“

Ich hatte gute Lust, ihn zu fragen, ob er diesen Gesichtspunkt schon mal mit Rena besprochen hatte. Mythen! Ein Thema, das ihn auf geheimnisvolle Weise sogar mit Stan Wishbone verband.

„Wir wollten noch am Drehbuch arbeiten“, mahnte Gormann behutsam.

Man konnte über den Produzenten denken, was man wollte, aber er hatte unzweifelhaft ein Gespür für kritische Situationen.

„Richtig, Gunter!“

Bertrands Antwort war laut, als müsse er sich ins Hier-und-Jetzt zurückbringen. Mit einem Ruck zog er das Eisen aus der Glut und hielt es Dave wie abwesend hin. Der Athlet hatte sich außer Hörweite getrollt und musste sprinten, um es ihm abzunehmen. Bertrands Blick fiel auf meinen Koffer.

„Bring Helm zu seiner Unterkunft“, befahl er Gormann. „Und bring auf dem Rückweg dein Skript mit. Wir treffen uns in einer Viertelstunde bei mir.“

Der Hausherr ließ uns stehen und verschwand im Haus. Gormann wollte mein Gepäck nehmen, aber ich kümmerte mich selbst darum und folgte ihm zum monotonen Zirpen der Zikaden über die Veranda und weiter durch weitläufige Gärten. Unterwegs passierten wir auch den Bungalow, in dem Gormann wohnte. Unser Weg war auf Fußhöhe ausgeleuchtet. Der Geruch glimmender Holzkohle verflüchtigte sich allmählich, und zum steten Rauschen des Ozeans zog ein voller Mond auf.

„So wie Marius drauf ist, legt er heute Nacht wieder Richard Wagner auf."

Zum ersten Mal nannte Gormann den Mann beim Namen.

„Sie werden es erleben! Er nennt es Sturm-Musik. Manchmal redet er auch von der größten Stammes-Musik, die jemals komponiert wurde. Er sitzt dann am Ozean, starrt auf das Meer hinaus und redet von *einem aufwühlenden lunaren Einfluss empor schwellender Fluten, die schnell ansteigen und an die schadhaften Deiche in der Seele des einzelnen Menschen schlagen.* Für ihn ist nicht nur das ganze Thema, sondern auch die Musik selber der reine Mythos. Ich, für meinen Teil, liebe Wagner – aber ohne das ganze Brimborium."

Wenn er Bertrand weiter so gut beobachtete und ihm derart aufmerksam zuhörte, war mit einem ziemlich authentischen Dreiteiler zu rechnen.

„Haben Sie mal was von Laurens van der Post gelesen?" fragte er.

Ich zögerte einen Moment. Worauf wollte Gormann hinaus? Gehörte die Frage nur zu seinem philosophischen Exkurs oder hatte sie eine andere Bedeutung?

„Ja – *Flamingofeder.*"

„Ein tolles Buch."

Gormanns Begeisterung war zweifellos echt.

„Sie sollten mal *Das dunkle Auge Afrikas* lesen, dann wissen Sie, wovon ich die ganze Zeit rede. Ein Autor, bei dem es oft um Träume geht – im Prinzip immer nur um den einen großen Traum."

„Und darum, dass nicht wir träumen, sondern geträumt werden."

Meine kargen Erkenntnisse versetzten Gormann geradezu in Begeisterung. „Sie haben ihn tatsächlich gelesen!" Doch bevor er richtig ins Schwärmen kam, fügte er düster hinzu: „Leider liest Marius den alten Meister nicht sorgfältig genug. Obwohl er ihn gerne im Mund führt. Aber er pickt sich dabei leider nur das heraus, was ihm in den Kram passt. Und wenn es ganz schlimm kommt, deklamiert er zu dröhnender Wagner-Musik den Schwachsinn größenwahnsinniger Politiker, Sätze wie: *Ich gehe den Weg, den mir die Vorsehung vorgezeichnet hat, so sicher wie ein Schlafwandler!*"

„Das kommt mir aber sehr bekannt vor."

„Worte des *Größten Führers aller Zeiten.*"

„Und in welchem Teil Ihrer Dokumentation werden sie diese Seite ihres Hauptdarstellers in Szene setzen, Gunter?"

„Das weiß der liebe Gott."

„Ich befürchte, der wird Ihnen dabei nicht helfen."

*

Mein Bungalow lag am äußersten Rand der Wohnanlage, wo die nächtlichen Geräusche des Waldes das ferne Rauschen der Wellen überlagerten.

Nachdem Gormann sich fürs Erste verabschiedet hatte, ging ich kurz unter die Dusche. Anschließend legte ich mich aufs Bett und schlief ein.

Im Traum brachten sie es zu Ende.

Ich sah sie durch den Wald heranhuschen. Ein Trupp afrikanischer Krieger, bewaffnet mit Streitäxten, Speeren und Schilden, angeführt von einer Frau mit Schatten. Sie hatte langes schwarzes Haar und sah aus wie Wishbones jüngere Schwester. Sie trug ähnliche Tätowierungen auf den Wangen wie er, wegen ihres Geschlechts jeweils eine Linie mehr. In einer Hand hielt sie ein blutverschmiertes Messer, in der anderen den Kopf des Buschmanns. Noch im Tod lächelte er.

Die Rächer erreichten die Veranda. Krokodile peitschten das Wasser des Pools mit ihren Schwänzen und brachten es zum Schäumen. Marius Bertrand stand mit nacktem Oberkörper am Beckenrand und sah den Angreifern entgegen. Er breitete die Arme aus. Auf seinen Lippen lag ein selbstgefälliges Lächeln, das sagte: Kommt nur, ihr könnt mir nichts!

Die Amazone warf den Echsen das Haupt des Buschmanns zum Fraß vor. Einer ihrer Krieger reichte ihr seinen Speer. Ansatzlos schleuderte sie die Waffe auf den Feind. Der Speer zischte, wie von einem Katapult abgezogen, durch die Luft und traf Bertrand mitten ins Herz.

Für den Augenblick hatte er noch genug Kraft, die Arme hochzuhalten, dann brach er zusammen und blieb auf dem Rücken liegen.

Die Amazone ging zu ihm und riss den Speer aus dem toten Fleisch. Dann beugte sie sich über die blutigen Reste der groben Tätowierung, führte ihr Messer in schnellen Schnitten über die Brust der Leiche und merzte die Initialen *M* und *B* endgültig aus.

Das Bild entglitt mir, und ich wachte auf.

Benommen lag ich da, das Gesehene noch klar vor Augen. Speere und Schilde. Es lag wohl an der Überdosis van der Post, die mir Gormann verabreicht hatte. Doch der Gedanke, Wishbones Verwandtschaft könne mit der legalen Vorgehensweise ihres Stammesfürsten nicht einverstanden sein und Selbstjustiz üben, war mir nicht ganz unsympathisch.

Das Telefon klingelte. Ich meldete mich und hörte Bertrands aufgekratzte Stimme.

„Jetzt gibt es endlich was zu Essen, Helm. Beeilen Sie sich, bevor die Delikatesse verspeist ist!"

Allein der Gedanke an geröstetes Krokodil stieß mich ab. Ich verspürte weder Hunger noch Lust, mich dem Auftritt des Gastgebers weiter auszusetzen. Höflich schützte ich Erschöpfung und Müdigkeit vor und widerstand seinen charmanten Werbungsversuchen, bis er nachgab und mich in Ruhe ließ.

„Wie Sie wollen, Helm. Ich werde Ihnen zum Ausgleich morgen Früh ein gutes Frühstück machen lassen, bevor Sie sich auf den Rückweg begeben."

Er legte auf.

Die Argumente, die ich vorgebracht hatte, mussten auch mich überzeugt haben, denn ich schlief sofort wieder ein.

43

Als ich kurz vor Mitternacht erneut aufwachte, nahm ich die fein dosierte Wucht wahr, mit der das *Siegfried-Idyll* in der Ferne erklang.

Ich fand keinen Schlaf mehr und verspürte Hunger. Nachdem ich mich angezogen hatte, machte ich mich auf den Weg zum Haupthaus. Der Mond leuchtete die Wohnanlage so unerbittlich aus wie Flutlicht den Hochsicherheitstrakt einer Strafanstalt. Die Stimmen des Waldes verloren sich mit jedem meiner Schritte hinter mir, bis das Rauschen des Ozeans und Wagners Musik ganz die Oberhand gewannen. Der Geruch nach Holzkohle und Gegrilltem, der mir mit der Meeresbrise entgegenwehte, gab mir Hoffnung, trotz der späten Stunde noch etwas Essbares auf der Veranda zu finden.

Im Pool leuchteten Unterwasserscheinwerfer. Unter dem Rost glomm noch Glut, und ich konnte den Buschmann, Dave und einen weiteren Mann aus Bertrands Truppe erkennen. Es war der Inder, den ich unter den Reitern auf der Farm gesehen hatte. Die Männer tranken Bier, waren damit beschäftigt, sich ein paar Würste zu brutzeln und nahmen kaum Notiz von mir. Nur der neugierige Blick des Buschmanns streifte mich kurz, bevor er den Kopf wieder abwandte.

Trotz dieses eindeutigen Lebenszeichens verspürte ich den Zwang, die Fluten im Schwimmbecken genauer in Augenschein zu nehmen – als müsse ich mich von der Wahnvorstellung des brodelnden Reptilienpools befreien. Die Wasseroberfläche lag friedlich und spiegelglatt vor mir. Nur die getragenen Klänge des *Siegfried-Idylls*, die durch die leicht geöffnete Glasschiebetür des Haupthauses zu mir herüber klangen und stetig auf und abschwollen, hatten etwas latent Bedrohliches. Die Interpretation des Musikthemas war verhalten und langsam. Und wenn man genauer hinhörte, war durch Streicher und Bläser ein Disput zwischen Bertrand und Rena zu vernehmen.

„Na, doch noch Hunger bekommen?"

Ich drehte mich um. Gormann ruhte angetrunken in einem Liegestuhl und prostete mir mit einer Bierflasche zu. Neben ihm stand ein halb geleerter Kasten.

„Bier ist hier." Er deutete auf die noch geschlossenen Kronkorken. „Krokodil ist leider schon lange alle!"

„Darauf war ich auch nicht besonders scharf."

„Wir haben den Jungs ein paar Würstchen spendiert. Die geben Ihnen sicher eins ab. Brot ist auch noch jede Menge da. Und Käse." Er deutete zu einem Servierwagen auf dem auch Gläser, Teller, Besteck und Servietten lagen. „Und Reissalat! Alles in Selbstbedienung. Das Personal ist schon nach Hause ins Dorf."

Ich nahm mir vom Salat, und noch während ich meinen Teller füllte, kam der Buschmann hinzu und hielt mir mit der Grillzange eine heiße Wurst entgegen.

„Boerewors…?"

Ich bedankte mich, und er lud die Wurst auf meinen

Teller und trollte sich wieder zum Grill. Gormann hatte sich in seinem Liegestuhl ins Sitzen hochgerappelt und öffnete eine Flasche Castle für mich. Ich nahm mir einen Badehocker und setzte mich zu ihm. Er reichte mir die Flasche, und ich prostete ihm zum Dank zu und nahm einen Schluck. Der Salat war scharf und köstlich. Und auch die fette Burenwurst, die mir auf der Farm noch so schwer im Magen gelegen hatte, schmeckte mir diesmal vorzüglich. Vielleicht lag es auch nur am Heißhunger.

„Der Wagner hört sich etwas zäh an", merkte ich an.

„Glenn Gould", gab Gormann zurück. „Der Meister hat es gerne etwas langsamer."

„Ich denke, der spielt Klavier."

„Sein Debüt als Dirigent. Es ist die allerletzte Aufnahme von ihm. Sie wurde drei Wochen vor seinem Schlaganfall aufgenommen. Er hat das Stück allerdings auch fürs Piano umgeschrieben und solo gespielt."

Bei den ersten Worten hatte Gormann noch angetrunken gewirkt, doch nun gewann ich den Eindruck, er sei völlig nüchtern.

„Es ist wundervoll zart. Gould soll gesagt haben, er wolle bei seiner Art der Interpretation mehr Idyll als Siegfried hören."

Die Musik klang aus, und Gormann lauschte ihr eine Weile nach – bis die Stille durch das Streitgespräch zwischen Bertrand und Rena zerstört wurde, das aus dem Haus zu uns herübertönte. Man konnte nicht genau verstehen, worum es ging, aber der Dialog hörte sich giftig an. Mittlerweile war auch das Paar hinter der Verglasung zu erkennen. Es brüllte sich an und gestikulierte dabei heftig. Das nächste Wagner-Thema erklang und übertönte den hitzigen Wortwechsel gnädig. Diesmal handelte es sich unzweifelhaft um ein Pianosolo.

„Das ist eine von Goulds Transkriptionen", sagte Gormann. „*Die Meistersinger von Nürnberg,* Vorspiel zum Ersten Aufzug. Er hatte vor, das Klavierspielen ganz aufzugeben, und nur noch zu dirigieren."

Ich drehte dem Paar den Rücken zu. „Der Haussegen scheint ja mächtig schief zu hängen."

„Das geht schon den ganzen Abend so, und es wird immer schlimmer." Gormann trank und wischte sich Mund und Bart ab. „Wenn man nicht so genau hinhört, könnte man es für eine Aufführung von *Wer hat Angst vor Virginia Woolf...?* halten. Aber die wenigen Dialogfetzen, die ich bislang verstanden habe, hatten beileibe nicht das Niveau des Theaterstücks."

„Sie sollten den Auftritt trotzdem noch als vierten Teil an Ihre Dokumentation hängen."

„Machen Sie bitte keine Witze."

„Wie war die Arbeit am Drehbuch?"

Gormanns Antwort beschränkte sich auf ein gequältes Aufstöhnen. Er hielt mir seine Bierflasche hin, und wir stießen heftig an, bevor wir einen Schluck nahmen und der Musik lauschten, die für den Moment nicht durch rüden Streit gestört wurde.

*

Noch bevor ich die Flasche zum zweiten Mal abgesetzt hatte, hörte ich hinter mir einen dumpfen Schlag und das Splittern von Glas.

Gormann sah es kommen und duckte sich im Liegestuhl zusammen, bevor das Wurfgeschoss im Pool aufklatschte. Eine silberne Wassersäule stieg auf, sackte wieder in sich zusammen und schickte kreisförmige Wellen aus, die gegen den Beckenrand schwappten. Was auch immer im Pool eingeschlagen sein mochte – es sank schnell.

Die Männer am Grill schauten alarmiert zum Haus

hinüber. Ich verlagerte das Gewicht auf meinem wackeligen Hocker, drehte mich um und konnte Rena hinter den Resten der zerborstenen Scheibe erkennen. Sie stürzte aus dem Haus und stürmte zur Brüstung der Veranda. Dort blieb sie mit dem Rücken zu uns stehen und starrte aufs dunkle Meer hinaus.

Bertrand kam aus dem Haus. Er ignorierte die Scherben der Glastür, und schlenderte Richtung Pool. Im Vorbeigehen bemerkte er: „Sie haben sich wohl einsam gefühlt, Helm?“ Am Beckenrand blieb er stehen und schaute ins Wasser. Seine Männer hatten sich wieder entspannt und widmeten sich Bier und Braai.

Gormann und ich erhoben uns, gesellten uns zum ihm und bemerkten den grünlich schimmernden Aschenbecher auf dem Boden des Swimmingpools.

„Schweres Kaliber aus feinstem Malachit“, stellte Bertrand fest.

Ein Blick genügte, und der Buschmann brachte ihm eine Flasche Bier. Bertrand trank und hielt mir die Flasche hin. Mit einem Kopfschütteln lehnte ich ab. Er gab die Flasche an Gormann weiter und starrte erneut auf das grüne Objekt im Wasser.

Ich erinnerte mich an den eiskalten Pool in Camps Bay, an den Stein, den ich an jenem frühen Morgen am Boden des Schwimmbeckens zu erkennen geglaubt hatte. Es war ein grünlicher Schimmer gewesen. Wie der eines Malachits. Es war wohl ein Omen gewesen. Aber ich hatte meinem unterkühlten Gehirn nicht getraut und das Ganze als Sinnestäuschung abgetan.

„Ganz schön temperamentvoll!“ riss mich Bertrand aus den Gedanken. „Wenn die Frau wüsste, wie man richtig zielt, hätte sie mir den Schädel damit zertrümmern können.“

Gormann nahm einen Schluck und wiegelte ab: „Sie hat es sicher nicht mit Absicht getan.“

„Und ob sie das hat!“ Bertrand nahm ihm die Flasche wieder ab und schloss für einen Moment die Augen, als bemühe er sich um Konzentration. Er ließ uns stehen und ging auf Rena zu. Auf halber Strecke blieb er stehen. „Nicht wahr?“ rief er ihr zu. „Den Tod – das ist es doch, was du mir wünschst?“

Sie drehte sich nicht zu ihm um.

Lähmende Sekunden lang hämmerte Gould seinen Wagner ins Klavier. Renas Schultern zuckten. Sie umarmte sich fest, bemüht ihren Weinkrampf zu unterdrücken.

„Ist es nicht so, meine Liebe?“ höhnte Bertrand und trank gierig.

Rena fuhr herum. „Du bist das reinste Ungeheuer!“ Tränen liefen ihr über die Wangen, doch sie machte sich nicht die Mühe, sie wegzuwischen.

Bertrand antwortete mit zufriedenem Lachen.

Ja, das gefiel ihm. Es war ein Titel, gegen den er nichts hatte. Wahrscheinlich fühlte er sich sogar geehrt. Gormann wandte sich ab. Er verzog sich wieder in seinen Liegestuhl und widmete seine ganze Aufmerksamkeit dem Bierkasten. Er hatte Recht. Vielleicht nahm die Verweigerung des Publikums den Akteuren die Lust am Auftritt. Es war nicht klug, das Paar durch Neugier anzustacheln. Am Liebsten wäre ich wieder in meinen Bungalow zurückgekehrt – hätte mich nicht eine unterschwellige Angst um Rena beschlichen. Doch was konnte ich tun? Die ganze Nacht lang Wache schieben? Mit etwas Glück gaben die beiden Kampfhähne bald auf. Ich beschloss, noch etwas auszuharren und setzte mich zu Gormann. Er gab mir ein frisches Bier.

„Wie konntest du nur so grausam sein?“ wollte Rena von Bertrand wissen.

„Sag doch gleich *kannst*!“

Rena starrte ihn fassungslos an.

Bertrand schüttelte den Kopf, als könne er sich ihre Vorwürfe auch nicht ansatzweise erklären. Er wandte sich ab und entfernte sich einige Schritte von ihr.

„Wer bist du nur?“ rief sie ihm nach.

Er drehte sich um und lachte bösartig. „Die Frage hast du doch schon beantwortet. Ich bin ein Monster!“

Rena zeigte ihm erneut die kalte Schulter. Ihre Arme hingen jetzt kraftlos herab, und ihre ganze Haltung vermittelte Resignation.

„Mich scheinst du ja bestens zu kennen“, fuhr Bertrand fort. „Aber was ist mit dir? Du weißt nicht, wer und was du selber bist.“

Rena widmete sich ganz dem Ozean.

Bertrand lächelte Gormann und mir aufmunternd zu. Ein Professor bei einer Vorlesung über Obduktionstechnik, der sich der Aufmerksamkeit seiner Studenten versichert, bevor er weiter für sie seziert.

„Um so etwas behandeln zu können, muss man die Symptome kennen. Einfach Tabletten zu schlucken, hilft da nicht viel.“

Rena reagierte nicht darauf.

Gormann schaute mich irritiert an. Er verstand nicht mehr, worum es dem Paar ging. Ich hatte nicht vor, ihn aufzuklären. Womöglich war Bertrand gar nicht klar, ein Thema zu strapazieren, das nicht jeden etwas anging. Seine Männer waren taube Zeugen und mussten ihn nicht groß interessieren. Und ich wusste sowieso Bescheid. Aber Gormann kannte bislang nur die hier zu Lande erhobenen Vorwürfe. Oder war es eiskalte Berechnung, die Bertrand antrieb? Nahm er alles bewusst in Kauf?

Bevor ich mir darüber weiter Gedanken machen konnte, rappelte sich Gormann hoch, nahm sich noch eine Flasche Bier und sah mich an. „Mir reicht es! Ich lege mich in die Koje. Kommen Sie mit?“

„Gar keine schlechte Idee.“

Bedächtig schwankte er davon.

Ich folgte ihm. Doch kaum hatte ich ein paar Schritte gemacht, hörte ich Renas Stimme.

„Helm...?"

Zögernd drehte ich mich um. Doch noch bevor ich von Rena mehr erfuhr, ließ sich Bertrand vernehmen.

„Klang das für Sie auch nach einem Hilferuf?" Er grinste selbstzufrieden. „Ich fürchte, Sie sind noch nicht entlassen."

44

Der Täter und sein Opfer – so hieß das Stück, das Bertrand inszenierte.

Ein Opfer, das ihn gesucht hatte, beharrlich, und stets in der Hoffnung, ihn zu finden – und das damit erfolgreich gewesen war und sich erneut in seine Hände begeben hatte. Kein Mensch hatte Rena dazu gezwungen. Offenen Auges war sie in die jetzige Situation geraten. Sie hatte ihren Mann gefunden und dabei herausgefunden: Er war nicht das, was sie gesucht hatte. Jetzt saß sie in der Falle.

„Soll ich dir die Symptome erklären?" lockte Bertrand.

Abrupt drehte Rena sich um und fauchte ihn an: „Du bist der letzte Mensch, der mir helfen kann!"

Bertrand suchte Augenkontakt mit mir – als könne ich ihm erklären, wie es zu einem derart vernichtenden Urteil über seine Person kommen konnte. Dann schüttelte er den Kopf, setzte die Bierflasche an die Lippen, merkte, dass sie leer war und schleuderte sie achtlos in den Pool.

Die Flasche klatschte auf und dümpelte behäbig auf dem Wasser. *Die Meistersinger von Nürnberg* klang aus, und Glenn Gould nahm sich die *Götterdämmerung* vor. *Tagesgrauen* und *Siegfrieds Rheinfahrt.* Piano solo. Noch war es mondhelle Nacht, und der Ozean war auch kein Fluss – und trotzdem hoffte ich, die ersten behäbigen Takte würden genau das richtige Beruhigungsmittel sein, um die Lage zu entspannen. Doch nur wenig später perlte die Musik energischer und lauter aus den Lautsprechern, und die Anschläge wurden härter.

„Ist hier überhaupt irgendjemandem klar, was mir damals in Hamburg gelungen ist…?"

Bertrand warf den Kopf in den Nacken und versicherte sich des Vollmonds als Zeugen.

„In Deutschland werden acht von zehn Entführungen aufgeklärt, und eure Behörden haben – wie mir im Laufe der Sache klar wurde – die aberwitzigsten Bezeichnungen dafür erfunden. Gewinnsüchtiger Menschenraub oder erpresserischer Menschenraub. Zugegeben: Ihr seid recht erfolgreich bei der Aufklärung der Fälle. Das muss man euch Deutschen lassen."

Er beäugte erst mich, dann Rena, als seien wir nichts weiter als Feldmäuse, die meilenweit unter ihm in seinem Schatten verharrten.

„Und doch gehöre ich, Marius Bertrand, zu den zwei Personen unter zehn, die damit durchgekommen sind. Du kannst dich also beruhigt an mich lehnen, Rena. Sie werden mich auch diesmal nicht bekommen. Die Deutschen haben es nicht geschafft, und meine südafrikanischen Landsleute werden es auch nicht schaffen."

Sie wich seinem Blick aus. „Du bist ja größenwahnsinnig!"

„Blödsinn! Ich bin nur Zeit meines Lebens bereit gewesen, ein extrem hohes Risiko einzugehen." Bertrand kam zu mir und setzte sich in den Liegestuhl, den Gormann frei gemacht hatte.

Auf ihre Art hatten beide Recht. Geiselnehmer neigen zur Selbstüberschätzung und zu Allmachtgefühlen. Anders ist die Größe der Aufgabe gar nicht zu bewältigen. Das Risiko ist enorm hoch, aber die Beute, die winkt, ist es ebenso. Selbstüberschätzung und Gewinnerwartung. Das waren die Schlüssel zur Psyche eines Marius Bertrand. Nicht viele Verbrecher trauen sich so etwas zu. Deshalb sind Lösegelderpressungen im Vergleich zu anderen Kapitalverbrechen auch relativ selten.

Was Bertrand in seinem Omnipotenzwahn allerdings übersah: Hier in Afrika ging es um etwas ganz anderes. Die Grausamkeiten, die hier auf seine Rechnung gingen, waren heimlich geschehen, in der Absicht, kein Mensch solle jemals davon erfahren. Was er hingegen Jahre später in Hamburg praktiziert hatte, war das genaue Gegenteil davon. Er war von Beginn an in die Offensive gegangen, hatte sein Verbrechen sofort bekannt gemacht. Das war auch zwingend nötig gewesen, denn er musste Kontakt zu Renas Vater herstellen – zur Geldquelle. Damit war von vorne herein klar: Es würde unweigerlich zur Konfrontation mit seinem gefährlichsten Gegner, der Polizei, kommen – direkt oder indirekt. Und ein Mann, der all das weiß und trotzdem agiert, geht felsenfest davon aus, alle ausspielen zu können.

Bertrand hatte in Deutschland einen großen Coup gewagt und perfekt durchgezogen. Er hätte sich danach zur Ruhe setzen können. Sein Problem war: Er kam einfach nicht zur Ruhe. Und jetzt bildete er sich sogar ein, seine afrikanische Vergangenheit – die ihn spät und unerwartet eingeholt hatte – besiegen zu können. Es war zwar ein Heimspiel, doch neben den üblichen Verbrechen ging es auch um Politik, Rassismus und Verstöße gegen die Menschenrechte. Und das war nicht mit Spielerlaune und Dreistigkeit zu bewältigen.

*

Nur wenig später ging Rena zu einem Plastiksessel, der neben dem Pool stand. Sie setzte sich und musterte Bertrand aus sicherer Distanz mit jener trotzigen Miene, die ich nur zu gut kannte.

„Aber was reden wir andauernd über mich." Bertrand bemühte sich um einen ruhigeren Tonfall. „Um noch mal auf dein ganz persönliches Problem zurückzukommen, Rena. Ich kann dir helfen, glaub mir. Ich zeige dir was." Er erhob sich und verschwand im Haus.

Es drängte mich, ihr etwas zu sagen, doch ich fand keine passenden Worte. So saßen wir nur in einigem Abstand beieinander und sahen uns stumm an. Inzwischen erklang die Klavierversion des *Siegfried Idylls* – doch unvermittelt brach die Musik ab. Der Hausherr hatte also doch so etwas wie Nerven. Neben dem Rauschen des Ozeans war plötzlich auch das leise Murmeln zu hören, mit dem sich Bertrands Männer unterhielten. Sie hatten sich neben dem Grill auf den Boden gehockt und tranken ihr Bier.

Als Bertrand zurückkam, hatte er sich mit einer Flasche Gin versorgt. In der anderen Hand hielt er eine Pistole. Die Waffe machte nicht nur mich unruhig. Auch Bertrands Männer schauten besorgt auf. Rena hingegen nahm den Anblick der Pistole völlig teilnahmslos hin.

Bertrand zeigte mir die Schusswaffe genauer.

„Eine Heckler & Koch USP. Das gleiche Modell, das ich in Hamburg hatte. Fünfzehn Patronen à neun Millimeter. Ich habe damals keine einzige davon benötigt. Rena war brav."

Er lächelte ihr milde zu und schenkte sein Augenmerk erneut der Waffe.

„Das Original liegt irgendwo in der Außenalster. Ich habe mir das Ding später noch mal besorgt. Zur Erinnerung an die guten alten Zeiten."

Bertrand ließ mich stehen und schritt gemächlich zum

Pool. Dort blieb er vor Rena stehen, nahm einen Schluck Gin und sah eine Weile auf sie herab. Dann legte er ihr behutsam die Pistole in den Schoß.

„Hier, sie ist fertig geladen und entsichert. Du brauchst sie nur einmal auf mich zu richten, um den Ballast auf deiner Seele loszuwerden. Mit Hilfe dieser Waffe hatte ich damals dein Leben in der Hand, Rena – und ich habe es dir nicht genommen. Jetzt kannst du gleichziehen. Es wird uns miteinander aussöhnen."

Bertrands bizarre Therapievariante zeigte keine Wirkung bei Rena. Sie starrte die Waffe an, ohne sie anzurühren. Mir kam es vor, als habe er ihr eine abgezogene Handgranate in den Schoß gelegt. Und auch seinen Männern war die Sache nicht ganz geheuer.

Bertrand betrat die Beckenumrandung, stellte die Ginflasche neben sich ab und wandte sich Rena erneut zu. „Du musst nur auf mich zielen. Das ist alles!" Vor dem hell erleuchteten Wasser hob sich seine Körperkontur deutlich ab.

„Hör auf damit", bat sie kaum hörbar.

„Wie denn?" Er lächelte werbend. „Kein anständiger Arzt gibt seinen Patienten auf, so lange noch eine Chance zur Rettung besteht."

„Ich kann nicht."

„Du kannst, du musst es nur wollen", beharrte er freundlich.

Sie sah mich an.

Ich schüttelte vorsichtig den Kopf.

Sie nickte kaum merklich.

„Halten Sie sich da raus, Helm", blaffte Bertrand mich an. „Sie können auch gehen. Schlafen Sie noch ein bisschen. Das wird Ihnen gut tun. Oder spionieren Sie häufiger in anderer Leute Schlafzimmer?"

Diesmal ließ ich mich nicht zu einem unbedachten Angriff hinreißen. Ich blieb auf meinem wackeligen Badehocker sitzen und ließ den überlegenen Blick, mit dem er mich musterte, stoisch über mich ergehen.

Er zog sein Hemd aus und warf es achtlos beiseite.

Rena blieb unbeeindruckt.

Die Tätowierung über dem Herzen war im Mondlicht gut zu erkennen. Verglichen mit Wishbones Tattoo war sie primitiv. Es handelte sich nicht um die feine Zierde eines Fürsten von edlem Geblüt, sondern das grobe Kainsmal eines Kriminellen. Wenn er tatsächlich im Knast landete, konnte Bertrand damit bei den Mithäftlingen punkten.

Er musterte Rena mit einem aufmunternden Lächeln und deutete dabei mit dem Zeigefinger auf die Initialen über seinem Herzen.

Die Antwort war ein entschiedenes Kopfschütteln.

Er blieb geduldig. „Wovor hast du Angst? Du wirst mich nicht erschießen. Ich habe dich auch nicht umgebracht. Warum also solltest du es tun? Stören dich meine Männer? Ich werde sie wegschicken. Ich will es dir so leicht wie möglich machen."

Das harte Afrikaans, mit dem Bertrand seine Anweisungen gab, brachte das Trio sofort auf die Beine. Die Männer zögerten. Der Buschmann entgegnete etwas, das Bertrand lediglich zur Bekräftigung seines Befehls in größerer Lautstärke bewegte. Der Inder trollte sich, und Dave packte den Buschmann am Arm und zog ihn mit sich davon.

Noch einmal sah der Buschmann über die Schulter zurück. Er sah mich an. Sein Gesicht war im kalten Licht des vollen Mondes gut zu erkennen. Er lächelte nicht, sah mir nur in die Augen, als wolle er mir einen heimlichen Auftrag erteilen.

Dann waren die Männer endgültig in der Nacht verschwunden.

45

Es hielt mich nicht mehr auf meinem Hocker.

Ich stand auf, hielt jedoch Abstand. „Brüsten Sie sich doch nicht damit, Rena am Leben gelassen zu haben“, sagte ich zu Bertrand. „Sie haben ihren Tod billigend in Kauf genommen, so wie jeder Entführer den Tod seines Opfers von vorn herein einkalkuliert. Sie haben die Frau doch nicht aus Großmut verschont. Sie haben sie nicht umbringen müssen, weil Ihre Forderungen erfüllt wurden. Das ist alles.“

„Halten Sie den Mund!“ befahl er mir und konzentrierte sich wieder ganz auf Rena. „Nun tu es endlich. Klarer wirst du dein Ziel nicht mehr vor Augen haben!“

Auf Bertrands Lippen lag dasselbe selbstgefällige Lächeln, mit dem er in meinem Traum der schwarzen Amazone entgegengetreten war. Auch zu Rena sagte es: Komm nur, du kannst mir nichts! Doch die hanseatische Tochter aus gutem Haus war nicht Wishbones Stammesschwester. Die Waffe lag in ihrem Schoß, aber sie benutzte sie nicht. Vorsichtig näherte ich mich ihr, argwöhnisch von Bertrand beäugt.

„Gib mir die Pistole“, forderte ich Rena auf.

Sie ignorierte mich.

Bertrand schnaubte geräuschvoll, als langweile mein Auftritt ihn zu Tode. „Wie oft muss ich Ihnen noch sagen, Sie sollen sich nicht einmischen?“

„Die Waffe!“ Ich hielt Rena die offene Hand entgegen.

Sie griff zur Pistole.

„Bravo“, ermunterte Bertrand sie. „Es geht doch.“

Rena richtete die Waffe auf mich und sagte leise und drohend: „Lass mich bitte in Ruhe!“

Es traf mich wie eine Ohrfeige.

„Tu bitte, was ich sage.“

Ihre Stimme zitterte, und ich trat weit genug zurück, um sie nicht weiter aufzuregen.

„So ist sie nun mal, Helm", belehrte Bertrand mich. „Sie sehen es ja selbst. Ein hoffnungsloser Fall. Sie weiß eben nicht so genau, was sie will, und ab und zu ist sie ein bisschen verbohrt."

Mir reichte es endgültig. Es war höchste Zeit, meinen Koffer zu holen und mich auf den Rückweg zu machen. Sollten die beiden sich doch um den Verstand argumentieren und gegenseitig quälen bis die Sonne aufging.

Ich gab mir einen Ruck und ging.

Diesmal versuchte keiner der beiden, mich zurückzuhalten.

*

Es dauert nur ein paar Minuten, bis ich reisefertig war und meinen Bungalow verließ.

Aus Gormanns Unterkunft erklang lautes Schnarchen. Der Weg zum Wagen führte zwangsläufig wieder am Pool vorbei, und wie ich bereits auf halber Strecke sehen und hören konnte, hatte sich die Lage nicht wesentlich geändert. Rena hielt immer noch entschlusslos die Waffe in der Hand, und Bertrand verhöhnte sie.

„Jetzt sei nicht feige", höhnte er. „Was hast du mir heute Abend nicht alles erzählt. Du wolltest mir helfen, mir zur Seite stehen, um diese Sache mit mir durchzustehen, wie du es so wunderbar ausgedrückt hast. Aber sieh dich doch an. Du kannst nicht mal für dich selber sorgen, geschweige denn einem anderen Menschen Kraft geben. Ich kann dich nicht an meiner Seite gebrauchen, bevor du nicht zu dir selbst kommst."

„Hör auf!" schrie sie – ohne die Waffe zu heben.

Bertrand zog etwas aus der Hosentasche. Es war ein

Knäuel aus olivgrünem Strickzeug, das er ans Mondlicht beförderte, und noch bevor er es auseinanderschüttelte, erkannte ich die Strickmaske. Er zog sie über und musterte Rena durch den Sehschlitz.

„Die Erinnerung an mein zweites Gesicht wird dir helfen."

Wie schon bei seinem ersten Auftritt auf der Farm, verlieh die Maske ihm etwas Bedrohliches. Ich bemerkte das nervöse Zucken um Renas Mundwinkel. Es waren die kleinen Dinge, die sie aus der Fassung brachten. Ihre Hand umkrampfte den Griff der Pistole, die auf ihrem Oberschenkel ruhte.

„Mein Gott, wie erbärmlich." Sein Lachen triefte vor Häme. „Was bringst du überhaupt zu Stande. Nur gut, dass unsere kleine Tochter ihre Mutter nicht in diesem Zustand zu Gesicht bekommt."

„Lass Conny aus dem Spiel!"

Diesmal schrie Rena nicht. Sie sagte es mit klarer und fester Stimme und stand auf und richtete die Waffe auf Bertrand.

Ich hatte den Pool fast passiert, aber nun blieb ich angespannt stehen und setzte meinen Koffer ab. Das Paar nahm mich gar nicht wahr.

„Na also!" Bertrand grinste Rena an. Er konnte sein Triumphgefühl nicht unterdrücken. „Wer sagt es denn?"

Ohne zu wanken oder zu zittern verharrte Rena nur wenige Meter vor ihm, die Mündung der Pistole mit ausgestreckten Armen auf ihn gerichtet, den Finger am Abzug.

„Was sehe ich denn da für einen seltsamen Glanz in deinen Augen, meine Liebe?"

Er konnte es nicht lassen.

„Du willst doch nicht etwa abdrücken?" Er schüttelte nachsichtig den Kopf und stichelte: „Aber nein, natürlich nicht. Wie kann ich nur auf einen solchen Gedanken kommen? Du wagst es nicht."

Rena stand ihm gegenüber wie aus Stein gemeißelt.

„Oder spekulierst du darauf, das Ding könne gar nicht geladen sein. Hältst du mich für eine solche Memme? Ich sagte es doch schon laut und deutlich. Ich gehe immer volles Risiko.“ Er lachte gehässig. „Sonst macht das Leben keinen Spaß.“

Ich wagte nicht, mich zu bewegen, wollte Rena nicht unnötig irritieren. „Hör auf“, sagte ich mit betont sanfter Stimme. „Lass dich nicht noch weiter von ihm reizen. Du hast auf ihn gezielt und ihm und dir damit alles bewiesen, was zu beweisen war.“

Sie reagierte nicht.

„Sie hört nicht auf Sie, Helm. Das hatten wir doch heute schon mal. Also bemühen Sie sich doch bitte nicht so verzweifelt um Schadensbegrenzung. Es wird nichts passieren. Die Dame hat es nicht drauf. Sie kann ganz ordentlich ficken – aber ansonsten...“

Der Knall, mit dem der Schuss sich löste, war trocken und unspektakulär.

Das erste Projektil traf Bertrand in den Unterleib. Verblüfft glotzte er Rena an und riss den Mund weit auf. Er krümmte sich zusammen, bemüht, sich mit beiden Händen zu schützen, und noch bevor er seinen Schmerzensschrei loswurde, erwischte ihn die zweite Kugel in der Stirn und warf ihn nach hinten. Seine Füße verloren den Halt auf dem Beckenrand. Er kam endgültig aus dem Gleichgewicht und stürzte rückwärts ins Wasser.

Es war eindeutig, und doch kaum zu glauben. Rena Carsten hatte Marius Bertrand liquidiert. Sie hatte ihn regelrecht hingerichtet. Reihenfolge und Art der Treffer entsprachen in ihrer brutalen Choreografie gut überlegten Antworten. Es war geschehen, bevor ich nahe genug heran war. Doch als sie die Waffe erneut hob und gegen sich selbst richtete, wartete ich nicht mehr ab, ob sie sich die Mündung an die Schläfe setzen oder in den Mund schieben wollte. Ich fiel ihr in den Arm und versuchte, ihr die Pistole zu entwinden. Sie wehrte sich erbittert. Ein weiterer Schuss löste sich. Das Projektil schlug im Metallrost des Grills ein und jaulte als Querschläger über die Veranda.

Rena gab die Waffe nicht auf, starrte mich trotzig an und spuckte mir ins Gesicht. „Lass mich in Frieden! Ich will nicht mehr!“

„Komm zu Verstand.“ Ich keuchte, rang nach Atem und spürte, wie mir langsam ihr Speichel über die Wange lief. „Denk an Conny! Was soll aus dem Mädchen werden – ohne dich? Willst du deine Tochter zur Waisen machen? Soll ihm das auch noch gelingen?“

Das brachte sie zurück. Langsam wich die Härte aus ihrem Blick. Ohne weiteren Widerstand überließ sie mir die Waffe, und ich warf die Pistole in hohem Bogen in den Pool, bevor sie weiteren Schaden anrichten konnte.

„Danke“, flüsterte sie.

„Schon gut.“

Rena wischte mir die Spucke aus dem Gesicht und ging wie eine Schlafwandlerin davon. Besorgt sah ich ihr nach. Erneut nahm sie die Position an der Brüstung der Veranda ein, verschränkte die Arme und schaute aufs Meer hinaus. Ich ließ sie in Ruhe. Das monotone Rauschen der Wellen war gesünder als Valium.

Dem Hausherrn half keine Medizin mehr. Sein Leichnam trieb, in eine Blutwolke gehüllt, im Pool. Neben ihm dümpelte die Schnapsflasche im Wasser. Auf dem Boden des Schwimmbeckens glänzte der Malachit des Aschenbechers im Licht der Scheinwerfer und blinkte mich durch das noch leicht bewegte Wasser wie eine grüne Signallampe an.

46

Der Buschmann war als Erster zur Stelle.

Völlig geräuschlos tauchte er aus der Dunkelheit auf und sah sich auf der Veranda um, den gezogenen Revolver in der Hand, aber nicht im Anschlag. Rena reagierte nicht auf sein Erscheinen. Ich deutete zum Pool, und der kleine Mann kam näher und entdeckte die Leiche im Wasser.

„Sie hat es also getan", sagte er.

„Woher wollen Sie das so genau wissen?"

„Ich habe es bereits geträumt."

Nachdem er es gesagt hatte, lächelte er mich an. Obwohl er zu mir aufschauen musste, war er in diesem Augenblick ganz der weise Kenner der Umstände, der Nachsicht mit dem unwissenden Fremden übt.

Hatte ich ihn bislang eher wegen seiner zierlichen und sehnigen Gestalt wahrgenommen, so erschloss sich nun auch sein Gesicht für mich. Die Stirn war breit, das Kinn spitz, die Nase breit und flach, die Lippen voll. Die Backenknochen hatten etwas von einem Mongolen, so, wie die großen Augen, die schräg standen. Seine feinen Ohren liefen nach oben hin spitz zu. Die lederne, fein genarbte Haut war gelblichbraun und wirkte ausgetrocknet. Bei ernstem Gesichtsausdruck spannte sie sich straff über den Wangenknochen und machte ihn wesentlich älter, als er war. Der Anblick erinnerte mich an das mumifizierte Haupt eines Pharaos. Doch die dunkelbraunen Augen waren lebendig und wach und gaben seiner Klugheit Ausdruck.

Warum sollte ich an den Worten dieses Wahrsagers zweifeln? Er war ein Nachfahre des legendären Volkes der San, das wir Europäer meist als Buschleute bezeichnen – so, wie wir Sinti und Roma immer noch gerne Zigeuner nennen. Dass dies nicht nur Zeichen von Bequemlichkeit und Nachlässigkeit ist, sondern auch Beweis einer latenten Unterschätzung, also mangelnden Respekts, war mir nie bewusster als in diesem Augenblick.

„Eine Frau hat ihn getötet, und die Krokodile haben ihn bekommen“, stellte er andächtig fest.

Wie benommen sah ich über das erleuchtete Wasser.

„Man kann sie nicht sehen“, sagte er, „Aber er ist schon bei ihnen. Er war ein böser Mann. Er hat das Land und seine Menschen nicht verstanden. Nur mit den bösen Tieren kam er aus.“

Auf wie vielen Safaris mochte er seinen Arbeitgeber begleitet haben? War er auch bei der Menschenjagd dabei gewesen? Vermutlich nicht. Sie war in jenen Zeiten das Privileg der Weißen gewesen.

Das Klatschen nackter Fußsohlen auf Stein wurde lauter, und ich konnte Gormann erkennen, der im Laufschritt näher kam. Er trug die langen Haare offen und war nur mit einem Paar Boxershorts bekleidet. Die pechschwarzen Strähnen umwehten seinen Kopf, und wäre der silbergraue Bart und die bleiche Haut nicht gewesen, hätte man ihn für einen alten Indianer halten können. Der Auftritt war so absurd, dass der Buschmann den Revolver wegsteckte.

„Was ist passiert?“ rief Gormann.

Laut um Atem ringend, erreichte er das Wasserbecken und bekam seine Antwort, noch bevor ein Wort verloren werden musste. Geschockt blieb er stehen, wich zurück und starrte mich an.

„Sie haben das Team zu früh nach Hause geschickt“, sagte ich. „Das hier können Sie nicht mehr mit Ihrem Hauptdarsteller nachdrehen.“

Kraftlos ging Gormann in die Knie, setzte sich auf den Boden und schüttelte nur mehr den Kopf.

Rena verschwand im Haus. Beunruhigt sah ich ihr nach. Bevor ich ihr folgen konnte, erreichten uns die anderen Männer der Wachmannschaft. Diejenigen, die Streife gegangen waren, hatten ihre Hunde dabei. Der Buschmann verfügte über genug Autorität, um sie uns vom Leib zu halten. Er beriet sich in Afrikaans mit Dave und dem Inder, während die Ankömmlinge den Pool in Augenschein nahmen.

Rena kam zurück und reichte mir wortlos das Telefon. Mir war nicht ganz wohl in meiner Haut, und ich wandte mich vorsichtshalber an den Buschmann.

„Wir sollten die Polizei verständigen."

Nach kurzem Zögern sagte er: „Okay – wir werden keinen Krieg mehr für ihn führen." Er widmete sich erneut seinen Kameraden und vermittelte ihnen die Lage in Afrikaans.

Erleichtert wählte ich die Nummer, die Stan Wishbone mir gegeben hatte, bevor wir jene unselige Farm verlassen hatten.

Für alle Fälle... hatte er gesagt.

Angesichts der Strecke

Kapstadt, Ende November 2003

47

Das Büro war klein wie ein Schuhkarton, lag in einem klotzigen Verwaltungshochhaus in der Downtown von Kapstadt, und der Blick durchs Fenster gab nicht mehr her, als Beton und Glas im Schatten einer tiefen Straßenschlucht.

„Rena Carsten hat gestanden und Ihre Version des Geschehens exakt bestätigt, Helm."

Mein Stuhl war hart und ebenso unbequem für mich wie die strenge Musterung, der mich Wishbone unterzog. Hinter seinem überladenen Schreibtisch, umgeben von trostlosen Aktenschränken und billigen Sitzmöbeln, nahm er sich wie ein nobles und kräftiges Tier aus, das man von der freien Wildbahn in einen viel zu engen Käfig verschleppt hatte. Nur das Cord-Sakko mit den speckigen Lederflecken über den Ellenbogen verlieh ihm eine individuelle Note und vermittelte den Eindruck, er habe wenigstens sein eigenes Fell in die Zelle gerettet.

„Und auch in diesem Fall", fuhr er fort, „Scheint kein Mensch mehr besonders scharf darauf zu sein, etwas Positives über Bertrand auszusagen und die Frau dadurch unnötig zu belasten. Alle sind froh, ihn ein für alle Mal los zu sein." Er seufzte. „Ich hätte ihn gerne auf andere Art aus dem Verkehr gezogen, wie Sie nur zu gut wissen."

„Tut mir Leid."

„Warum mussten Sie noch diesen verdammten Ausflug mit ihr unternehmen?" Sein ganzer angestauter Frust machte sich mit dieser Frage Luft. „Ein völlig überflüssiger Umweg!" Er schlug mit der flachen Hand auf einen Stapel Papiere.

„Sie wäre auch ohne mich gefahren."

Er schwieg eine Weile.

„Damit haben Sie wohl Recht. Aber mit etwas Glück wäre es nicht zur Eskalation gekommen, und sie hätte ihn nur brav durch seinen Prozess begleitet. Und ich hätte nicht jahrelang umsonst daran gearbeitet, einen wie ihn zu überführen. Und Sie wären in diese verfahrene Yellowwood-Angelegenheit gar nicht erst hineingeraten."

„Das stimmt wohl..."

„Ich habe die Werbetrommel doch nicht für einen Prozess gegen eine Rena Carsten gerührt. Ich wollte die Öffentlichkeit lediglich auf unserer Seite haben, wenn dieser politische Schwerverbrecher endlich seiner gerechten Strafe entgegengesehen hätte. Stattdessen sind Sie jetzt der einzige Augenzeuge für sein Ableben, und für alle stellt sich nur noch die Frage: Was hat diese Frau getan? War es kaltblütiger Mord – oder nur Totschlag – oder womöglich sogar Notwehr?"

„Für mich war es Totschlag mit einem Hauch von Notwehr."

Er lachte trocken. „Sehr poetisch! Aber Sie sind nicht der Richter. Ihre Aussage entscheidet nur über die Haltbarkeit der Argumente von Anklage und Verteidigung. Sie, Helm, haben nur mittelbar Einfluss auf das Strafmaß. Und deshalb werden Sie noch einiges über sich ergehen lassen müssen. Man wird alles sorgfältig überprüfen. Im Moment sieht es ganz danach aus, als ob Sie nichts zu befürchten haben. Trotzdem sollten Sie nicht gleich morgen auf einen Heimflug spekulieren."

„Keine Sorge. Ich habe hier noch einiges zu erledigen."

Ich hatte Rena versprochen, für Connys Rückkehr in die Obhut des alten Herrn in Hamburg zu sorgen. Und Stamm, aalglatt und wendig, hatte sowohl Rena als auch mir versichert, alles dazu Nötige im Hause Carsten zu arrangieren.

„Ich hoffe, Sie fühlen sich nicht verpflichtet, Frau Carsten über das gesetzlich Zwingende hinaus zur Seite zu stehen, Helm. Das wäre nicht klug."

Nicht nur Wishbones Tonfall, auch seine Miene drückten ernste Sorge aus.

„Wenn Sie sich erinnern, Helm, hatte Rena Carsten die gleiche gute Absicht im Sinn, was Bertrand anging. Sie wollte ihm zur Seite stehen. So etwas kann schief gehen, wie Sie vor einigen Tagen erlebt haben."

„Ist das wieder die Geschichte von der Frau ohne Schatten?"

Er beließ es bei einem Achselzucken.

„Ich bin ihr nicht hörig, Stan."

„Sind Sie sich da ganz sicher?"

„Absolut!"

Meine Antwort kam knapp und präzise, meine Stimme war fest und klar. Und doch klangen mir meine eigenen Worte, die ich in jener Nacht auf der Farm an Rena gerichtet hatte, wie ein hinterhältiges Echo im Ohr.

Sicher ist nichts und niemals.

„Was passiert, wenn Herr Stamm und seine hiesigen Anwälte ihre Meinung ändern und ihre Klientin in eine andere Richtung beraten. Sie kann alles widerrufen und behaupten, ein gewisser Helm Tempow hätte geschossen."

„Bei allem Respekt vor Ihnen und Ihren Kenntnissen der hiesigen Verhältnisse, Stan – aber ich glaube, die deutschen Feinheiten dieser Angelegenheit kann ich besser abschätzen als Sie. Stamm wird sich voll darauf konzentrieren, zu retten, was zu retten ist. Er denkt gar nicht daran, Öl ins Feuer zu gießen. Der Mann ist Pragmatiker, zwar durchaus machtbewusst, doch seine Sehnsucht nach Götterdämmerung hält sich in Grenzen. Was das angeht, war Bertrand *germanischer* veranlagt als er. Glauben Sie mir, Stan, seine geschäftlichen Interessen in Südafrika und Deutschland sind Dietrich Stamm viel zu wichtig. Er wird die Dinge so elegant wie möglich unter der Decke halten."

Ich wusste, wovon ich redete. Dr. Stamm hatte sogar schon angedeutet, er könne sich die junge Frau Carsten in nicht allzu ferner Zukunft durchaus als Partnerin bei *Back-*

lands & Seasides vorstellen, speziell im Hinblick auf die Hotelkette *Exclusive Retreats.* Und auch Rena hatte auf einmal die Qualitäten eines Dietrich Stamm neu für sich entdeckt. *Er hilft mir sehr!* hatte sie mir anvertraut, und mir schwante, sie könne sich Stamm schon als nächste Leitfigur ausgesucht haben. Wenn sie sich da mal nicht erneut verhob.

„Ich hoffe, Sie behalten Recht." Wishbone verschränkte die Hände im Nacken und streckte sich. „Wissen Sie, was mich in all den Jahren an Marius Bertrand am meisten fasziniert hat?"

„Sie werden es mir sicher sagen, Stan."

„Wenn Bertrand einen ansah, tat er es ohne jeden Lidschlag. Eine Eigenschaft, die Personen auszeichnet, die sich ihrer Macht völlig bewusst sind. Ihr Blick hat etwas Durchdringendes."

Wahrscheinlich waren die grünen Augen deshalb so gut zur Geltung gekommen.

Wishbone stand auf und riss dabei einen Stapel dick gefüllter Schnellhefter zu Boden. Er fluchte, machte jedoch keinerlei Anstalten, den Papierkram aufzuheben. „Für heute muss ich mich leider von Ihnen verabschieden", sagte er.

Ich erhob mich und schüttelte ihm die Hand.

Er machte eine müde Armbewegung über das Aktenchaos auf seinem Schreibtisch. „Die Arbeit ruft."

Ich ging zur Tür.

„Manchmal sehne ich mich nach den guten alten Tagen im Quartier Français zurück", gab er mir noch mit auf den Weg. „Dann hätte ich Sie nur höflich und freundlich bedienen müssen – und zum Schluss wären Sie mir ein Trinkgeld schuldig gewesen."

48

Das überfällige Telefonat mit Doc lag mir auf der Seele, und so ließ ich mir bei einem Spaziergang am Strand die frische Atlantikluft um die Nase wehen, um einen klaren Kopf zu bekommen.

Ich war wieder in dem Hotel in Camps Bay untergekommen. Nicht einmal drei Wochen zuvor hatte ich genau hier die Spur aufgenommen. Inzwischen waren die ersten Touristen zur Hauptsaison eingefallen, und Strand und Ortschaft waren nun auch wochentags dicht bevölkert.

Als ich endlich anrief, hatte ich Doc sofort am Hörer.

„Hier in Sacrow alles okay!" meldete sie.

Ich informierte sie über die anstehende Abholung Connys durch die Delegation aus Hamburg. Die Abstimmung war leichter, als ich gedacht hatte. Doc verkniff sich neugierige Fragen. Der Begriff *Großvater* stand auf ihrer Werteskala ganz oben und entschuldigte die weitere Abwesenheit der Mutter, deren Gründe ich dezent verschleierte. Kaum war die Heimkehr des Kindes abgehandelt, gab sie den Hörer an Conny weiter.

„Wo ist Mama?"

Die feste Stimme der Kleinen ging mir bis ins Mark, und es dauerte einige Sekunden, bis ich die richtigen Worte fand. *Über* das Kind zu reden, war mir stets leicht gefallen, doch mit ihm zu reden, war etwas ganz Anderes. „Deine Mutter ist mit Freunden unterwegs. Sie lässt dich lieb grüßen, Conny."

„Was macht sie?"

„Sie muss etwas Dringendes erledigen, aber es geht ihr gut."

„Wann kommt sie?"

Wie hatte die Tennislegende Jimmy Connors es so treffend formuliert? *Ich hasse jeden Ball, der über das Netz zu-*

rückkommt! Der Stoff für das Märchen, das ich erzählte, drohte mir auszugehen. „Dein Großvater wird dich bald in Berlin abholen lassen, und sobald du in Hamburg bist, wird sie dich dort anrufen. Versprochen!“ Das entsprach der Wahrheit. Rena hatte es mir genau *so* aufgetragen.

„Oh, Großpapa!“

Das klang fröhlich. Das Kind freute sich. Ich war erleichtert.

„Kann ich Lucy mitnehmen?“

„Das musst du mit deinen Gastgebern besprechen.“ Ich konnte mich nicht an der Lösung aller Probleme beteiligen. Was die Haustiere anging, war Doc gefragt.

„Ist gut“, sagte Conny. „Pass gut auf Mama auf!“

„Mach ich.“

„Versprochen?“

„Du kannst dich darauf verlassen.“

Mit einem „Tschüss!“ half sie mir aus der Klemme.

Bevor ich richtig aufatmen konnte, meldete sich Doc noch einmal.

„Und vergiss meine Weinliste nicht, Helm!“

Erneut kalt erwischt.

„Nur keine Angst, Doc. Ich denke dran. Grüß die Familie.“ Ich legte auf – und bevor ich Desmond und die Liste erneut vergessen konnte, schrieb ich mir einen Merkzettel.

49

Jabu Mahlangus Grab lag im Schatten uralter Bäume auf einem kleinen Stadtfriedhof, umtost vom Lärm der Metropole.

Von andächtiger Ruhe konnte keine Rede sein. Doch dagegen hätte der Alte wohl nichts gehabt. Und auch das billige Pappschild mit dem Schriftzug *BLUES IS KING!*, das ein Verehrer an das schlichte Holzkreuz geheftet hatte, wäre ihm sicher recht gewesen.

„Der Grabstein ist leider noch nicht fertig. Ich habe einen weißen ausgesucht. Das war seine Lieblingsfarbe“, sagte Betty und legte unsere Blumen zu den vielen anderen auf den Grabhügel.

Viele Sträuße waren bereits verwelkt, andere sahen frisch aus. Eines war sicher: Jabu war sehr beliebt gewesen und wurde nicht vergessen. Stumm verweilten wir noch einige Minuten an seiner letzten Ruhestätte. Dann fuhren wir im Licht der sinkenden Sonne hinaus nach Camps Bay. Unterwegs legte ich die Aaron-Neville-Kassette ein. *With You In Mind.* Das passte als Erinnerung an den Verstorbenen.

Ich führte Betty zum Abendessen aus. Vor meinem Hotel parkte ich, und wir spazierten gemächlich zum Fischrestaurant an der Victoria Road. Vom Atlantik wehte eine angenehm frische Brise zu uns herüber, und das letzte Tageslicht leuchtete Camps Bay in samtigen Pastelltönen aus.

Das Lokal war bereits gut gefüllt, und der reservierte Tisch wartete auf uns. Bei Fisch und Wein unterhielten wir uns über alles Mögliche, nur nicht über Dinge, die uns an die Vorfälle der letzten drei Wochen erinnern konnten und uns die Stimmung verdorben hätten. Beim Nachtisch traf mich ein fester Schlag auf der Schulter. Noch bevor ich aufsah, erkannte ich Gormann an der Stimme.

„Sieh an, sieh an. Schön zu sehen, dass Sie auf meinen Restaurant-Tipp zurückkommen.“

Ich stellte ihm Betty vor. Sie entschuldigte sich für einen Augenblick, nahm ihre Handtasche und ließ uns für einen Moment alleine. Ich bot Gormann den freien Platz an, und er setzte sich.

„Geschäfte?“ fragte ich.

„Ein junger Produzent aus München, der hier einen

Kinofilm drehen will. Wir sitzen auf dem Gehsteig und lassen uns von Passanten anrempeln. Zu spät reserviert."

„Sie produzieren also fleißig weiter."

„Stamm hat mir versichert, es bliebe alles beim Alten in der Firma." Er stand wieder auf. „Ich muss mich um meinen Gast kümmern. Wollte Ihnen aber wenigstens Hallo sagen."

„Das ist nett von Ihnen, Gunter."

„Und passen Sie mit den Frauen auf, die Sie sich aussuchen, Helm."

War Gormann ernsthaft besorgt oder foppte er mich nur? „Ich weiß nicht, ob ich sie mir aussuche..." Nachdenklich schüttelte ich den Kopf. „Ich glaube, wir werden ausgesucht – so, wie wir geträumt werden."

„Ich sehe schon, Sie waren nicht umsonst am Kap." Er lächelte mir herzlich zu, hob noch mal die Hand zum Gruß und ging davon.

Nachwort

> Wir fahren ja Büchern und Träumen nach...
>
> *Friedrich Wilhelm Murnau*

In diesem Sinne möchte ich mich beim Falling Rocks-Team bedanken. Allen voran bei Peter Keglevic, der mich als Regisseur mit kreativer Arbeit ans Kap lockte, bei Timothy Tremper von Checkpoint Berlin, der den Aufenthalt möglich machte und bei Giselher Venzke von Two Oceans Productions, der uns vor Ort so kompetent betreute. Es war ein guter Start in Camps Bay. Nachdem das Drehbuch stand, gingen wir unserer Wege. Das Filmteam zog weiter nach Norden zum Dreh, und ich widmete mich in der Western Cape Province der Recherche dieses Romans.

Besonderer Dank gilt Angus Stewart von der Advocates Bay Group in Durban, der mir im Hinblick auf den politischen und juristischen Rahmen meiner Geschichte als wertvoller Ansprechpartner und Ratgeber zur Verfügung stand – und Gerulf Augustin, Andreas Rosen und Nike Durczak, die mir im Vorfeld wichtige Hinweise gaben. Darüber hinaus bin ich auch denjenigen Ratgebern verpflichtet, die nicht genannt werden können. Es versteht sich von selbst, dass keine meiner Quellen für fiktive Überhöhung und dramaturgische Beugung von faktischen Gegebenheiten verantwortlich ist – oder für ganz gewöhnliche Fehler, sollten sie mir unterlaufen sein. Die Figuren und Ereignisse in meiner Geschichte sind – wie es sich für einen Roman gehört – Fiktion.

Die Zitate aus „Flamingofeder“ von Laurens van der Post (für mich einer der besten Abenteuer-Politthriller) folgen der Übersetzung aus dem Englischen von Margarete Landé in der Ausgabe der Diogenes Verlags AG Zürich von 1994.

Den treuen Vorkostern, die das Manuskript in verschiedenen Stadien des Wachstums mit konstruktiver Kritik begleiteten, bin ich ebenfalls verpflichtet. Last but not least: lieben Dank an Andrea. Für die Zeit, die sie sich nimmt, um meine Geschichten zu lesen, und für die Zeit, die sie mir gibt, um sie zu schreiben.

D.B. Blettenberg

Von D.B. Blettenberg sind bisher im Pendragon Verlag erschienen:

Berlin Fidschitown
Blut für Bolivar
Farang
Harte Schnitte
Null Uhr Managua

www.dbblettenberg.de

Pendragon Verlag
gegründet 1981
www.pendragon.de

2. Auflage 2011

Veröffentlicht im Pendragon Verlag
Günther Butkus, Bielefeld 2010

Deutsche Ausgabe Pendragon Verlag Bielefeld 2006
Die Ausgabe erscheint in Zusammenarbeit mit
der Michael Meller Literary Agency, München

Lektorat: Günther Butkus
Umschlag & Herstellung: Baltus Mediendesign
Foto Umschlag: Eike Birck
Druck: AALEXX Buchproduktion, Großburgweldel
ISBN 978-3-86532-163-3
Printed in Germany